图书 影视

赤别

十清杳 著

四川文艺出版社

图书在版编目（CIP）数据

赤别 / 十清杳著. -- 成都：四川文艺出版社，2024.4
ISBN 978-7-5411-6922-9

Ⅰ.①赤… Ⅱ.①十… Ⅲ.①言情小说－中国－当代 Ⅳ.①I247.5

中国国家版本馆CIP数据核字(2024)第053158号

CHI BIE

赤别

十清杳 著

出 品 人	谭清洁
出版统筹	刘运东
特约监制	王兰颖　代琳琳
责任编辑	李小敏
选题策划	代琳琳
特约编辑	周子琦　张开远　刘玉瑶
封面设计	@Recns
责任校对	段　敏

出版发行	四川文艺出版社（成都市锦江区三色路238号）
网　　址	www.scwys.com
电　　话	010-85526620
印　　刷	天津旭丰源印刷有限公司
成品尺寸	145mm×210mm	开　本	32开
印　　张	9	字　数	240千字
版　　次	2024年4月第一版	印　次	2024年4月第一次印刷
书　　号	ISBN 978-7-5411-6922-9
定　　价	42.80元

版权所有·侵权必究。如有质量问题，请与本公司图书销售中心联系更换。010-85526620

目 录

第一章　世界上最遥远的距离　　001

第二章　那段最温暖的时光　　019

第三章　梦是独属于自己的秘密　　035

第四章　一切都蕴藏着生机　　053

第五章　人生像漫长的单行道　　073

第六章　想看那同一片风景　　091

第七章　没有路时的选择　　109

目 录

第 八 章	前行，不应放弃	133
第 九 章	弥足珍贵的回忆	151
第 十 章	第一次，也是唯一	171
第十一章	千万个相同的夏天	187
第十二章	是少年，或是永远	205
第十三章	注定相遇又错过	227
第十四章	现实是最无解的谎言	247
第十五章	那一日，我来接你	267

01

世界上最遥远的距离

山南水北，本就是不相通的。

时已入夏，室外被太阳照射的地方无一不充满燥热。

北江刚打完球，满身是汗地捧着一个脏兮兮的篮球推开家门。

屋里似乎开了冷气，屋内的温度与屋外有天壤之别。他一手撑着墙，三两下把鞋脱下换上拖鞋，头也没抬地冲屋里喊："妈，我想喝绿豆汤！"

见屋里没人应他，他往屋里走了几步："妈！你听见——"

声音在看到客厅沙发的那一瞬间戛然而止。

时间像是被按了按钮停滞住。

坐在沙发上的少女听见动静抬头朝他柔柔一笑，眼眸弯弯的，看起来十分温柔，和两年前一样。

"妈不在家，去外面打麻将了。"姐姐北禾端着两盘点心从厨房走出来，见到他时冲他扬了扬下巴，"厨房里煮了水果茶，你赶紧去洗个澡来喝，浑身都是汗，臭死了。"

北禾的话让北江瞬间涨红了脸，他埋下头灰溜溜地抱着篮球冲回屋子。他本想重重地关门跟北禾表达一下自己的不满，但考虑到坐在客厅里的女生，最终还是轻轻地合上了房门。

随着门"吱嘎"一声关上，他无力地倚靠在门上，手中的篮球也顺势滑落，滚到房间的角落。

屋子的隔音不是很好，靠在门沿上还隐隐约约能听到一些客厅里的说笑声。

他听到他的姐姐在说:"真是,一点儿也不注意一下。整天打球,回到家满屋子汗味。"

随即,一道熟悉又陌生的女声伴随着笑意隔着门传进他的耳朵——

"别那么说你弟,哪有什么味道啊。"

"……"

北江眼眸动了动,起身在柜子里抓了两件衣服走进浴室。

她是姐姐的朋友,名字叫南枳。

距离上一次见面已经过去了两年,第一次见时他才刚刚初一。

那天,爸妈临时有事外出,便将刚初一的弟弟丢给高二的北禾照看。北禾原本已经和初中的朋友约好陪她去过生日,这样的日子不好放人鸽子,可带个"拖油瓶"过去也不太合适。但把北江一个人丢在家里,她显然也不放心。那时初中生溺水事件频频发生,这也是父母不放心北江一个人在家的原因。

因为北江确实是个不让人省心的小孩。

就在北禾正坐在沙发上烦恼时,一通来电瞬间解决了她的焦虑。

北江就坐在她一侧的沙发上,手里握着游戏机厮杀。伴随着游戏中的胜利,北禾的耳边响起一道尖叫。

北江抬眼就见北禾不停地朝电话那头道谢,甚至发出令人费解的啵唧声,还撒娇道:"啊啊啊我就知道南枳你最好了,那我现在就来学校找你,快到了给你打电话。好的好的,拜拜宝贝!"

挂掉电话,北禾"噌"地一下站了起来,朝北江招呼道:"北江快,去换衣服,动作快。"

北江半躺在沙发上,闻言撑着身体坐了起来:"干吗?"

"当然是带你去我同学那里啊,我请她帮忙带一下你。你可不要给人添麻烦,跟她一起在图书馆里坐着学习啊。"

听到这话，北江的眉头立马皱到一块儿，浑身上下散发着抗拒："我不要。你要出去玩就出去玩，我一个人待在家里就行了。"

"你以为我想带你啊，还不是因为你太不让人放心了。要不是你前两天跑到水库里去玩儿，爸妈也不会因为不放心把你丢给我照顾！"北禾说完，快步走到北江身边扯了扯他的袖子，将他从沙发上拉了起来，"你最好别给我犯驴，赶紧去换衣服！"

眼瞧着北禾眉宇间有隐隐发怒的征兆，北江不情不愿地从沙发上起来去换衣服。心中的不满也只能从被用力踩出"吧嗒吧嗒"声的拖鞋中宣泄。

"你还在磨蹭什么？"

北江用力跺脚的动作一顿，下一秒就飞速跑回房间关上门。

这么多年被北禾单方面压制，他可不敢去惹北禾。

生怕北禾在屋外等得冒火，北江一分钟就换好了衣服从房间里走了出来。

北禾在见到他的一瞬间，眼睛都开始冒火了："你能不能有点礼貌？去见别人你就穿着这样？头发也不梳一下？"

北江扯了扯自己的衣摆，简简单单的白T恤加黑色运动短裤，头发有些乱。他伸手在脑袋上扒拉了两下，理了理衣摆，现在除了衣服有些皱，也没什么其他的问题了啊……

北禾见他一副不以为然的样子，也懒得多管："随便你，反正丢人的是你不是我。"

北江暗自腹诽：能有什么丢人的，不就是去见个同学嘛！

他跟着北禾打车去了附中。北禾似乎很着急，一路上不停地看着手机上的时间，看向窗外的眼神中也透着焦急。

要是放在往常，北江见到北禾这个样子一定会忍不住说两句话调侃一下她。但现在一想到一会儿要跟陌生人见面，和陌生人相处一天的时间，他整个人就有些蔫。

01 世界上最遥远的距离

北江家离附中不算远,坐出租车十分钟不到就到了。

北禾付了钱,飞速拉着北江下了车。

一路上她跑得飞快,北江没跟上她的速度,跟跄了两下。等稳住身体,她又在他前面一直催促他快点。

附中学校在周末是有不少学生留校的,其中有家住得远的,也有懒得回家想留在学校里学习的人。因为这个原因,进出学校都比较方便,就连北江这种外校人也能在周末进入校园。

九月的上午,空气还带着燥热,这一路上学校都没什么人。

一直到穿过一道回廊,身边的北禾忽然抬起手朝着一个方向挥了挥:"南栀!"

北江跑了一路,抬起头的时候还大口大口地喘着气。他视线跟着北禾的声音寻去,最后定定地落在站在一栋楼楼下树荫处的少女身上。

她穿着一件浅蓝色的连衣裙,两侧的头发扎了两个短短的辫子。她一手捧着几本书,另一只手微微抬在半空轻轻地挥着。

彼时一阵微风吹起,吹动了她头顶的树叶,也在他的心里吹起一波涟漪。

北江被北禾拉着走近,被她一把推到南栀面前:"南栀,这是我弟弟,叫北江,你到时候不用管他,让他在你身边跟着就可以了。"

北禾的语速很快,大概是急着赴约。交代完这些,她拍了拍南栀的肩膀,抬手道:"我那边快迟到了,我先走了啊!"

她的速度快到甚至没给北江反应的时间,一眨眼的工夫,就只剩下了北江和南栀。

北江脸颊上泛着红,心里把自己的姐姐埋怨了个遍。

他埋着头,周围蝉鸣声不断,提醒着他们天气的燥热。

"弟弟。"

忽然,耳边传来一道柔柔的女声,北江的心里狠狠一震。这和北禾的声音完全不一样，北禾的声音比较爽朗，而耳边这一道却是南方女生的腔调，软软糯糯的，一下抚平了他心中那一股子不安的燥热。

北江还是有些不太敢抬头，但身边的人在喊他，他不能不礼貌。抬起头的那一刹那，他看到了面前那一双含着笑的眼睛。

南枳笑起来眼睛就像一道月牙，眉眼都是弯弯的。她的鼻子小巧又高挺，鼻梁处有一颗小小的痣，笑起来时脸颊上有两个浅浅的酒窝，看起来十分甜美。

忽然，北江有些后悔今天穿了这么一身衣服就来了。站在南枳的面前被打量着，他甚至想立马找个地洞钻下去。

北江感到不安，有些羞涩地朝后退了一步，一手紧紧地捏着自己的衣摆，刚刚抬起的头再度垂了下去。

随着南枳的靠近，他甚至开始担心自己身上会不会有异味。他攥着衣摆的手捏紧，手指泛起青白，手心中沁出细细的汗。

似乎是察觉到了他的紧张，南枳没有再朝他靠近，而是往后退了一小步，拉开了两人的距离。

压迫感随即消失，没等北江松一口气，他的面前伸来一只手。

"你叫北江是吗？我叫南枳，南方的南，木只枳。"

她的手细细白白的，手掌和指关节却有好几个茧子，中指关节处还包着创可贴。

北江在心里做好心理建设，慢吞吞地伸出手，轻轻地握住她的指尖上下摇动了两下："北江，北方的北，江河的江。"

不只动作小心，他的声音也很僵硬。

话出口的那一瞬间，北江就察觉到了自己声音的异样。心下顿时一阵懊恼，第一次见面，他不应该这么没出息的。

松开手，就在他想给自己找补的时候，南枳发出了一声轻笑："你是不是有些紧张？"

这直白的话激得北江一激灵，出口就是反驳："没有！"

01 世界上最遥远的距离

南枳："这样啊？"她弯下腰，陡然拉近了两人的距离。

这个距离近到北江可以听见空气中她细碎的呼吸声。

他感觉自己的脸上烧得越来越热，不用想，自己现在肯定是顶着一张大红脸，丢人得很。

伴随着呼吸声，他听到南枳说："弟弟，把我当姐姐就行，就跟你的姐姐一样，不用拘束。"

姐姐。

北江点点头，眼睛却向下一瞥，看向别处。

才不要。

见到南枳的第一眼，北江就发现了她与自家姐姐的不同。

他在生活中很少接触其他异性，接触最多的就是姐姐北禾。可偏偏北禾的性格泼辣，北江常年生活在她的压迫下敢怒不敢言。

班上女生的性格大都和自己姐姐无异，对他们男生全是一副"凶神恶煞"的模样。因为这个，北江甚至怀疑过全天下的女生是不是都是这个样子。

直到遇见南枳，他才知道原来电视中那种性格温柔的女生是真实存在的，讲话、神色，一举一动都带着温柔。

考虑到了饭点，南枳先带着他去了学校的食堂。

附中食堂的餐品很多，但因为是周末，开放的窗口特别少。

南枳站在北江的身侧，轻声询问他想吃些什么。

北江看向窗口里的菜，卖相都不太好，油油腻腻的。他没什么胃口，但也不好意思太挑剔，随手指了两个荤菜说："那两个吧。"

"好。"南枳应道。

北江是外校生，没有附中的校园卡，他的餐费是南枳付的。

他端起餐盘,感觉有些不好意思,就说:"姐姐,我回家了让我姐姐把钱付给你。"

那时候线上支付没那么普及,北江身上没带现金,只能回家让北禾将午饭钱还给南枳。

南枳笑着摇了摇头:"请弟弟吃个饭而已,别那么客气。"

北江没吭声,心下知道麻烦了南枳绝不能再让她付自己的午饭钱。

这笔钱,他是一定要还给南枳的,不能白吃人家的。

二人找了个靠窗的位置吃饭,坐下时,北江忽然发现南枳的餐盘里只有两份素菜。

他愣了下,但转念想到自家姐姐也经常这样不吃肉想要减肥,便没有了疑虑。

附中饭菜的味道实在是不太好,饶是对面坐着刚帮助付款的姐姐,北江也没办法将餐盘里的饭菜全部吃完。

他用筷子扒拉了两下米饭,神色恹恹的。

"吃不下的话就不要吃了。"南枳的声音忽然传来。

明明语调很柔和,但北江还是被这句话吓得一激灵。他慌忙抬起头,磕磕巴巴地解释:"我、我,可以吃的。"

南枳被他的样子逗笑,抽了张纸巾递给他:"擦擦吧。"

"我们学校的饭菜做得实在是不怎么好吃。"或许她知道北江的心思,率先一步端着餐盘站起身,"我们去图书馆吧?"

"哦,好。"听闻南枳的话,北江松了一口气。

他端起餐盘跟在南枳身侧,或许是因为她刚刚的话让自己有了共鸣,他整个人也跟着放松了不少。

他走在南枳旁边同她交谈:"姐姐,你们每天都吃这么难吃的饭菜吗?"

南枳笑道:"对呀。虽然不太好吃,但这个窗口的饭菜很实惠。"

话说到一半,她忽然说:"不过我们学校还是有味道不错的窗口的,有机会下次来吃吃?"

"还有下一次吗?"北江问。

南枳:"让你姐姐带你来可以吧?"

想到北禾,北江神色有些尴尬地抓了抓脸。

他可不认为北禾会那么好心地特意带他来附中吃一次饭。

似乎是察觉到了北江的异样,南枳又说:"你姐姐忙的话,你也可以来找我,我带你去吃也是一样的。"

北江点点头:"好啊。"

附中的图书馆有两层,周末时间,这里的学生却并不少。想来也是,附中本就是市重点高中,周末在图书馆学习的学生多也正常。

北江很少来图书馆,北禾不爱学习,姐弟俩平时结伴都是去商场或其他地方,很少会来图书馆这种安静的地方。

而南枳不一样,听她说,她周末不回家,基本都在图书馆里待着。

北江坐在南枳跟前,悄悄抬头看她。女生手中捏着笔,神色专注地盯着面前的课本,不时在书上写写画画。

北江不知道南枳是不是一直都这样认真,自家姐姐除了在考试前,很少会这么专注地坐在书桌前学习。但他想,南枳肯定和北禾不一样。

像是受到了感染,他低头看向自己面前的名著,试图将注意力放在书上。可偏偏书本上的字像是蚂蚁爬过一样,看得他眼花缭乱。

北江眨了眨干巴的眼睛,强迫自己又专注了五分钟,最终还是放弃,紧绷的肩膀一松,身子斜斜地往后靠去。

"扑哧。"

倏然，耳边传来一声笑。

北江立马僵直身体，视线缓慢地向上移动，一寸一寸地寻到笑声的来源处。

南枳单手撑着下巴，饶有兴致地看着他："看不进去吗？"

北江赶紧摇头："没有。"

但他也知道自己这个说法没有任何说服力。

南枳见状，起身离开座位。北江不知道她去干什么了，过了几分钟她回来了，手中还多了一本书。

她将书放在他跟前："这本书还挺好看的，你可以看看。"

北江拿起书，封面上写着"小王子"三个字。

他知道这本书，但因为不喜欢看书，他没有去看过。今天借着这个机会，他倒是翻开了这本书的第一页。

不知道是因为南枳在身边，还是图书馆的氛围好，北江不知不觉就看了进去。

日落西山，身侧的落地窗映上了粉红色的晚霞。夕阳的余晖透过窗户洒在图书馆的瓷砖地面上，看起来浪漫又虚幻。

啪嗒——

北江抬起头，南枳放了饮品在他面前："看好久了，休息一下吧。"

他这才注意到，时间已经这么晚了。北江环顾了下四周，图书馆里的人几乎走光了，零星坐着的几个人的位置都离他们很远。

他看了下手中的书，心里一阵唏嘘。

真是厉害，他居然还能这么专注地看一本书看一下午。

北江拿起饮品，就着习惯喝了一口，甜甜的，是奶茶。

南枳已经收拾好自己的东西了，目光落在北江面前桌上那本书："这本书是很好看吧？我弟弟也很喜欢。"

北江顿了下，心想，弟弟？

01 世界上最遥远的距离

南枳接着说:"我弟弟平时在家最喜欢做的事就是看书,他前段时间刚给我推荐了这本书……"

南枳讲起自己的弟弟就停不下来,眉眼染上了余晖,看着更加柔和。

原来真的有人会有一个这样温柔的姐姐啊。

北江忽然有些羡慕南枳口中那个素未谋面的弟弟。

从图书馆出来后,南枳带着北江在校门口等北禾来接人。

九月的傍晚还有些燥热,仅仅站了几分钟,两人的额间就沁出了细汗。南枳从口袋中抽出一张纸递给北江。

北江刚要接过纸巾,却发现双手都拿着东西,腾不出手。

南枳见状轻轻一笑,拿着纸巾靠近他,替他擦去额间的细汗。

她的身子跟他靠得很近,北江顿时有些局促。

因为年龄问题,身高还是南枳略高一些。她靠近时,北江要微微抬头看她。

南枳的身上很香。这种香不是香水的味道,更像是衣服上的洗衣液的味道,清爽之余带了一点点花香,闻着很舒服。

他轻轻地嗅了下,鼻息间净是这一股味道。

"好了。"南枳往后退了一步。

恰逢这时,一辆出租车停在两人跟前。车窗被摇下,北禾那一张脸露了出来,她朝二人挥挥手:"南枳!"

她推开车门下了车,递给南枳一个礼品袋:"是蛋糕哦,拿回去要快点吃掉。"

南枳莞尔一笑:"谢谢禾禾。"

"我谢你还差不多,这里不能停车,我回去再跟你聊哦。"说完,她又拉着北江说,"你跟这个姐姐道谢没有?"

北江视线向上,轻声说:"谢谢姐姐今天陪我。"

南枳笑着揉了揉他的脑袋:"下次再见吧弟弟。"

和南枳道别后,北江他们就坐上出租车离开了。

车开了一段便停在十字路口等红绿灯,北江摇下车窗,向外望去,他看到南枳还站在校门口目视着车子的方向。北江扒拉住车窗沿,伸出手小幅度地挥了挥。

两人的距离已经有了一百米,他没指望南枳能看到这个挥手。但出乎意料,南枳看到了他的小动作,也抬手朝他挥了挥。

交通信号灯变成了绿色,出租车继续向前开去。离附中校门口越来越远,南枳那单薄的身影也变得越来越小。

"你今天干了什么?"

"看书。"北江淡淡道。

北禾一噎,顿时一脸惊恐地看着他:"真看还是假看?"

北江顿感无语,不耐烦地说:"看书还有假看的吗?"

他拎起手上的一个书袋子,是从附中图书馆借的那本看了一半的书:"睁开你的眼睛看看,这里面是不是书?"

"我还以为这袋子里是你买的吃的。"北禾像是见鬼一般看了他好一会儿,赶在北江发怒之前移开了视线。

她自顾自地嘟囔道:"南枳可真厉害,居然能让你看书,还心甘情愿借书回来看。"

北江:"……"

他的视线重新放回到车窗外飞逝的街景上。

下一次见面吗?

那天晚上回到家,北江的妈妈付素清正好打电话回来询问姐弟俩的情况。北禾拿着电话躺在沙发上,有一搭没一搭地跟妈妈抱怨自己带着北江太累了。

电话开着免提,北江坐在沙发另一侧也能听见母亲的声音。

付素清轻轻笑了下,问:"毕竟阿姨这段时间回家了嘛,没人能照顾北江,只有你这个姐姐可以帮忙照顾他了。如果太累的话,那妈妈给你们找个临时阿姨回来?"

听妈妈这么说，北禾连忙道："那也不用，反正谷姨后面饭点会回来给我们做饭，也不需要其他人啦！"

北江闻言，略带无语地撇撇嘴。

北禾哪里辛苦，今天是第一天，她就把自己丢给了南枳，跑出去玩了一天，有什么好辛苦的？

付素清打趣了北禾几句，随即问道："北江呢？他怎么不说话？"

北禾抬眸瞥了北江一眼："他在旁边打游戏。"

北江："……"

被这么无情地告了状，他悻悻地放下手中的游戏机。

放下之际，他甚至能听到电话那头的妈妈说了一句"怎么又在玩游戏"之类的话。

北禾朝北江喊了一声，脸上还带着幸灾乐祸的笑容："北江过来听妈妈电话。"

北江不情不愿地从沙发上起身，挪动着步子走到北禾身边接过手机，刚朝电话那头"喂"了一声，付素清的训斥声就从听筒里传了出来——

"北江！我走之前跟你说什么了？我让你少玩游戏机多看点书，你倒好，今天是不是一整天都在玩游戏。"

"我没有啊，"北江喊冤，"我今天去图书馆看书了。"

"真的吗？"付素清明显不信。

其实也不怪她不相信，毕竟北江平日里确实不是一个喜欢看书的人。

北江一听妈妈讲话的语气，就知道她不相信自己，连忙跟她说了今天的情况。

说到南枳，他的语气不自觉地轻柔了下来。

北江忽然有些庆幸现在自己是背对着北禾的，不然自己一定会被她抓着询问一番。

"总之，我今天真的看了一天的书，就晚上玩了一下游戏机。"

"南枳啊,我知道她。南枳姐姐学习很好的,原来周末也这么用功啊。你让你姐姐接电话,让她多跟着人家学学,别一天到晚跑出去玩。"

见话头转移到北禾身上,北江顿时松了一口气,紧绷着的肩膀也跟着放了下来。回过头时,他一脸神气地将手机递给北禾:"听训吧姐。"

北禾:"……"

绿荫葱葱,九月中的空气还带着夏日的燥热。

校门口已经聚满了等候的家长,他们成群结队地站在树荫下方躲避着阳光,同时朝大门另一侧张望。

终于,校园里传来一道尖锐的铃声。

校门外的人开始躁动,坐在教室里的学生也停下了手中的动作,蠢蠢欲动地看向站在讲台上的老师。

北江垂下撑着自己下巴的手,悄悄地摸上桌洞里背包的带子,一副蓄势待发的模样。

老师见状笑了声,将教案往桌上一放:"行了,今天就讲到这里吧。放学路上注意安全,下课。"

一声令下,学生们纷纷开始收拾书包。速度快的人,像北江那一群男生已经拿着书包往教室外走去了。

"北江。"

北江的肩膀忽然被人一压,没等他回头,那人便问道:"要不要去我家打游戏?我买了一个新的游戏机。"

北江的眼睛瞬间亮了,他将书包往自己肩膀上一甩,来了兴致:"新的?"

俞磊扬了扬眉:"当然,我妈给我买的。"

"你妈对你真好,你上周开学考那么烂的成绩,你妈还给你买游戏机?"

俞磊："后面的话你可以不说。"

北江已经一周没有摸过游戏机了。自从上周开学考成绩出来，他的成绩烂得一塌糊涂之后，他的游戏生活就被他妈妈暂停了。不仅游戏机被收，家里的电脑也不准他碰。

他已经手痒一周了。

现在突然听到这么一个好消息，他高兴得不行，当下便决定一会儿跟俞磊一起去他家里。

走出校门时，他的嘴里还念叨着俞磊家中那一款新的游戏机。

忽然，人群中传来一道柔柔的女声，喊的正是他的名字——

"北江。"

北江下意识回头，隔着人群，他看到了校门口右边的大树荫下站着的身影。

两人的视线在空中交会，见他看过来，南枳朝他微微一笑。

北江的呼吸顿时停住，就连南枳朝他走来时他都没有反应过来。

俞磊扯了扯他的手臂："愣着干吗？走啊？"

被俞磊这么一打断，北江立马回过神，将自己的手臂从俞磊手中挣脱开来，身子也不自觉地跟着站直。

俞磊不明所以，刚要开口说话，南枳就已经走到了两人的身边。

她跟北江打了一个招呼，目光落在俞磊身上时停了下："弟弟，这是你朋友吗？"

北江侧过头，眼神不敢与南枳对视。为了避免尴尬，他又抬手挠了挠头，闷闷地"嗯"了一声以作回应。

因为天气热，他的脸颊也有些红。

南枳今天穿的是附中的校服，大概是直接从附中赶到这里来的，还来不及换衣服。

不过校服穿在她身上也格外好看，白色的校服短袖领子处带了一点蓝色,她的短发被绑在脑后,只留下一些碎发和刘海。今天的她,似乎比上一次见面时更像一个姐姐。

或许是对比自己高年级的学生有一种不自觉的仰视,俞磊看南枳的眼神也变得有些不一样,说起话来也变得有些不利索:"那个,姐姐好……"

他见过北江的姐姐,不是眼前的这个人。不过他也没多想,听南枳叫北江"弟弟",他也就跟着北江喊南枳"姐姐"。

南枳点点头,问:"你俩是要一起回去吗?"

"对啊。"

"不是。"

"……"

空气静了一秒,俞磊回过头时,满脸震惊地盯着北江。

北江瞥了他一眼,回过头淡定地说:"我们刚准备分开。"

俞磊:?

南枳笑了:"这样啊,我还担心我来得不巧呢,我来接你回家。"

北江点点头,从书包左侧扯下自己的棒球帽扣在脑袋上,书包松松垮垮地背在左肩上。

临走时,他还十分友好地和俞磊挥了挥手,说了一声"下周见"。

俞磊愣在原地,一时间竟不知道自己是该追上去质问北江,还是一脸气愤地转身离开,给世界留一个冷酷的背影。

北江的家就在附中和北江学校的中间,回去的路程不长,走路差不多十五分钟就到了。

他平时都是一个人走回去,因为没什么人同行做伴,他走的速度也很快,所以十五分钟的路程他只需要不到十分钟的时间。

但今天他的身边多了一个南枳,她走得不急不慢,就跟她的性子一样。北江跟在她的身边，脚下的步子也跟着放慢下来。

这条路一直都是他一个人走，偶尔爸妈来接他，也都是坐车。现在身边有一个人陪着，好像感觉都有些变了。

北江忽然想到上一次和南枳分别时，南枳说"下次再见吧弟弟"，没想到这么快就又见面了。

"姐姐。"他仰头喊了一声南枳。

南枳低下头看他："嗯？怎么了？"

北江问她："为什么今天你会来接我？"

第一次见面是因为北禾有事，将他丢给南枳照看，那么这一次呢？这一次又是因为什么？

"你姐姐让我来给你补课。"

北江愣了下："补课？"

下一秒，他突然想起来确实有这一回事。因为他偏科，他妈妈上周回来时还和北禾聊过要不要给他请一个家教。

他那时候对这件事情很反感，一度表示拒绝。

虽然拒绝无效，但他怎么也没想到妈妈给他找的家教是南枳。南枳不是跟自己姐姐一样大吗？她还是一个高中生吧？

南枳手指绕着自己垂着的碎发："因为你有几科这次考砸了嘛，然后我这几门课还不错，你姐姐就觉得我可以来辅导辅导你。"

听到这话，北江像是觉得在南枳面前落了面子似的，忙开口为这次的考试解释："那个，姐姐，我就是偏科有点严重，我其他几科都考得还不错。"

他急于解释，说完这一通话后神色不安地盯着南枳，生怕她不相信自己。

好在他的话音刚落，南枳就发出了一声笑。

她笑着眨了眨眼睛："我跟你一样，偏科也蛮严重的。我俩就当互补吧？"

她的话落在北江的耳朵里,使他的心里某一处倏然一软。

其实北江一听这话就知道,南枳是顾及他的面子在安慰他。毕竟他一个初中生,南枳就算成绩再不好也不需要他来互补。

但北江还是很开心。

好像被这一句话安慰到了。

02 那段最温暖的时光

回到家中，家里空无一人。

阿姨因为家里有事，最近一个月周五这天都请假，所以家里人让他们这天随便去楼下吃点。

但是阿姨不在，北禾为什么也不在？

北江刚要朝屋子里喊北禾，南枳像是刚想起来什么，连忙说："你姐姐说今天跟同学出去玩，会晚一点回来。"

北江愣了下，好半天才反应过来。

意思就是，今天下午又是只有他和南枳两个人。

像是惊喜一样。

他回过神，连忙从鞋柜里拿出拖鞋放在南枳的跟前。

"谢谢你呀。"

换好鞋后，南枳走进客厅环视了一周，问："去你房间吗？"

北江下意识要点头："好——"话没说完，他猛然想到什么，声音戛然而止，继而慌张地转过身面朝南枳摆手，"不不不，姐姐，在客厅吧，就在客厅。客厅这里阳光好。"

北江一想到自己房间的现状，脸上就有些挂不住。今早出门前他为了找一个东西把房间翻得乱七八糟。阿姨在他出门前就走了，他的房间肯定没人打扫。

那么乱的样子他怎么会好意思让南枳进去啊！

好在南枳不疑有他，点点头，就在客厅坐下。

北江就坐在她的身侧，神色不安地看着她翻看自己上次月考的卷子。伴随着南枳的动作，他的呼吸也不由得放轻了。

一时间，客厅里只剩下翻动试卷的"哗哗"声。

良久，南枳将试卷按在茶几上，俯身指向古诗默写的那道题："这里的分应该很好拿的呀，你背了书就能拿到。"

北江的学校开学考在月中，考试范围就在这半个月教的内容里。毕竟是开学考，试卷难度不大，但记、背的基础内容还是有很多的。听说这也是十几年一直沿用下来的"传统"。

他听南枳说过，南枳从前也是这所初中毕业的。那南枳也清楚考试的形式，肯定也知道他没有认真背书了。

北江顿时觉得难堪，垂着头，两只手缠在一起，脸上的表情已经纠结成一团。

就在他想着怎么为这件事想一个好的理由时，他的头上忽然落下一股力道，不轻不重。

他一抬头，就撞上了南枳的笑容："那么弟弟，重新把这几首古诗给背了吧？"

南枳的手没从他脑袋上撤下去，有一下没一下地轻轻抚摸着，北江感觉自己的心脏在不停地跳动，越来越猛烈。

他忽然发现，好像不管什么时候，南枳的脸上都是带着笑容的。和其他装出来的笑不一样，那是一种与生俱来的笑容。

好像那一抹笑就专属于她这个人一样。

北江做试卷的问题还挺多的，大多数都是基础问题，南枳给他画了一些该记该背的地方。

"这些可没有诀窍，就得靠你自己好好背下来哈。"

南枳重新拿起试卷："我给你讲讲阅读理解吧，你这块儿扣分的地方也蛮多的……"

南枳一边讲一边画着段落中的重点，她的语调很慢，如同细水一般慢慢流淌，让北江的思绪不自觉地跟着她的声音走。

北江家的楼层高，周围也没什么高楼建筑遮挡，阳光透过落地窗洒在他们身旁的瓷砖地面上，也有部分落在南枳的身上。一半明一半暗，在阳光映衬下，她的发丝变成了金黄色。

细碎的灰尘在阳光的照射下逐渐显眼起来，在空中飘舞。

有一束光不知道被什么东西反射了一下，在北江眼前一闪而过。这一刺眼的光将他的思绪从题目中拉了出来。

北江动了动垂在膝盖上的手指，眼睛重新落在试卷上。

"……其实这里从题目中你就能抓住关键词，理解了这个题目的意思再返回去看文章，会更容易集中抓住要点……"

他们之间的距离很近，近到北江好像可以闻到南枳身上淡淡的皂角味。

他悄悄抬起眼眸，视线从试卷上一寸一寸地挪动到南枳的脸上。

因为光的反衬，她脸颊上细小的绒毛也能看得十分清楚。

视线再向上，他看到了她的眼睛，长而卷翘的睫毛一下又一下地轻轻眨着，时而缓慢时而快速。

她的睫毛真的好长啊。

嘶啦——

试卷的翻页声将北江的思绪拉了回来，身体也跟着小幅度地颤抖了一下。

南枳抬起头问："怎么了？"

北江赶紧摇头，掩耳盗铃似的拿起卷子翻页到后面："姐姐，你再给我讲讲这题吧。"

"好。"

南枳扫了试卷两眼，解释的声音再度响起来。

见她没有发现异样，北江在暗处松了一口气。

时间一分一秒过去，挂在墙上的时钟"咔嗒咔嗒"地作响，秒针走了一圈又一圈。窗外的太阳已经落到了西边，半个太阳与西边的交界线形成一道完美的落日。

或许是不想让南枳白来一趟，北江后来没有再分神，全神贯注地听着南枳解析。

不知不觉间,两人的位置也从坐在沙发上变成席地而坐。瓷砖地面泛着凉意,趁着南枳喝水的工夫,北江从沙发上拿了枕头垫在南枳坐着的地方。

南枳跟他道了声谢。

窗外的太阳已经全部落下,光线逐渐变暗。

时针指向了"6",北江的肚子也适时叫了起来。

这一道声音在客厅里尤为明显,也打断了南枳讲话的声音。

南枳"扑哧"笑了一声。

北江的脸颊立马涨得通红。

南枳合上试卷:"那今天就到这里吧,谢谢弟弟给我面子听了这么久。"

她作势起身,北江也跟着站了起来。

南枳指了指厨房:"那个,厨房我能用吗?"

北江愣了一下:"啊?"

她笑着说:"肚子不是饿了吗?给你下碗面条?"

"哦哦,谢谢姐姐。"

北江觉得大概是学习了这么久,他的脑子也跟着不太顺畅了。

南枳在厨房里下面条,北江就站在门口看着。

她的动作很熟练,切菜、打蛋、起火,一看就是经常做。北江家里人都不太会做饭,北振林工作很忙,在公司时间比在家多。而付素清和北禾两人都是十指不沾阳春水,对于做菜一窍不通,炒个鸡蛋都可以弄得锅里的油溅到身上。所以家里的饭一直都是阿姨做。

对于南枳会做饭这件事,北江还是很吃惊的。

和北禾一样的年纪,却什么都会。

北禾回来的时候,南枳正好关火,往碗里装面条。北禾一进门就闻到了一股香味,忍不住在空气中嗅了嗅:"好香啊。"

听到门口的动静,北江端着空碗走了出来。

北禾一边换鞋一边问:"你们烧了什么?"

没等北江回答,南枳已经端着一大碗面条走了出来。装面条的碗很大,热气腾腾的,南枳端着碗走的每一步都很稳。

北江连忙侧身腾出位置。

大碗被放上桌的一瞬间,北江也捧着碗入座。南枳直起身,朝北禾徐徐一笑:"我做了面条,快来尝尝味道。"

"我太爱你了南枳。"

北禾抱住她,作势要亲她一口,被南枳笑着躲开。

她按住北禾的肩膀,将她往座位上引:"快坐下吧。"

桌上的碗筷是北江放的,南枳也跟着在北禾身边坐下。

北江饿了一个下午,肚子早就已经叫个不停。南枳一落座,他便急匆匆给自己盛了一碗,没等放凉就用筷子夹起面条送入口中。

面条是刚出锅的,还冒着蒸腾的热气,很烫。

北江吃得很急,口中被烫了下也没多嚼,三两下就咽了下去。

虽然很烫,但吃得很爽快。

因为第一口被烫到,他后面就吃得极为小心。

南枳的手艺很好,北江心里原本还有些疑虑,担心南枳做的面条和妈妈做的大同小异,没想到她做得这么好吃。

他其实不爱吃面条,家里阿姨知道他这个习惯,很少会给他煮面条。但南枳做的面他很喜欢吃。面汤的味道很浓郁,隐隐可以尝到一丝甜味。不一会儿,他的碗就见底了。

北江重新给自己盛了一碗,这次他吃饭的速度放慢了,注意力落在了前方聊天的两个女生身上。

南枳在听北禾讲今天出去玩的趣事,北禾讲话兴致上来了语调就会变得很快,情绪也越来越激动。她一边说话,一边手舞足

02 那段最温暖的时光

蹈地给南枳比画,逗得南枳吃个面条也吃不安稳,抖着肩膀憋笑。

北江不理解两个女生聊天的乐趣是什么,在他看来很没意思的事情,却能逗得两个人哈哈大笑。

不过南枳笑起来很好看,眼眸看着也比从前更亮,流露出的笑意比之前的笑容更浓。

北江咬着面条也跟着傻笑,北禾注意到他的样子忍不住呵斥:"你又不知道我们讲什么,跟着笑啥。"

北江:"……"他还是吃面吧。

吃完面条后,时间已经不早了,南枳也要回学校了。

北江跟着北禾一块儿下楼送她,三人走在小区里,南枳走在中间,北江和北禾一左一右。

路灯将他们的影子拉得很长,北禾和南枳抓紧最后的时间说着八卦,北江渐渐被她们落下,跟在两人的身后。

他踩着南枳的影子,一步一步地跟着她往前走。影子忽明忽暗,有时会被建筑物挡住光而消失一瞬,但北江总是能精准地找到影子的位置。

有人说,跟着一个人的影子,就会和那个人在一起好久好久。

目送南枳上了公交车后,北禾扯了扯北江的衣服:"走啦!回家啦!"

北江收回举着的手,转身跟上北禾的步子:"姐姐。"

北禾"嗯"了一声,视线却没从手中的手机上移开。

"你今天又出去玩了吗?"

北禾睨了他一眼:"怎么?你要管我?"

北江撇撇嘴:"我才没有,我是想问你,为什么你出去玩,南枳姐姐不跟你一块儿去?她怎么每次都有空帮你带我?"

北禾一噎。

北江这话说得,北禾觉得他像是在嘲讽她光顾着玩不照顾他,南枳也比她更像他姐姐似的。

她手肘压上北江的肩膀，皮笑肉不笑地说着："南枳她不爱跟我们出去玩，怎么了？你有意见？"

北江被她压得快喘不过来气，连忙说："没有没有。"

撇开北禾，北江后怕地往旁边躲了躲。

北禾见他一副怂样，也没再跟他计较，又开始自顾自地低头玩手机，按着手机不知道在跟谁发语音。

北江缓过气后，人已经落在了北禾的身后。他不紧不慢地跟着她，耳边尽是北禾和人聊天的笑声，他的思绪也渐渐放空。

刚刚他之所以这么问北禾，是出于对南枳的好奇。

这两次相处下来，他发现南枳跟北禾真的不一样。北禾爱玩，而南枳却相反。她比北禾多了一分沉稳，她更像是一个能照顾弟弟的姐姐，理想的姐姐。

晚上，北江冲完澡从房间出来时，客厅里的电视正放着搞笑综艺，北禾躺在沙发上跷着腿，手里拿着一个苹果笑得不行，笑累了就停下来咬一口接着看。

北江坐到她的身侧，盘起腿跟她一块儿看电视。

综艺看到一半，他觉得有些无趣，便拿起腿边放着的语文课本，翻到古诗那一页开始背。

耳边是北禾"咯咯"的笑声，北江也没觉得吵，反而背得更顺畅。综艺放完时，他已经背完了几首诗。

电视上开始插播广告，北禾也停住笑。

她十分自然地凑到北江身边，见他拿着一本书，神色怪异地问起他和南枳学习的情况。

北江点点头："南枳姐姐讲得很细致，差不多都懂了。"

得到这个答案，北禾的神色非但没有缓过来，反而更加怪异。她不确信地问："你真听了？"

闻言，北江白了她一眼，没说话。

北禾见状自知理亏，也没再怀疑他，只说："你现在还真知道学习了啊？以前让你学习你死都不肯。"

她提起学习，就开始碎碎念从前北江学习的状态，听得北江面红耳赤，忍不住动手捂住她的嘴让她别说了。

其实他也不是真爱学习，就是南枳在讲题的时候，他的思绪总是会不自觉地跟着她走。课后背书也不过是答应了南枳会好好背，他不想食言。

北江不想北禾继续扯他从前的事情，主动转移话题："姐，你为什么突然让南枳姐姐来帮我辅导功课？她以后还来吗？"

"以后？不来了吧？"北禾说得也不是很确定，"这次是因为前段时间南枳的饭卡丢了，我帮她付了好几顿饭钱，她后面要还我，我没要，看她很不好意思我才提出这件事的。"

北禾说，南枳虽然看起来温温柔柔的，但对这些事情却很坚持，她不愿意占任何人的便宜。北禾不愿意要她的钱，南枳心里其实很过意不去。为了顾及南枳的情绪，北禾想起北江上次和南枳待在一块儿都变得爱看书了，便顺势提出让她再帮忙照看一个下午，顺便辅导一下功课。

南枳一听北禾的请求立马就答应了，她大概是正愁找不到怎么回报北禾的办法，而且这个要求也并不耽误她什么。

北江有些纳闷："为什么你不要南枳姐姐的钱啊？"

"哎，这件事嘛……"北禾顿了下，继而凶巴巴地瞪了北江一眼，"这是我的事情又不关你的事情。说起这件事，你上次和南枳出去又花了南枳不少钱吧？还让她给你买奶茶喝。"

北江不服气："那是南枳姐姐自己买给我的。"

"我又没说你不能喝！我是说……"

"说什么？"

北禾脸色不太好看，大概是觉得这个话题不好再继续下去。她摆摆手，撑起身子下床："总之，下次你要是跟南枳出去自己带好钱,不要让南枳给你花钱。"

北禾的话说得含含糊糊,北江隐隐察觉到一些怪异。

他脑子转得很快,马上就从一些细节中察觉出什么,之前和南枳吃饭,她给自己买的菜都是一些便宜的素菜,给他买奶茶却不给自己买,以及北禾的话里的意思……

南枳姐姐,是不是没什么钱?

北江心里升出这个疑问,躺上床的时候还一直在想这件事。想到他终于撑不住睡了过去。

睡着之前,他还在想,不管是什么原因,反正他就按北禾和他说的,以后出门自己带钱,不让南枳给他花钱。

后来,北江被丢给南枳照看的次数越来越多。

其实后面那段时间北江家里的阿姨已经回来了,他不需要跟着北禾出去,在家里也有人可以照料他。

但北禾天性爱玩,一到周末就喜欢跑出去跟同学约会。父母虽然不在身边,对北禾的管束却并不少,叮嘱了家里的阿姨要控制北禾出门玩的次数。

北禾显然不是会就此老实下来的人,她想到的借口就是周末去图书馆学习,北江是最有用的"工具"。

带着北江一块儿出门,阿姨不会起疑。

北禾和北江达成协议,用零用钱做交换,让北江替她隐瞒这件事,北江一口答应了下来。

到了周六,北江睡眼惺忪地躺在床上放空。

他的游戏机被收了,只有每周日才能玩。没有游戏机的日子他闲得发慌,不想学习又不准看电视,只能躺在床上放空。

吱嘎——

房间门被人打开,北禾穿戴整齐地走进房间。

她环顾了下四周，嘴里发出"啧啧"声："你还躺着干什么？赶紧起来，要出门了。"

北禾口中的"出门"指的自然是他去图书馆，她去玩。

北江没什么意见，毕竟吃人嘴软，拿人手短。

他撑起身子下床，从衣架上拿了顶棒球帽扣到脑袋上："走吧。"

北禾："你又这么邋遢就出门？"

北江抖了抖肩膀："这不挺好的吗？"

他的计划是，一会儿出了门后就让北禾把他送到俞磊家里，他去他家打一下午的电游等北禾来接他。

想到一会儿就要摸到游戏，北江心里隐隐有些高兴，开始不自觉地活动手指关节。

北禾也懒得管他，挥挥手让他跟着自己出去。

站在门口换好鞋后，她忽然发现北江身上一本书都没有："你去图书馆学习不带书吗？"

北江一只脚往球鞋里一踩，小声说："我不去图书馆，你到时候把我送到我同学那里吧，我去他那儿待着。"

"不行！"北江的话音刚落，北禾的拒绝随即脱口而出。

北江愣了愣："为什么不行？"

反正都是出门，他去图书馆还不如去俞磊那里有意思。

"你作业写了吗？"

"没有。"

北禾没好气地翻了个白眼："你当爸妈是傻的吗？你跟我去图书馆学习，晚上回来他们肯定要问你学习情况啊！"

北江的作业还一个字都没动，他本想着明天大家都写完了，再去稍微借鉴着写一下。这样速度能快不少。

"而且跟你玩得好的就那么几个，爸妈一打电话问他们家长就知道你去没去他们那边偷玩儿了。你要是被发现，我不就露馅儿了吗?"

北江抬眼,试探性地问:"所以?"

北禾一脸认真:"你得去图书馆真学习。"

北江一听,顿时就不干了:"为什么啊?你跟我交易的时候都没说这些。而且凭什么你出去玩,我不能去玩?"

"谁叫你作业一个字都不写?"

"……"

眼瞧着时间一分一秒过去,北禾不想跟北江在这里争执浪费时间。她推着北江往屋里走:"行了,你老老实实去拿作业吧,别让南枳一个人在那儿等久了。"

北江:?

刹那间,北江从北禾的话中提取到了关键词。

他停住了被迫往前的脚步,身子绷直,抬头询问:"南枳?今天要去的图书馆还是附中的那个吗?"

北禾点头:"怎么了?我拜托她顺便看着你。对了,说到这个,你回去带上你的零用钱,出门花自己的钱,不要花南枳的钱。"

其实北禾想过让北江一个人待在图书馆等着她,但北江毕竟是她的亲弟弟,而且也不是一个省油的灯。她担心他会偷跑出图书馆,万一出了什么意外被发现了,她免不了一顿责罚。

北禾思来想去,想到了每周南枳都会去图书馆学习。而且北江跟她待在一块儿,不知道是出于对外人的礼貌还是什么,总会格外乖巧,所以她就决定让南枳帮忙照看一下北江。

南枳在学校里经常会受到北禾的帮助,只是照看一下弟弟而已,她很痛快地答应了。其实她也蛮喜欢北禾的弟弟的。

又一次被北禾扔给南枳,北江原本低落的情绪顿时拉高了不少,飞快地跑回房间拿起书包和零用钱,出门前还洗了个头换了件衣服。

等他再出来时,北禾早就等得不耐烦了。

刚刚北江跑回房间还把房门锁了,任由她在门口怎么敲门都不应声,她差点以为北江要临时"毁约"。

"你干吗突然换衣服?"

北江背起包,神色不自然地弯腰系鞋带:"那衣服脏了,我就给它换了。"

北禾没多想,大概是真的赶时间,只是不停地催促北江。

等他们到附中的图书馆时,南枳已经站在门口等他们了。

北禾将北江推给南枳,大手一挥就离开了。

南枳笑着低头,轻轻地掐了下北江的脸颊:"弟弟,又见面了。"

其实北江非常不喜欢被人触碰脸颊,特别是像这样被当成"小朋友"对待,但奇怪的是,南枳捏他的脸颊时他没有一丝的反感,反而有些不好意思。

后来的日子,像是印证了南枳的那一句"下次见",每一次北禾有约时,就会把北江丢给南枳,让她代为照顾自己的弟弟。北禾的内心毫无罪恶感,脸皮厚得让十四岁的北江都大为震惊。

北江也从一开始的拘谨,慢慢变得习以为常。

自那之后,南枳就像是北江的第二个姐姐,每到周末就带着他一起在图书馆学习。

其实好几次他都可以不去图书馆,选择去和自己的朋友打球或是打游戏。但他选择了图书馆,选择了南枳。

和南枳相处时间长了,北江也慢慢发现了一些事情。

南枳家里条件似乎不是很好,中午有时候就吃一根学校卖的玉米棒。同龄女生爱吃的蛋糕、奶茶,北江从没见她买过,倒是偶尔会给他买一杯奶茶奖励他学习认真。

不过如果碰上北江也没吃饭,她就会带着北江一起去学校吃午餐。和第一次见面时一样,她给北江点的都是荤素搭配的饭菜,自己则是只点素菜搭配米饭,连吃面条也只点清汤素面。

北江没有校园卡,每次他要给南枳钱时都被拒绝,南枳笑着摸他的脑袋:"我是姐姐,带你吃饭怎么还要你的钱呢?"

那时候他想,真的和自己姐姐说的一样。南枳虽然条件不好,但有自己的原则。

北江跟北禾说了这个情况,让北禾往南枳的卡里充钱。不知道北禾用了什么办法,南枳最后还是收下了北江的那一份饭钱。

但北江心里还是不舒服,想从别的地方对南枳表达善意。

他的零花钱多,时常在去找南枳时选些别的姐姐爱吃的零食或者奶茶带给她。

南枳每次都会让他别再花钱了,他当时应下来,下一次接着送。

北江觉得,她应该是喜欢吃这些的。

不过初一下学期时,家里生意不忙了,爸妈回来管着北禾。北禾不会每个周末都往外跑,北江也再没有被送到南枳那里过。

记得最后一次和南枳见面的时候,他们一起站在校门口等北禾。

下午五点半,临安冬天的天色暗得特别快。他们只是站在那里等了十分钟,天色暗得已经要靠路灯才能看见路了。

南方的冬天室外也冷,北江站在原地,大半张脸都埋在冲锋衣的领子里,双手插在口袋里取暖。

微微吹过的一阵风就将他激出了一身的鸡皮疙瘩,埋着的脸往领子里缩了缩。

正当北江在心里后悔今天穿得太少的时候,他的脖子上忽然被人围了一条围巾。她站在他的身前,手中拿着围巾一圈一圈地给他围上,打完结后还细致地给他整理了一下。

北江抬头,脑袋上忽地落了一片温暖。

南枳轻轻地揉着："是不是很冷？"

北江问她："姐姐，你把围巾给我了，那你用什么？"

南枳说："我不冷。"

说罢，她轻轻地拍了拍北江的脑袋，说要离开一会儿。

南枳走后，北江再度将脸埋回围巾里。

北江记得，这个围巾是南枳的弟弟织给她的。她跟北江说起这条围巾的时候，脸上的喜悦中带着一丝骄傲。

围巾很软，围在脖子上特别舒服。他轻轻地嗅了嗅，这围巾有一股南枳身上的味道，很好闻。

南枳回来的时候，手中多了一个用塑料袋包裹住的红薯。

她将红薯塞到北江的手中，热乎乎的红薯立马将他的手掌烘暖和。手上一暖，他的身体也好像暖了不少。

脖子上有围巾，手上有红薯，站在风中好像也不是很冷了。

那一天北禾来迟了，南枳陪着北江站在校门口等了很久，等到天色黑尽，四处亮起了灯光。

又一阵风吹过，北江余光看到南枳在嘴巴前拢起手掌，轻轻地哈了一口气，随后搓了搓手。

因为把围巾给了北江，南枳的身子显得单薄不少。

北江的神色暗了暗，手中的红薯只余下一点温温的热度。他刚想将脖颈上的围巾解下来，动作却被南枳先一步制止。

她似乎看透了他的想法。

南枳按住他的手："别解开，你围着就行了。"

也是这么一摁，北江清晰地感受到了手上传来的温度。很凉，光是这么轻轻地触碰一下，就凉得他情不自禁地缩了下。

北江踌躇道："姐姐你……"

南枳替他重新整理了下围巾："真的不冷啦！"

不能摘下围巾，也不能将手中那快凉透的红薯还给南枳让她取暖。北江一时有些懊悔。

红薯摊子早就不见了，想要再买一个也不可能。

他想让南枳先回去，自己站在这里等，但他知道，南枳一定不愿意。

思来想去，北江的视线落在了南枳一侧的手上。他犹豫一秒，慢吞吞地朝南枳的方向伸出手。一点一点，两只手的距离越来越近。

手指碰上另一只手的那一瞬间，北江的身子僵了下。

南枳以为他有事，微微低下头询问："怎么了？"

北江缓缓摇头，下定决心一般扯了扯南枳的手指，将她的手握住扯到她的兜里。

南枳低头看了眼被紧紧握住的手，轻轻地笑了声："嗯？"

北江低下头，低声道："姐姐，这样就不会那么冷了。"

仅仅这么半分钟，北江就感觉自己握着的手好像热出了汗。

他不安地等待着，等待着南枳的回应。

"扑哧——"

听到身侧传来的笑声，北江紧绷着的心顿时一松。很奇怪，虽然还没有听到南枳的回答，但仅仅是这一声笑，就能让他放下心来。

南枳弯着唇角，轻轻地动了动被握住的手："谢谢你啦弟弟。"

那一天，明明在路边等北禾的时间很漫长，天气也很冷。但不知道为什么，从握住手的那一刻起，他就再也没有感觉到空气中的冷意。

03

梦是独属于自己的秘密

北禾来时,北江已经松开了南枳的手,将手从口袋里抽了出来。

两人分开后,南枳还笑着调侃他:"北江是一个小暖男啊。"

她问他,是不是对姐姐都这么好。

北江没有反驳,只是低头不语。

其实,他才不会对其他人这么好。

他跟着北禾上了出租车,关门前,他抬手轻轻地朝南枳挥了挥:"姐姐再见,下次见。"

南枳也说:"下次见。"

那时候北江以为他们口中的"下次见"就是下周末的事情。但没想到回到家后,他看到了爸爸妈妈都坐在客厅的沙发上。见到北禾和北江,夫妻俩齐齐站了起来:"宝贝们回来啦?"

付素清走过来挽住北江和北禾:"就等你们开饭呢。"

北江有些愣,问:"妈你们怎么回来了?"

此前付素清和北振林忙着生意上的事情,一直待在外地。偶尔回家看姐弟俩,也都是付素清一个人回来,北江已经一学期没见爸爸了。

见到北江这副样子,付素清以为他还沉浸在父母归家的喜悦中,嗔怪地看了他一眼:"什么怎么回来了?当然是忙完了就回家了呗。"

北禾的反应跟北江大差不差:"这次回来不出去了吗?"

不然怎么说是亲生父母呢?仅仅是从这两句话和姐弟俩的反

03 梦是独属于自己的秘密

应中,付素清就看透了两人的想法。

她皮笑肉不笑地说:"当然,回来亲自监督你们了。"

北江:"……"

北禾:"……"

父母回来了,北禾被父母看着,北江也没再被北禾送到南枳那里去。

父母给北江报了不少辅导班和兴趣班,这些占据了他的业余生活。他整天都很忙,其他时间也都是和朋友相处。他没有再见到南枳,偶尔也去过附中找她,却都没有遇上。

两人没有联系方式,断了这生活中唯一的连接方式,彼此瞬间消失在对方的生活里。只是偶尔,北江还是会想到南枳,想到那个夏天里温柔地朝他笑的姐姐,想到那个冬天里的握手。

其实北江在第一眼见到南枳的时候就觉得她很独特,明明跟自家姐姐一样的年纪,性格与待人却截然不同。

他刚到青春期,遇见一个待他温柔、时不时关心他的姐姐,不免会心生憧憬。

夏日的燥热,也激起了少年的一腔炙热。

那个冬天离别时说的"下次再见",这一说,就隔了两年半。

察觉到自己的手足无措,在这个情况下他选择当一个哑巴,只是偶尔悄悄用余光偷瞄一眼对方。

就像现在,北江端着一杯果茶坐在沙发上。手里玩着手机,人却有点心不在焉,余光总是若有若无地越过北禾落在南枳身上。

北江刚洗过澡,身上穿着家居服。家居服是新的,前段时间家里阿姨买回来给他洗好,他还没来得及穿,领口处还留着淡淡的洗衣液味。这味道遮住了汗味,他的身心也跟着放松不少,不用担心自己身上是不是会有异味。

想到这里,北江悄悄地瞥了一眼坐在北禾身旁的南枳。

"北江!"

耳边猝不及防地传来一声怒吼,吓得北江手一抖,手里捏着的杯子也倾了倾,装在里面的果茶倒了自己一身。

他惊慌失措地抽了几张纸,胡乱擦了一下衣服,看向北禾的眼神有些慌乱,以为自己偷看南枳的行为被北禾发现了。

见北禾一脸凶神恶煞地盯着自己,北江匆匆收回视线,手上擦拭衣服的动作也慢了不少。

"看你把你弟吓的。"南枳从桌上又抽了几张纸递给北江,眼睛微微弯着冲他笑了下。

北禾撇嘴:"我不过就是声音大了一点,谁想到他的反应那么大。"

南枳抿着唇笑了下。

北江根本不敢抬头跟南枳对上视线,头低得死死的,像是犯了错的孩子一样。

北禾扯回刚刚想说的事情,转过头对着北江劈头盖脸就是一顿训:"你还有半个月就中考了,怎么还有心思在这里玩手机呢?"

她话带嘲讽,北江不敢反抗,想到南枳还在这里,小声嘀咕:"我就放松放松。"

"天天都在玩儿,这也叫放松?就算是劳逸结合也得有个度吧?不然就你这样怎么考得上好高中?真是,马上要中考的学生怎么一点压迫感都没有。"

北江被自家姐姐骂得简直羞愧到抬不起头,在最不想丢脸的人面前丢人简直是要他命。

因为北禾的话,他甚至不敢去看南枳的眼睛。

北禾的说教开了头,后面越说越起劲,大有一种北江要是听完这些话还坐在这里,人就是没救了的架势。

北江听得脑袋嗡嗡响,心里打了退堂鼓,想着要不回房间算了。但转念想到客厅里的另一个人,他又生生止住了这个想法。

他好久没见南枳了,他想跟她多待一会儿。

两方权衡下,他硬着头皮,维持着一副乖巧听话的模样坐在那里听训。

最后,北禾的说教是被来电打断的。

北禾接起手机,压低声音跟那边说了几句话后,她抬手掩着手机听筒的位置,站起身对南枳说:"南枳你在这里坐一会儿,我去楼下拿点东西,马上就回来。"

"那你快去吧。"

北禾朝北江叮嘱:"你帮我招待一下。"

随着屋子大门合上的"哐当"一声,屋子也跟着安静下来。

北江家在高层,窗外没什么噪音。屋子里唯一的声源离开后,整个屋子陷入了沉默。

在这个氛围当中,北江既兴奋又不安,面对南枳,他紧张得放在膝盖上的手都在微微颤抖。

"弟弟?"

熟悉的称呼在耳畔响起,北江几乎是一瞬间抬起头看向南枳。

初一北江被送过去跟南枳一起学习的时候,南枳刚开始称不惯他的名字,就以"弟弟"称呼。虽然后来熟悉了,但已经称呼习惯了,她就一直喊他"弟弟"。

"好久没见啦,你还记得我吗?"南枳问他。

怎么可能不记得,这可是忘不了的人。

北江虽然很想这么回答,但他还是乖顺地点头,故作矜持,简单地回答了一句:"记得。"

南枳弯着眉眼问:"你现在成绩怎么样?"

想来南枳会问出这句话,大概是因为刚刚听了北禾那么说,误以为北江的成绩很糟糕吧。

"姐姐你不要听我姐姐乱说啦!其实我成绩没有很差,我姐姐夸张了而已,我模考的成绩还不错。"北江小声回答。

他感觉自己的耳朵在发烫,不用想也知道肯定很红。他有些不自在地抓了抓耳朵,手指往上盖了盖,像是要掩饰什么。

"那挺好的呀!"南枳笑着问,"有想上的高中吗?"

北江低下头,踌躇片刻道:"我想去姐姐和你的那个高中。"

南枳当年读的是临大附中,在他们市是重点高中,考上的难度系数很大。北禾是踩了狗屎运,堪堪飞过录取线进去的。

"附中可以啊,不过考附中还是有点难度的,弟弟你最后半个月要加油呀。"南枳提醒。

北江点点头,安静了一会儿,又突然喊了声:"姐姐。"

"嗯?"

北江身子朝她那边倾了倾:"你在哪儿上大学?"

南枳去年就高考结束了,北江只听北禾说过南枳高考考得还行,但不知道她考到哪所学校去了。

虽然有旁敲侧击地问过,但他也不敢表现得太明显,最后只知道南枳的学校是在省内。

南枳说:"俞大,就在隔壁市。"

俞大是一本大学,但省内学生考其实并不轻松。南枳考到俞大,北江觉得她还挺厉害的。

"那儿好吗?"

"我想你去的话,会喜欢的。"南枳依旧柔柔地笑着。

"姐姐,"北江的声音降了下去,"以后有时间,你能带我去俞大看看吗?我以后也想考俞大。"

南枳有些意外,但还是应了下来:"好啊,不过你得先把中考给解决了。"

门口传来输入门锁密码的声响,他看到南枳冲他笑着,眉眼弯弯,眼底的温柔快要溢出——

"中考加油啊,弟弟。"

03 梦是独属于自己的秘密

一句"中考加油",简简单单的四个字,却成为对北江来说最有意义的鼓励。在那天见到南枳之前,他原本是没有目标的,只觉得能上附中最好,上不了去其他的学校也无所谓。

他没有什么远大的理想,父母对他和北禾的要求都是"努力了就行",对于他想去什么高中,全靠他自己的想法和目标。

但那天之后,他心里一下有了两个目标。他要上附中,他以后要考俞大。两个目标都来自同一个人。

对他来说,他一定要跟着南枳的脚步去看看她生活的地方。

他停了自己一切娱乐活动,潜心学习。去辅导班也不会再迟到,每天都是第一个到最后一个离开。

北江突如其来的改变吓了全家一跳,大家缓过神后也只当他是最后一个月临时抱佛脚了。

中考结束的那天,北江被父母接上车。

北禾特意从学校赶回来接他下考场,将花放到他怀中时顺口问了句:"考得怎么样?"

话音刚落,车子前座的两个人也紧张地朝他看了过来。

北江抱着花,舒舒服服地倚靠在后座上。

见他一副悠然自得的模样,北禾气得猛捶了他两拳:"快说啦!"

北江闻言正了正神色,只吐出两个字:"很好。"

虽然大家听完都有些不相信,但悬着的心还是跟着放下来了。

考试一结束,北江就被俞磊喊去打球了。

中考后的暑假有近三个月的时间,中场休息的时候,俞磊他们还在计划着暑假怎么过。

有人提出去毕业旅行,得到了大家一致肯定。话题也从"怎么过暑假"变成了"暑假去哪儿玩"。

一群人讨论时,北江没怎么参与。

他对旅游不是很感兴趣，恨不得立马结束这个话题去打球。

俞磊注意到他的情绪，侧身撞了撞他的胳膊："喂，北江，这次考得怎么样？前段时间喊你出来打球都不愿意。"

北江睨了他一眼："你呢？"

俞磊"哼哼"一笑："不瞒你说，估的分数应该可以上附中。"

俞磊是那种爱玩儿但可以兼顾学习的人。他很聪明，一边玩儿一边学习也可以稳在年级前二十。

北江还挺羡慕俞磊的，觉得他一天到晚都在玩儿，随随便便考出来的分数却比自己高。

不过这次，北江也没什么压力。

他一把捞起脚边的篮球站起身，往前跑了两步，然后将篮球往俞磊怀里一送。

俞磊赶忙接住，跟着站了起来："哎，你这人。"

北江伸出一只手，高举做了一个传球的姿势。他脸上的笑容明朗，笑得十分张扬，浑身散发着开朗和自信。

他说："开学附中见。"

那年盛夏，北江如愿考进附中。

初入附中时，他难掩心中的激动。

这里是南枳生活了三年的地方。

附中对他来说并不陌生，从前南枳就经常在周末带他来这里吃饭。校园里的路他也跟南枳走过很多遍，他们不是同学，却在学校里相处过好长一段时间。

附中的饭餐一如既往地便宜，但味道似乎变了，还没有他初一时来的时候好吃。

校园的路也跟他初一来时一样，花坛里的梧桐树顶着茂密的绿叶矗立在两边。不过这次走着，他身边的人从姐姐变成了形形色色的同学。

03 梦是独属于自己的秘密

和南枳的约定,他还记得。

但他忘记了一件事。五月份和南枳见完面,做好约定以后他光顾着开心,却忘记和南枳要联系方式。他不愿向北禾要,怕自己的心思被知晓后会给南枳带来困扰。

没等到南枳的联系,北江决定主动出击。

自这个决定在脑海中诞生后,他的生活中就多了一件事——去俞大,找南枳。

和初中时一样,只不过那时候只是跑几条街的距离,这次却成了要乘长途汽车才能到的距离。

俞大就在隔壁市,坐车几个小时的距离。

周五一放学,北江拎起背包,头也不回地往校门口走去,俞磊在后面一连喊了好几声都没喊住他。

北江现在满心想的都是去俞大遇到南枳以后要说些什么话、做些什么事情,全然没有注意到一直跟在他身后的俞磊。

一直到他站定在校门前的十字路口,追了一路的俞磊和其他同学才匆匆赶上他的脚步。

北江这才发现他们。

俞磊一停下来,就大口大口地喘气:"你……你跑这么……这么急干什么?喊你,你也不知道停一下。"

北江皱了皱眉:"喊我干什么?"

"不是约好去打球吗?"

北江这才想起,今天早上吃饭的时候,俞磊提出放学后一块儿去体育馆打球。但他那时候在走神,只是敷衍地应了俞磊几句话,完全没记住他在说什么。

他抓了抓脸:"那啥,我不去了,我有点事情。"

"不去?干什么不去?"俞磊一听,顿时不乐意了。

北江说自己要去一趟邻市,想到今天会回来很晚,又补充说:

"对了,今天晚上我可能要很晚才能回来。我到时候就跟我妈说和你们在一块儿,你们记得给我打掩护哈。"

没等俞磊追问原因,北江就打到了车。他拉开车门,上车前朝他们微微举了一下手:"先走了。"

"北——"

"嘭——"车门被关上,隔断了几人的视线。

看着车子飞驰出去的车影,俞磊挠了挠自己的脑袋,问出了刚刚一直被打断的问题:"北江去邻市干什么?"

"谁知道呢?"徐林席将书包挎上自己的左肩,抬手拍拍他的肩膀,"走了,打球去了。"

"欸,你等等我。"

北江一路快马加鞭,终于在发车之前赶上了长途客车。

车上已经没什么好位置了,于是他选了一个靠后的过道位置坐下。

北江有点晕车,坐大巴还坐这么靠后的位置,一会儿一定会不舒服。他的心里一阵后悔,觉得自己还不如早点买高铁票。

因为买票的时间晚,又恰逢中秋节,所有的车票都很抢手,他想买票那会儿只剩下一等座的高铁车票了。

北江平时花钱不节制,所以父母按周给他的零花钱。他没有存钱的习惯,钱一到手就会忍不住花完。

在看到一等座的票价后,他心里是后悔自己没有存下点钱的。因为是临时起意要去俞峡,况且还是周五,他的零花钱已经花得只剩下一点了。

北江本来想要不要跟自己的朋友借一点,但他一贯不喜欢向朋友借钱这种行为,父母对他的教导也都是尽量不要向别人借钱。所以最后他还是买了票价较为便宜、他能负担的汽车票。

熬过了两个多小时的车程，北江下车时脸色发青，趴在汽车站的洗手间吐了好一会儿才缓过来。

他从俞峡的汽车站出来时，时间正好是五点。

俞峡的天气和临安不太一样，这里临海，街上刮过的风比临安大不少。

北江一出车站，就在这陌生大风的洗礼下找不着北。他没工夫在车站这里耽搁，急匆匆地打车去了俞大。

这个时间的俞大，校门口还很热闹，不断有学生进出。

北江没有来过俞大，第一次站在这校门口却莫名有一种熟悉感。他穿着附中的校服，背着书包站在俞大的校门口，十分显眼。

直到这时他才发现，要在这偌大的大学里找到南枳实在是太困难了。他没有联系方式，甚至不知道南枳学的是什么专业，在什么校区，只有一腔热情驱使他站在这里。

北江在门口徘徊了很久，随着校园里飘出的歌声，他的思绪被吸引，步子也跟着迈了进去。

因为是周五放学时间，又赶上中秋节，大学管得不严，北江这种外校人进去也没人拦着。

进了校园他才发现，这里比他预想的还要大。他甚至分不清教学楼和宿舍楼在哪个方向，只能漫无目的地在校园中游荡。

北江走每一步路，呼吸每一口空气时，脑子中都会浮现南枳的身影，浮现出她走在校园道上的场景。

呼吸了同一个地方的空气，走过了同一条路，这算不算见面了呢？

他在俞大的校园里逛了一个多小时，晚饭是在校内的快餐店里解决的。一个汉堡和一杯可乐，他坐在靠窗的位置，吃了半个多小时。

这里的位置能很好地看清窗外走过这条路的学生，有结伴而行的同学，有腻歪在一起的情侣，也有背着书包抱着书本独行的人。

见到这幅场景,北江不自禁想,南枳在学校里是一个人还是会和朋友一起行动呢?

这个问题他很快就想到了答案:像南枳这样温柔的女生肯定很招人喜欢,身边也会有很多很多的朋友。

吃过晚饭后,北江接到了妈妈的电话。

他捏着手机看了看四周,找了处安静的地方接电话:"喂?"

"江江啊,你什么时候回来?"

北江看了眼窗外,心里估算回家需要的时间:"大概还要三个多小时才回来。"

付素清一听这个时间,语气有些不乐意:"这么晚啊,你和你同学不要在外面玩到太晚啊,外面不安全。"

付素清的话音刚落,快餐店的大门被人从外面打开,那两个客人讲话声音很大,北江的注意力被稍稍吸引。

久久等不到北江的回应,付素清的耐心耗尽:"江江?北江?"

北江一下回过神,回答:"知道啦知道啦!我会早点回来的。"

挂掉电话后,北江也打算打道回府。他拎起桌上的背包挎到肩上,推开大门走出去。

这个时间的校园里人比刚来时少了不少,晚上也起了风,北江刚整理好的头发被吹得乱七八糟。

他心里有些燥,从包里拿出棒球帽戴上。

刚戴上棒球帽的一瞬间,他手还没有放下来,耳边就传来一道熟悉的声音:

"学长,明天去学校门口的咖啡店吧?那里环境好一些。"

北江瞳孔震了震,捏着帽檐的手放下的一瞬间,一对男女从他的身侧擦肩而过。

他猛地回过身,视线追着女生的背影。

03 梦是独属于自己的秘密

这里的灯光很暗,但北江还是一眼就确认了南枳的身影。

彼时她正好走到路灯下,北江看到了她侧抬的脸和身上那条浅蓝色的裙子。是他第一次见到她的时候,她穿的那一条。

南枳的脸上带着嫣然的笑容,仰头跟身侧的男生讲着话。她的声音不大,随着他们越来越远的距离,北江没办法听个真切。

他只知道,她似乎在说什么明天安排的事宜。

北江站定在原地,手垂在校裤的两条白色裤线前方。他的手指轻轻地蜷缩了一下,眼眸盯着南枳的背影一动不动。

她距离他越来越远,声音也渐渐听不见,北江却一步都没往前迈。他像是一尊被人遗弃的雕像,被留在了原地。

北江逛了一个多小时的校园,都没见到那个想见的人。他原本打算下次再来,却没想到在临走之前撞上了。

见到了那个朝思暮想的人,他却没有勇气往前走一步。

北江唇线绷直,眼眸有些红。

他是自己一个人要来这里的,没有经过任何人的允许。见不到又怎样,见到又怎样?就算真的见到了,他又以什么样的理由来解释自己来这里的目的?

和南枳坦白自己单纯是想来俞大找她玩吗?

这不可能,南枳知道他的想法后,一定会劝他回去的。

因为她一直把他当弟弟,从前相处时是,以后也是。北江之前不明白,现在明白了。对南枳来说,他只是一个朋友的弟弟。

北江忽然很庆幸,庆幸这里光线很暗,庆幸擦肩而过的那一瞬间他戴上了帽子,遮住了自己大半张脸。

不然真的被南枳发现他来找他,他连一个来这里的理由都想不到。

他抬手压了压自己的帽檐,转过身往学校大门的方向走去。

两个人就这么背道而驰。

北江回到临安的时候,已经是三个小时之后的事情了。时间太晚，汽车站已经没有车到临安了，北江最后打了顺风车才回来。

顺风车不比大巴，价格贵了不少，这一趟正好花光了北江身上全部的钱。在去俞峡之前，他特意分出了两趟大巴车的钱和一顿饭钱，原本是打算见到南枳以后请她一起去吃一顿饭的。如果当晚时间不够，他就找家店坐到第二天早上，再赶第一班车回临安。

没想到那一笔饭钱没用上，他也错过了最后一班车。北江只好将钱用来打车。

他刚下车，头还有些眩晕，就接到了俞磊打来的电话。

电话一被接通，俞磊就兴冲冲地喊了他一声："北江！"

俞磊那边的声音有些吵，电话听筒里很是嘈杂，和北江这边倒是完全相反的场景。

北江无力地应了一声，声音有些闷。

俞磊没察觉到他的异样，还扬着声问他在哪儿，要不要出来一起吃烧烤。

北江垂着眼，想到了在俞峡看到的那一幅场景，说："行，你来接我吧。我在临安汽车站这里。"

"接啥啊，你打车过来吧，我把地址发给你。"

北江现在身上只剩下几块钱，连打车的钱都凑不出来。

他闭了闭眼："那我不来了。"

他可以坐夜间公交回去，汽车站这里正好有车直达他家小区门口。

俞磊听到他的话，冲着电话嚎叫一声："真服了你了，你在原地等我，马上就到。"

说完，电话就被掐断。

北江拿开手机看了眼，扯着唇笑了笑。

俞磊的速度很快，骑了一辆自行车就过来了。

车子停在北江跟前。俞磊瞥了眼他身后的汽车站招牌，问了一句:"你这是刚回来?"

北江没回答,嘴上闷闷地应了一声。

"你还没跟我说你去哪儿了,去干什么了。"

北江跨上车后座:"没干什么。"

当了这么多年的朋友,就算是神经再大条也能看出北江现在情绪不佳。俞磊嘴上"喊"了一声,但也没再追问。

夜晚的烧烤摊最是热闹,这一整条街上完全不受时间影响,四处亮着灯,比白天还亮。店面门口三三两两地支着桌子,张张坐满了人。

北江姗姗来迟,桌上的一圈朋友举着杯子让他自罚几杯饮料。

俞磊倒是难得站出来替他挡住:"罚什么罚,北江可是我三抬大轿请出来陪我们玩的。"

朋友嗤笑一声:"你俩在一起得了。"

俞磊也是一个会接梗的:"那你得问问北江愿不愿意。"

北江哼笑一声,骂了一句"滚"就在徐林席身边坐下。

他拿起啤酒直接灌了一瓶,赢得身边的人吹了一声口哨。

"北江比你像男人,刚刚让你喝你还逃了。"

"什么逃了啊!"

"俞磊你玩不起啊。"

"……"

听着耳边朋友的打闹声,北江一声不吭地一口接着一口喝着。直到徐林席按住了他的手,问:"你怎么回事啊?"

北江没说话。

徐林席盯着他看了半晌,问:"失恋了?"

没等到北江的回答,徐林席刚刚一嗓子把俞磊吸引了过来,他搂上北江的肩膀:"失恋?谁失恋了?"

徐林席没回答,只笑着。

北江动了动身子,推开俞磊的脸:"你走开。"

北江的视线再度落回徐林席身上:"恋都没恋,失什么恋?"

他的回答,徐林席显然是不信的。徐林席用手指在桌面上敲了敲,一声不吭。

周围很嘈杂,但徐林席手指敲击桌面的声音落在北江耳里却格外刺耳。北江皱了皱眉,刚想出言,徐林席就收了手。

徐林席身子往后一靠,笑道:"那就没有咯。"

北江:"……"

见北江不想继续这个话题,徐林席也没有再追问,只是看向对方的眼神变了变。

北江感觉,徐林席肯定猜到了一点什么。

那个晚上回到家后,北江躺在床上想了很久。

想着自己第一次和南枳见面,想着两人那段时间的相处,想着自己为了一句话拼了命地努力考上附中……

他在想,真的要将俞大那一幕场景定义为两人之间的句号吗?

其实仔细想来,不管当初他被送到南枳那里去照顾,还是和南枳一起在图书馆学习,她对他的鼓励,都不过是一个姐姐对弟弟的态度,仅此而已。

只是姐弟。

北江动了动身子,将脑袋埋进柔软的枕头里。

因为鼻息之间的呼吸处有了阻碍,没一会儿他就有点呼吸困难。北江又正了正自己的身子,正躺着面对天花板。

他合眼,对自己说,算了。

这件事本来就是他一个人的事情,从前是,以后也是。

既然是一个人的事情,她身边有谁又跟他有什么关系呢?

在"姐弟关系"之外的一切,北江还是选择遵从自己的内心。

他还是会忍不住地朝那个温柔、优秀的"姐姐"靠近。

每到月初和月中,他都会独自一人趁着周末,坐上高铁前往南枳所在的城市,到她的学校去。

北江到了俞大门口也不进去,大多数时间都是坐在门口的咖啡厅里待上一整天。

俞大门口的咖啡厅很多,北江不知道自己常待的这一家是不是他们上次说要来"约会"的咖啡厅。

北江喜欢坐在靠窗的位置,看着人来人往的街道。咖啡厅前方就是十字路口,穿过那斑马线就是俞大的校门。

其实他也不知道自己待在这儿的意义在哪儿,为什么来到俞大却不去找南枳,只是一个人在这里坐个一下午就回去。

北江只知道,这一片天空、这里的街道、这里的马路,有南枳的地方都是他所向往的地方。

04 一切都蕴藏着生机

转眼高一的第一个学期就要过去，这么两地跑的日子已经持续了好一段时间，北江也已经在附中待了半年了。

　　周五下午放学，他被俞磊勾着肩走出校门口，耳边除了校门口学生和家长说话的嘈杂声就是俞磊的碎碎念。

　　俞磊说想去学校旁边的小吃街吃点儿点心。

　　北江闲着无事，拖着调调说："那就去呗。"

　　话音刚落，北江的身后突然传来一声呼唤："弟弟。"

　　熟悉的声音，熟悉的音调。

　　北江下意识回头，看到自己每个周末都去探望却一次也没见面打招呼的人就站在他身后，站在离自己不远的地方。

　　南枳穿了一条白色裙子，她的头发比之前长了许多，已经到了胸前的位置。在俞大遇见那次，因为天色很黑，他没看清她头发的长度，印象还停留在中考前夕的那一次见面。

　　她在人群里朝他招手，有一瞬间，北江好像回到了几年前她来初中门口接他时的场景。

　　"北江？"

　　身边的俞磊撞了下他的肩膀，意思是他怎么不走路了。

　　刚刚的那一声"弟弟"，除了北江和南枳知道是在喊他，在场没有其他人知道。

　　北江匆匆低下头，手指不自在地抓了抓后脑，红晕在一瞬间就爬满了他的脸颊。

　　他没头没尾地说了一句："她来找我了，我不跟你们走了。"

俞磊一头雾水，没懂他话里的意思："啊？"

"先走了。"北江拉了一下书包带，迈开步子朝南枳走去。

在他这个年纪男生的思想里，其实是不太愿意被叫"弟弟"这个称呼的。北江同样如此，如果是北禾这么喊他，他也会涨红脸，然后瞬间低头假装不认识她，转身走开。

但南枳不一样。

他抛下自己的兄弟，乖乖巧巧地站在南枳面前，轻声喊了一句："姐姐。"

南枳笑着问："你要跟同学去玩儿吗？"

北江摇头："不用，顺路走出来而已。"

南枳说："那姐姐请你去吃东西吧，你想吃什么？"

北江心一喜，随即又低下头，不想让自己的喜悦表现得太明显。

他小声说："我都行的。"

"那我们就一起去后面的小吃街看看吧。"

小吃街热热闹闹的，大部分客源都是附中的学生，一眨眼的工夫，北江就看到了好几个自己的同学，包括刚刚被自己抛下的俞磊。

俞磊自然也看到了北江，刚想过来就被北江用眼神示意停住了步子。

不然怎么说是多年好友呢？俞磊看看北江再看看南枳，顿时做出一副"我懂"的表情，比画了一个"OK"的手势，然后麻溜地离开。

"好久没来这边了。"南枳问，"要不去吃水果捞吧？"

北江点点头："好。"

在付钱的时候，北江抢先一步递上钱，他没有说话，但意思不言而喻。

这是他的习惯，从他知道南枳家里条件不好的时候开始就一直这样。这次也不例外,他不想让南枳花钱。

南枳见到北江的动作,笑着说:"不用啦,姐姐请客。"

她把北江的手推了回去,朝他笑了下。

北江一声不吭,但还是默默地把手揣回兜里。

好吧,以后还有机会。

这种情况下不能强行继续下去,不然会适得其反。南枳其实还挺要强的,北江不想让她觉得他在过分彰显自己的好。

他们坐在店里聊了一会儿天后,北江才问:"姐姐,你在校门口等多久了?"

南枳想了下,说:"我好像是下午一点到的,后面就坐在附中对面的咖啡厅等你们放学。"

北江低下头:"姐姐,你怎么就确定我一定在附中。"

南枳笑着说:"因为我相信你啊,相信你一定可以考上附中。"

北江一下子抬起头,吃惊地看着她。

他没想到南枳会这么说。

"不过在咖啡厅的时候我还是跟你姐姐确认了一遍。"

南枳跟他道歉:"对不起啊弟弟,开学回到俞大后,我每天忙着做课题或是准备各种竞赛,闲暇时候在外面打工,完全没有时间跟你兑现当时许下的那个承诺。"

北江一愣。

南枳这一番话说出来,真的让他觉得很触动。

当时的那一句话虽然是个承诺,但很多大人都会把这当作哄小孩的话,过后也不会当真,多数会忘记。但现在南枳来告诉他,她记得,她一直都没忘。

他的喉结上下滚了滚,声音嘶哑:"我以为你忘记了。"

"没呢。"南枳身子往前倾了倾,北江感觉到有一双手落在自己的脑袋上,轻轻地揉了揉,像是在安抚他。

"所以我现在来赴约了。"

04 一切都蕴藏着生机

南枳这次隔天才回去。从咖啡店出来后,她拉着北江走上了那一条送他回家的街道。

北江不知道南枳的家在什么方向。其实不仅是家的位置,他对于南枳的了解一直都很少。

北江跟在南枳身侧,有一搭没一搭地聊着天。

虽然隔了几岁的年纪,但两人之间一直没什么代沟。初一的时候是,现在也是。他跟南枳分享他在附中的生活和朋友之间的趣事,南枳也会跟他说在大学里遇到的人、在兼职时碰到的奇葩事情。

她聊到自己的大学生活,北江又想起了那次在俞大碰到的场景。

他一手扯着背包的肩带,一手插在裤兜里,佯装随意地问出那个困扰他很久的问题——

"姐姐,你现在有男朋友了吗?"

虽然表面上看着,这只是随意的一句闲聊,其实北江插在裤兜里的手指已经紧张地蜷缩在了一块儿。

他庆幸这只手是放在口袋里,衣服很好地遮挡住了他的纠结。

南枳慢半拍地"啊"了一声:"没有啊,怎么了?"

没有。

没有?

北江登时愣住,朝前迈出的腿也跟着一僵。

他的脑海中不停地回放那一天的场景,细想印象中已经模糊了的那个男人的脸,想从中找到一点的线索。

他忽然站定,南枳也跟着停下步子,狐疑地问他:"怎么了?"

一句话立马将北江从思绪中拉回神:"啊这个,这个……"

他的脸上瞬间堆起笑容,手放在自己后脑的位置,眼珠不停地转动。倏然,他眼眸一亮,想到了解释的措辞:"是我姐姐,就是我姐姐大学都换了好几个男朋友了,每一次分手都打电话跟我妈哭。我就在想,大学都这么好谈恋爱吗?不然我姐姐为什么可以谈这么多个。"

听完北江的解释,南枳"扑哧"一声笑了起来。她抬手在自己的嘴巴前掩了掩,笑得眉眼弯弯:"别这么说啦!那是因为你姐姐自身条件就很优秀,所以追求者才会有很多。"

她接着说:"大学谈恋爱的机会确实比高中多很多,比如在社团上……"

南枳开始跟北江分享起"如何在大学恋爱"的话题,津津乐道地讲了好几个她们宿舍的例子。

北江见她讲得正欢,注意力早已被转移,心下暗自松了一口气。

又过了一个红绿灯,南枳才讲完她遇到的恋爱趣事。

她笑着问:"弟弟你是不是在学校里也有喜欢的女生了?"

话音刚落,北江的脸瞬间涨红。他羞愤地抬头看着南枳,语气坚定地说:"我们学校的女生我都不喜欢。"

南枳还是"咯咯"笑着,见他似乎很不好意思,也不再逗他了:"好吧。"

北江用手背在自己的脸颊上降温,转而提出了自己的问题:"那姐姐,你在学校也有喜欢的人吗?"

"才没有。"南枳侧回脑袋,目光看向远方,"我现在的心思都放在学习上,还没想到感情那一方面的事情呢。"

南枳又絮絮叨叨说起自己学业上的事情,说她们学校图书馆好的位置都要早起才能抢到之类的。

北江没怎么注意听她后来说的话,注意力只在那一句"才没有"上面。他垂着头跟在她的身侧,唇角不自觉地弯了弯。

南枳将北江送到小区楼下就离开了,临走时,北江抓住她的手腕,踌躇道:"姐姐,我们下一次见面是什么时候?"

04 一切都蕴藏着生机

"下一次啊，不是说如果你爸妈同意了，就带你去俞大逛逛吗？"

北江慢慢松开手，小声说："我没有你的联系方式。"

听北江这么一提，南枳才想起两人并没有交换联系方式。

她赶忙从口袋拿出手机，说道："对不起，对不起弟弟，我忘记了。我们现在加个联系方式吧。"

南枳将手机递到北江跟前，让北江扫了自己的微信二维码，添加成功。

看着消息页面多出来一个好友打招呼的信息，南枳举起手机："加好了，你回去问完你妈妈可以跟我说一下哦！"

"好。"北江盯着自己手机屏幕看了半响，忽然问，"姐姐，除了这件事，我以后可以找你聊天吗？"

他后半句话说得很急很轻，说到最后的时候南枳都要听不清他在说什么了。北江的眼眸也从开始的满心期待逐渐变得犹豫不决。

没等南枳说话，北江又急匆匆地补了一句："我不会经常给你发信息的，就偶尔找你聊聊天。"

看着他慌忙找补的模样，南枳有些忍俊不禁："你这么小心干什么？"

北江抬眸看了她一眼，解释道："我怕姐姐你不答应。"

"怕什么？"

南枳微微侧过头，刚想抬手轻轻地摸一下北江的脑袋，却发现已经够不着了。时间匆匆过去了三年，北江的身高早就比南枳高出许多，从前那个可以轻松摸到头的小男孩已经不见了。现在要摸北江的头，还得让他弯腰才行。

南枳轻轻地笑了下，用手比画着两人之间的身高差距："看，我俩之间身高一下差了这么多呢，我还想跟从前一样碰碰你的脑袋。"

话音刚落，她又说："没什么好不答应的，我俩也算是'朋友'吧？"

她说到"朋友"两个字的时候停顿了一下，继而抬眼，目光直视着北江，像是在等待他的确定。

那天正值暮冬，他们站在通风口的位置，身上迎接了一阵又一阵的寒流。北江垂在身侧的手已经冻僵了，南枳的话让他心里某一处地方蓦地一软，随即涌出暖流。

她眼眸微弯，"啪嗒"一声，他身后的路灯在设定的时间亮了起来。灯光映衬在她的眼眸中，汇聚成为一点，像是一颗星星。

她的眼眸中有星星。

北江也跟着笑了起来，重重地点了下头："嗯！"

简单聊了两句，南枳就催他上楼。北江说让她先走，执拗得很，南枳没法，没再跟他争执，和北江道了句"再见"就离开了。

等着她走出几十米开外后，北江盯着她的背影，扯着嗓子喊了一声："姐姐！"

南枳回过头。

北江高高举起手，声音响亮，一举一动都带着十足的少年气："下次再见！"

南枳没说话，只笑着朝他摆摆手，示意他赶紧进去。

北江没再逗留，转身钻进了楼道里。

他进了电梯，狭小的电梯暖烘烘的，和刚刚楼外的温度截然相反。

从电梯里的镜子中，北江看到自己脸颊通红，脸上还带着残余的笑容。他用手背紧贴着脸颊，给自己降温。

走出电梯的那一瞬间，北江放下了自己贴在脸颊上的手。

怎么会脸红呢？

是热的吧。

04 一切都蕴藏着生机

付素清在听到北江说想要考俞大的时候是很开心的。

她一直都知道自己儿子虽然聪明，但对学习一点兴趣都没有。他就跟他的姐姐一样，都是爱玩的个性。初三那年莫名其妙说想要考附中，发了疯似的学习，虽然顺利考上了附中，但后面这股劲儿又没了。

她前段时间去给北江开家长会，特意询问了班主任北江的情况。北江成绩在班级中游，虽一直规规矩矩的没犯什么大错，成绩也很稳定，但班主任说一看他就是没将学习放在心上，不然绝不止这点成绩。

反观跟他要好的几个同学，俞磊和徐林席虽然也爱玩，但起码关键时刻会冲一冲，也知道克制自己。

班主任跟付素清说，应该好好和北江聊一聊这个问题，虽然才高一，但其实这时候就应该开始为高考做准备了。

付素清面色凝重地回到家，和丈夫一商量，当晚就开了家庭会议。

她问北江："你对自己未来考哪个大学有计划吗？"

北江说没有。

其实他撒谎了，他一直都有考俞大的想法，但北江有点不想将这个想法告诉其他人。虽然就算说了也没人会发现这或许是因为南枳，但他就是不想说出来。

付素清叹了一口气，说："一直以来，我和你爸爸对你和你姐姐的要求都不严格，只希望你们顺顺利利的。但是小江，妈妈和你老师聊过了，老师觉得你这一学期都没有把心思放在学习上。

"妈妈不用你学得很累，但有些关键时刻你还是应该将学习放在第一位。虽然你现在这样的情况没什么问题，但毕竟还是高一嘛，现在大家跟你一样的状态，你是因为基础好才比人家强一点。但后面呢？越后面，人家越努力学的东西越多，比你差一些的同学都追赶上你了，而原本就比你强的同学越来越强，这样不就糟糕了吗？"

说完，付素清用手肘撞了一下北振林的肩膀，示意他说话。后者清了清嗓子："你妈说得对，你安于现状，觉得自己能保持现在的成绩就没关系。但北江你这么聪明，只要肯学，谁不希望你更上一层楼呢？"

付素清附和："对啊对啊……"

北江听这些鸡汤已经听得耳朵有些起茧子了，最后挥手打断了父母，说自己要去睡觉了，明天还有早自习。

付素清和北振林无法，只能结束家庭会议，让他去睡觉。

北江暗自松了一口气，起身回房间时，他还听见父母在他背后重重地叹了一口气。

那时候付素清还有些失望，后续也多次旁敲侧击，但北江一直都没什么表示。

一直到今天晚上，北江忽然说自己想考俞大的事情。

付素清的眉头顿时舒展开，眼角的鱼尾纹都笑了出来："好儿子，你能有这个目标是好的，证明你还是将妈妈的话放在心上的嘛！"

俞大是一本大学，又是省内的学校，在省内的竞争力还是挺大的，学生里有很多都想留在省内好的学校。要是北江考上俞大，倒也挺好。

再说了，让北江有目标只是第一步，他要是考得好当然可以去更好的学校，一点一点慢慢来。

因为付素清被北江突然定下目标这件事惊得满心欢喜，北江提出想要在寒假的时候去俞峡玩一趟的要求她也答应了。

北江坐在母亲身边，背在身后的手暗暗比了一个"打气"的手势。

太棒了。

付素清虽然答应了北江的请求,但心里还是有些担心:"但是小江,你一个人去俞峡人生地不熟的,妈妈也不放心。"

北江忙说:"不是一个人!姐姐的同学,就是高中带……不,是跟我见过几次面的南枳姐姐也在那边,她说可以带带我。"

"南枳吗?"付素清愣了下。

北江生怕妈妈不答应,着急忙慌地抱住她的胳膊撒娇:"哎呀,我就是去俞大的校园看看,而且南枳姐姐在那儿读书,她带着我不会有什么问题的。我看了学校才能更好地了解自己前进的目标啊。"

话音一落,北江抬眼注意着妈妈的神色。

付素清显然被北江的最后一句话打动了,叹了一口气道:"那你过去可不能给人家添麻烦啊,要有礼貌。"

"我知道的。"

搞定这件事,北江刚想回房间给南枳发信息汇报,身子还没从沙发上起来,却又被妈妈叫住:"小江。"

北江现在心情很好,对妈妈再一次打断他也没什么郁闷,咧着嘴回头:"啊?"

付素清问:"你是怎么跟南枳又联系上的啊?"

北江身子一僵,神色顿时紧张起来。他的大脑飞速运转,心里琢磨着台词,想着怎么说才好。

顿了几秒,他说:"这个啊,我初中的时候南枳姐姐教过我功课,那时候就加了联系方式。我后面去询问她关于俞大的事情,她说可以带我逛逛,我觉得挺好的啊。"

"这样啊。"付素清点点头,没再追问。

北江不知道妈妈到底是不是相信自己的话,但他现在也管不了那么多,跟妈妈打了个招呼就回到房间。

房间门合上的一瞬间,他双手做出"打气"的动作:"Yes!"

他从桌上拿起手机,开始给南枳发信息。

输入对话框的字删删改改,他打了好几段话又被自己删除了,最后只发了一句话:姐姐,我能来俞峡了。

末了,他还加了一个不符合他性格的可爱表情包。

这是从俞磊那里拿来的图,俞磊总是故意发这些恶心他。

发完以后,北江忽然发现自己手心都是汗。

他抬手在衣服上搓了搓,"叮咚"一声,手机收到消息了。

北江赶紧点开,果然是南枳的头像:"那太好了!那弟弟到时候见了哦!"

寒假,北江在经过家人同意后顺利去了俞峡。

下动车时,是南枳来接他的。看着南枳站在栅栏外朝他招手,北江心里忽然有些感慨。

来到俞峡这么多次,车站的出口他都走熟悉了,从前看着出口栅栏那处等候的人群,他曾偷偷幻想过南枳站在那里接他的场景。

但他一直都知道那是奢求。

但现在,这一种奢求成为现实,南枳真的站在那里接他了。

走出高铁站的时候,南枳一直在跟他介绍俞峡,介绍这里的路线,坐哪路公交车可以直达俞大,沿路会经过什么建筑。

她兴致勃勃地讲着,殊不知对于这条路,北江已经熟悉得不能再熟悉了。

从高铁站到俞大的这条路,是北江在俞峡最常走的路。街边的一些标志性建筑,这一次见也依然感觉到熟悉。

俞大很大,但一天逛下来倒也能逛得七七八八。

南枳跟北江介绍了一下她常去的地方,图书馆、教学楼等等。

"食堂有好几个,距离我们最近就有一个。那边那个建筑就是,那里的东西还蛮实惠的。"

04 一切都蕴藏着生机

提到食堂,北江又想起了南枳高中的时候因为省钱,三餐都很拮据的事。不知道现在的南枳,在吃饭上面还是不是像从前那样?

两人在校园里闲逛了一下午,南枳看了眼手机上的时间,离饭点还有一个小时,但北江晚上还要坐高铁回去。

南枳提出去校门口吃烤肉,北江对此没有任何意见。

没到饭点,烤肉店里的客人比较少,北江和南枳不需要排队就直接入座了。

她很少到外面吃饭,之前被室友拉来这家店吃过一次,味道还不错。

她将菜单递给北江:"看看吃什么,姐姐请客。"

北江从她手中接过菜单,注意力全部放在了南枳的后半句话上。他盯着菜单上的菜品看了很久,握在手中的笔却迟迟没有落下。

从前他没有金钱概念,今天乍一看菜单,觉得不管是哪样都很贵。

最后为了应付,北江还是点了几个较为便宜的菜,然后匆匆递给南枳:"好了姐姐。"

南枳往菜单上瞥了一眼,有些忍俊不禁:"这么点儿菜,你是小鸟胃吗?会吃不饱的呀!"

北江抓了抓脸颊,一时也想不到好的措辞解释:"我不饿呀。"

虽然北江这么说,但南枳看到他点的几样菜,还是坚持加了两盘肉。她说:"男孩子长身体呢,要多吃一点。"

等菜期间,北江也没闲着,一直在找话跟南枳聊天。

南枳和北江有一搭没一搭地聊着。她说到北江附中的生活,北江刚要接话,耳边猝不及防出现一道声音,率先打断了他即将脱口的话。

"南枳?"

北江和南枳几乎同时抬起头。

只看了一眼,北江就认出这是他第一次来俞大时在校园里碰到的、站在南枳身边被他误以为是她男朋友的男人。

南枳诧异地站了起来:"你也来这里吃饭啊?"

男生笑了笑:"对啊,我们临时改变了聚餐地点,来这里吃烤肉。我提前来把菜给点了。"

他的视线落在他们的座位上,又在北江身上转了转:"你推了我们的团体活动原来是为了招呼朋友啊?"

南枳笑着点头:"是啊,我和他很早就约好了。"

男生和南枳聊了两句就离开了,他一走,北江就按捺不住自己那一颗跳动的心,迫不及待地询问南枳和那个男生的关系。

"他是我们学生会的学长呀!"

听到这个回答,北江还是有些低落。他也不知道为什么,只要看到这个男人,他就有一种莫名的敌意。

北江郁闷地问:"姐姐你和他很熟吗?"

"熟?"南枳想了下,"还行吧,我跟所有人接触都差不多。因为兼职比较忙,学生会的人际关系我也没什么精力去维持。"

听她这么说,北江高高悬起的心这才跟着落下来。

他兴致也高了不少:"你那么忙为什么还要去参加学生会啊?"

南枳有些不好意思,手指抓了抓脸颊:"当时也没想那么多,一进学校就被忽悠进去了,说是会加学分。"

"这样的嘛!"

"……"

因为大部分都需要他们自己动手烤,所以店里上菜特别快。不一会儿,北江跟前就铺满了一片片"滋滋"冒着热气的五花肉。

南枳笑着给他夹了一块肉,问起今天在学校闲逛的感受:"怎么样？喜欢俞大吗？"

北江低头咬住肉，很烫。但他还是塞进了嘴里，只好含糊不清地回答："嗯嗯，喜欢的。"

其实他还是跟以前一样的想法，哪所大学对他来说都无所谓，俞大也没多大区别，只是因为南枳在这里，所以他也想来这里。

南枳弯着唇角，嘴角露着一个小小的梨涡："那加把劲吧！以后考来俞大。"

"嗯，"北江抬起头，眼眸微微发亮，"姐姐，你以后会考研吗？"

"嗯，有这个想法，怎么了？"

北江低下头："我是想说，你如果考研的话，我考到俞大了，我俩还可以互相照应。"

这句话他说得很轻，也很小心，生怕遭到南枳的拒绝。

南枳笑着说："好啊，两个人在一个陌生的城市确实可以互相照顾哦！所以弟弟，你要加油，努力学习呀！"

晚上，南枳把北江送到高铁站。

尽管北江一直说可以自己打车去高铁站，但南枳坚持说晚上不安全，要送他上车自己才放心。

听到他这么说的时候，北江暗自撇嘴，明明女孩子一个人在晚上才更不安全嘛！

北江进入安检通道前，南枳叮嘱他："上车以后不要乱跑，到了临安你姐姐会在站口等你的。"

北江乖巧地点点头。

其实早在十几分钟前，他那不靠谱的姐姐就发来信息说她在跟朋友逛街，让他到站后自己打车回家。

北江忽然想到一件事，问南枳："姐姐你怎么寒假不回临安啊？"

"我这边还有兼职呢。"

北江问："那你过年不回去了吗？"

"回去的，等年前再回去。"

北江小声说："姐姐，你不要太辛苦啊。"

南枳却笑着："不会的，早就习惯了。"

她说得很轻松，但这话还是让北江心脏蓦地一紧。

北江张了张口，似乎还想说什么，却听到耳边的广播传来催促检票的声音。

"快进去快进去，要误车了。"

他被南枳推着去了安检口。

进去后，他一直跟着人流往前走，一直到快要走过拐角时，他回头看了眼安检口外。

他看见南枳在栅栏的另一边看着他，见他回头，抬起手冲他挥了挥。

那一瞬间，北江脑子里的一根弦绷断。

他脚一迈，从人群中走了出来，快步朝南枳走了过去。

南枳见到他走过来很是不解："怎么了？是有东西落下了吗？"

他没作声，南枳开始低头在自己的背包里找着。

虽然北江比南枳小五岁，但这会儿他已经有一米八多的个头了，南枳一米六的个子跟他比起来还是有些差距。他站在南枳身边，足足高出她一个头。

南枳还在低头翻找，嘴里嘟囔着："落了什么东西吗？"

北江紧抿着唇，突然，他脚一迈，往前进了一小步。

"弟弟，你知道——"

南枳的声音戛然而止。

北江的呼吸很重，他能清晰地感觉到自己搂在南枳肩膀两侧的手在微微颤抖，自己内心的不安暴露无遗。

他低头看了一眼，南枳没做任何动作，但从她微颤的睫毛上不难感觉到她的震惊。

他轻声说："姐姐，再见。"

他们就这样，隔着栅栏拥抱。

拥抱只持续了三秒，北江就松开了手。他往后一退，拉了拉书包带，低下头转身就混入人群中。

他没去看南枳的表情，这样也就满足了。

从临安高铁站出来后，北江刚要朝门口的出租车等候区的方向走去，面前突然停下一辆车。随即车窗被摇下，北禾那一张冷酷的脸就出现在了他的眼前："上车。"

北江没什么情绪，胸前抱着书包上了副驾驶座。

他从兜里拿出手机，手指滑到微信上："你不是说不来吗？"

他点开南枳的头像，指尖在键盘上打下七个字跟南枳报备：姐姐，我到临安了。

北禾开着车没回头："你以为我闲着啊？是南枳她一直给我打电话问我接到你没有，担心你能不能安全到家。我怕她着急，干脆就亲自来接你了。"

"哦。"

"今天去俞大看得怎么样？真要考俞大啊？"北禾问他。

北江握着手机，轻轻"嗯"了一声。

北禾嘟囔："俞大哪有临大好？既然定了目标就定高一点呗，跟当初定附中那样，你倒不如考个临大算了。"

北江没吭声，但他没觉得俞大不如临大，因为南枳姐姐在那里。

"俞大很好的，我会去俞大的。"

从俞大回来后，北江和南枳一直保持着联系。

北江一开始不太敢频繁地去找南枳，怕自己的话太多会打扰到南枳。但有一次，他在朋友圈更新了一条他拍的天空照时，南枳给他点赞了。

他其实不太爱分享朋友圈，一年都不一定发一条。但那天他打完球从体育馆回家的途中，正好遇上了一棵枯树。在阴天的衬托下，别有一番风味。鬼使神差地，北江开始抬头观察着这一棵枯树。这是一个很寻常的景色，他从前不是没有遇到过，但那天他打开手机相机拍下一张照片，上传到了朋友圈。

等他到家时，刚刚的那一条动态已经收到了很多人的点赞和评论。最多的就是他那一群朋友在下面惊呼他"诈尸"了。

北江见状，弯着唇笑了下，刚想退出微信时，他的眼眸一顿。

他在那一群朋友点赞的信息中看到了一个特别的点赞。

是南枳的。

她的头像是一个小女孩在树林中奔跑的动漫插图。

不是很显眼，但北江一眼就注意到了。

他给南枳的备注是一个英文单词"Tomorrow"。明天，也是未来，是他前进的目标。

北江点开她的头像，南枳的朋友圈很丰富，都是在分享她的生活日常。从她的朋友圈当中可以看出她是一个热爱生活的人。

北江在第一次加她的时候就看了很多遍她的朋友圈，次次翻回去看，次次都有不一样的感觉。

他点开和南枳的对话框，盯着屏幕看了半晌，最终轻轻戳动键盘，打下三个字：在干吗？

信息发出去的那一瞬间，北江就开始后悔了。

怎么会有人蠢到用这种方式打招呼？

趁着信息才发出去不到一分钟，北江赶紧按下撤回。消息撤回的一瞬间，南枳回的消息出现了——

在寝室呢！今天朋友生日跟着去凑了下热闹，你呢弟弟？

北江："……"

好尴尬啊。

他赶紧跟南枳解释自己刚刚是手滑点错，随后说自己也刚打完球回家。

南枳几乎是秒回：最近过得怎么样？

北江：挺好的。

发出后，他又接着发了一句：马上就要过年了，姐姐你什么时候回临安呢？

他正和南枳发信息，北禾听到门口开门的动静，从沙发上探出头来："回来了北江？"

"嗯。"北江头也没抬，换好鞋就直直往自己房间走去。

"等等！"北禾喊住他，"妈妈叫我跟你说一声，今年过年我们去爷爷奶奶那边。"

北江全部注意力都放在和南枳的聊天上，对北禾的话也只是敷衍地应了一声，压根儿就没听进去。

伴随着房门"砰"的一声关上，南枳的消息也正好进来。

Tomorrow：后天的车票。

北江和南枳有一搭没一搭地聊着天，他躺在床上，一下侧翻，一下正躺，姿势变化不断。

一口气和南枳聊了半个多小时，最后南枳说要去洗澡，两人结束了今天的聊天。

北江看着屏幕上南枳发的那一句"晚安"，眉眼都跟着扬起，也发了一句"姐姐晚安"。

北江和南枳聊得并不频繁，他清楚就算聊天也应该给彼此空间，每个人都有自己的生活，所以北江一直控制着自己去找南枳的频率。

他会提前将自己要说的话、发的图片保存在手机相册里。

等到和南枳聊天时,他会十分自然地将提前准备好的照片发出去,轻松地挑起两人的话题:姐姐,居然还有会下蛋的烟花。

话题大多比较轻松,他什么都会发,看到了有什么可以分享的全部保存下来再发给南枳,他的分享欲只给了一个人。

而他发过去的话,句句有回应。

05

人生像漫长的单行道

转眼就到了除夕，北江跟着家人去爷爷奶奶家中过年。

从坐上车的那一刻，北江就有些蔫。他脑袋靠在车窗上，眼神麻木地盯着车内一角，手机捏在手上却没有心思玩。

见他这副样子，付素清忍不住地问了句："怎么每次去爷爷奶奶家都跟要你命一样，就这么不乐意？"

北江扣了扣手，没说话。

北禾在一旁补刀："还不是因为嘉行？他就是不想跟嘉行碰上面，所以才要死不活的。"

"他俩闹那么一顿都是小学时候的事情了，这么多年过去了北江你还生他的气呢？"北振林开着车，抽空以后视镜看了北江一眼，调侃了一句。

"你说这话我可不认同了。"付素清翻了个白眼，"你又不是不知道，你弟弟全家那德行，每次他儿子招惹我们家江江的时候都是什么样！多大了，你弟弟和弟媳也不知道管一下。"

北嘉行是北江的堂弟，是他叔叔生的儿子，只比他小一岁。北江对他的记忆从他记事起就不太好。北嘉行是他们这一辈最小的小孩，家人过分宠着，甚至可以说是溺爱。

或许是因为家人没分寸的溺爱，北嘉行从第一次和北江见面开始就和他不对付，不是刻意在北江跟前争宠，就是做了什么坏事要诬陷到北江身上。偏偏做了这些事后，还会装出一副人畜无害的模样。

而这些小打小闹在大人眼里都是讲几句话开个玩笑就能过去

的。有一次北江气不过,在北嘉行三番五次的挑衅下伸手将他推到地上,和他打了起来,打斗过程中不小心将他推下两三个台阶。

北嘉行的脑袋被石头磕出血,从地上爬起来后坐在那哭得震天响,把坐在屋子里闲聊的大人给引了过来。

婶婶急匆匆地把北嘉行抱起来,心疼地问他怎么回事。

北嘉行找到撑腰的人,眼泪"哗哗"往下流,说自己只是在北江身边玩,北江故意跑过来推他。

婶婶气急了,抬手就往北江脸上打了一巴掌,接着刚要扯住他的时候,正好被后赶到的付素清拦下。

付素清抱住北江,见自己儿子被打,她的脾气也上来了:"你有病啊?打我儿子干什么?"

"看看你的好儿子,小小年纪心思就这么歹毒。以前对我们家嘉行做的事情,我念着他年纪小就不说了,现在居然敢把嘉行推下台阶。看我们嘉行头磕的,你看看啊,要是嘉行有什么事,我不会饶过你的。"

"你看到是江江推的了吗?什么事情都说是我们江江做的,我们一家就给你们家收拾烂摊子是吧?爹什么样儿,儿子也有样学样,一家子烂泥扶不上墙,吃我们的喝我们的还敢反咬一口。"

付素清对北江叔叔一家积怨已久,要不是北振林一直说都是一家人,她早就翻脸不认人了。

两个女人你一言我一句地在大门口吵了起来,引得不少街坊邻居凑过来看热闹。最后是北振林出面,决定先送北嘉行去医院看看伤势再说,这场闹剧才暂时停止。

后来付素清问北江这件事的来龙去脉,北江说完后,她冷笑了一声,拉上北江和北禾就从老宅离开了。

北江不太清楚后面的事情,只记得那段时间他们家和叔叔一家闹得很凶,付素清和北振林也经常因为这件事吵架。

他从那天起再也没去过奶奶家。

所以今年过年突然要去奶奶家过年，北江心里还是有些抗拒的。一想到小学时候发生的那些事情，他就膈应得不行。

但北振林说闹了这么多年也该和好了，拉上全家人前往老宅过年。

不只北江想到当年的事情了，付素清显然也想到了那些事情，对着北振林说话的语调都开始阴阳怪气："年前两家都还憋着都不说话呢，突然喊我们回去过年，指不定又是有什么事情找我们家帮忙。也就你这人，别人一叫就巴巴地凑上去了。"

"你少说两句吧。"北振林的脸色有些不太好。

虽然他知道付素清心里肯定还有气，但这时候说这些总是不好的。

付素清冷哼一声："本来就是。"

也怨不得付素清多想，北江叔叔那一家的确是靠着他们家扶持才有今天的。北振林夫妇生意做发达后，结识了不少人脉。北江叔叔一家的工作和住所，都是北振林走关系搞定的。

付素清一直说他们就是白眼狼，端起碗吃饭，放下碗骂娘。

因为这一件事，车里的气氛顿时降到了冰点，一直到车子开进老宅都没有缓和过来。

北振林的车子一停下，老宅内的人循着动静都迎了出来。北江的爷爷奶奶走在最前面，身后跟着小叔一家。

北江下车的动作一顿，随后又恢复正常。

奶奶抓住北振林的肩膀，嘴上止不住地笑着，脸上的皱纹都多了几条："振林啊，我们刚刚还念叨着你什么时候来呢。"

奶奶说着眼眶就湿润了，北振林赶忙弯下腰抓住她的手安慰着。

奶奶手不停地挥动，哽咽着说："没事没事，就是高兴的。"

话音刚落,站在奶奶身后的婶婶也跟着脸上堆起笑:"大哥,妈这是想你想得紧呢,见到你太高兴了。"

北振林也跟着笑了笑:"是吗?"

看着他们那一群人站在车前寒暄,北江撇了撇嘴,无语地翻了个白眼,侧过身去寻找付素清的身影。

付素清正被婶婶拉着手说话。

"北江。"北禾忽然凑到北江身边,下巴微抬,朝付素清的方向示意了一下,眼眸中带着厌恶。

显然,北禾看到这一场景也觉得好笑。

大人之间真有意思,之前吵得那么凶,现在还能皮笑肉不笑地在一起说话。

其实这几年他们家虽然不来这里过年,但平日里跟老人的走动是没有落下的。付素清虽然不喜欢两个老人对小儿子一家的偏爱,但她刀子嘴豆腐心,对老人一直都很上心。

北江正思考着家里这复杂的关系,倏然,他的肩膀上落了一股重力,随即那股力道把他往人群中推。

"小江,见到爷爷奶奶怎么不喊人?"

北振林的声音从北江身后传来,落在北江的耳朵里有些闷。他的后背抵着爸爸的胸腔,北振林每讲一句话他都能感觉到背后的振动。

北江抬头喊了一句:"爷爷、奶奶。"

"哎哎,小江又长高了啊?"

"最近在学校怎么样?"

北江应和了几句,大人的话题就没有再落在他身上,又聊起别的来。

北江被人群围在中间,有点喘不过来气。

他真的不明白为什么要站在外面聊天,进屋不好吗?

北江费了好大一番工夫从人群中挤出,抬头的一瞬间,他看到了北嘉行唇角含着笑,直直地站在他面前。

他听见北嘉行喊他"哥哥"时,鸡皮疙瘩顿时落了一地。

他正了正身子,毫不掩饰脸上的厌恶:"你还挺恶心的。"

北江对北嘉行一点好感都没有。眼下北嘉行突然站在他跟前,乖巧地喊了一声"哥哥",北江还不知道他又要对他耍什么阴招。

听见北江这么直白的话,北嘉行脸上的笑容也挂不住了。他神色冷了下来,话中带着讥讽:"我还以为你今年不来了呢。"

"关你什么事?"北江瞥了他一眼,继而收回视线,转身就跟着北禾走进老宅,一分视线都没再落到北嘉行身上。

北禾目睹了刚刚的那一场"硝烟",等到四下无人的时候,勾着北江的肩膀打听:"你和北嘉行刚刚聊什么呢?你俩还能聊天?"

她刚刚在人群中,用余光看到北江和北嘉行聊了两句,但具体说了什么却不知道,只看见北嘉行的神色不太好看。

北江有些烦躁,抬手推开北禾的手:"能聊什么,他来找事。"

闻言,北禾下意识嘀咕了一句:"北嘉行也是够搞笑的,家里人都那么宠着他了,怎么还天天针对你?"

北江也觉得好奇。

爸爸家这边的人因为北嘉行是最小的孩子,对他的宠爱一直都是超过其他小孩的。

北江记得,以前有远房亲戚从国外回来,带给他们几个孩子一人一盒巧克力。因为每个人拿到的口味都是不同的,北江拿到的刚好是他最喜欢的味道。可偏偏北嘉行看到了以后就去跟爷爷奶奶说他想要北江手中的那一份巧克力,想和北江交换。

北江自然不愿意,他也很喜欢吃这个口味的巧克力。

两个老人却坚持要他把巧克力让给北嘉行,北禾站出来为北江说话,也被顶了回去。

奶奶态度坚决,说:"就是一个巧克力,嘉行比小江你小,你要让让你的弟弟啊。"

北江不明白为什么要"让",他家里从来没有大的要让小的这一说法。父母从来不会让北禾把她的东西让出来给他,北江的东西也同理。

所以那一次,他也坚决不让。

结果因为这件事,他被老人念叨了很久,说他不爱护弟弟什么的。

爷爷奶奶对北江和北禾好吗?当然也好,不过前提是北嘉行不在,一旦遇上北嘉行,那他们姐弟俩都要给北嘉行让道。

北嘉行完全就是在家人溺爱中长大的,北江从小到大一直明白这一点。

可不知道为什么,北嘉行还是不知足。

北江不想再提到北嘉行,自顾自低头玩手机。

北禾见他这副样子,也知道了他的意思,便没有再聊下去。

不一会儿,站在外面聊了半天的大人们不知道是被谁劝进来了,几人总算正经坐到大厅里继续聊天。

北江正和南枳发着信息。今天是除夕,南枳已经从俞峡回来了,现在正坐在家里和弟弟一起包饺子。她给北江拍了一张照片,照片里是一排排白花花的饺子。饺子的形状很好看,一个个像是一个模子刻出来的。

南枳说,这是她跟弟弟一起包的。

北江忽然想起来,自己还没有包过饺子呢!

他在屏幕上放大每一个饺子看了看,每个饺子都挑不出毛病。

南枳的弟弟可真厉害,会织围巾,还会包饺子。

想到这里,北江对南家弟弟的好奇又多了几分。

他侧头看了眼大厅里聊天的人。大人们聊天的声音很大,落在耳边尽是聒噪。他们表面虽然聊得热闹和睦,可私底下不知道在想些什么。

北江是真的不喜欢爷爷奶奶家的氛围,他还是喜欢外公外婆那边。他想,南栀家里肯定和外公外婆那边的气氛一样,家人之间都是真情。

北江越想越惆怅,觉得自己这个年都过得没意思了。

他给南栀发了一个"哭泣"的表情包,以此来表达自己的情绪。

南栀一下就发现了异样,问他怎么了。

北江没说这边的情况,毕竟"家丑不可外扬",他也不想跟南栀说这么糟心的事情,只回了一句:没事啦,就是感觉过年越来越无聊了。

发完这句话,南栀许久没有回复。

时间越长,北江的心就越不安。他反复滑动屏幕,斟酌着每一句话,看是不是哪句话说得不妥了。

正当他想着要不要发个信息问问时,南栀发来了一张照片。

那是堆积在屋子角落的一些烟花筒。

"叮咚"一声,信息随后发来。

Tomorrow:今天晚上我们家要放烟花,我拍给你看啊。

看到这条信息,北江心里的阴霾一扫而空,情不自禁地弯起了唇角。转而又意识到自己面前还坐了许多人,他又掩饰一般用手遮在面前。

他回复:好啊。

临安这边的年夜饭是在下午两三点的时候上桌,北家这次年夜饭比前两年人多,一个大圆桌刚好坐满两家人外加两位老人。

餐桌上大人们热热闹闹地吃饭聊着天,北江坐在北禾身边埋头扒饭,有人提到他时他才抬头笑一下。

年夜饭吃到一半,北江已经有些坐不住了。他正想着怎么从餐桌上开溜,耳边突然传来一道声音,喊的正是他的名字:"北江，来。"

北江循声抬头。

小叔不知道什么时候站了起来，手里捏着一个红包，正举在餐桌上方递向北江。

北江连忙站起来接过红包，道了一声谢。

小叔笑了笑，又从兜里拿出另一个红包递给北禾。

有了他这么一个开端，餐桌上的大人纷纷站起来从兜里掏出准备好的红包递给小辈。

"对了大哥。"

北江正将手放在口袋里估摸着红包的厚度，耳边再度响起小叔的声音。他微微抬眼，注意力放在小叔身上。

小叔笑着说："嘉行今年不是要中考了吗？马上就要上高中了，但他的成绩跟附中分数线差一点，虽然还有半年的时间可以准备，但上附中也很难。你能不能帮着问问，到时候看看找个机会把嘉行弄进去啊？"

北振林顿时有些为难："振阳你这说的是什么话，附中哪里是我想让嘉行进去就能安排他进去的？"

"小江和禾禾不都是读的附中吗？大哥你肯定有法子。"不等北振阳说话，婶婶急匆匆地插了一嘴。

闻言，北江暗自翻了个白眼。

真是蠢得可以，当着人父亲的面说这些。

果不其然，话音刚落北振林的脸色就沉了下来："小江和禾禾都是自己考进去的，凭自己本事上的附中。"

北振阳脸上的笑容一僵。

就这么被落了面子，婶婶的脸色也有些不太好看："大哥你这是什么意思，说我们家嘉行没本事上附中？"

"我——"

"嘉行厉害，当然可以自己上附中。"付素清忽然出声打断了北振林，末了还侧头笑着看向两个老人，"是吧，爸妈，嘉行这么聪明的一个孩子，哪里需要靠我们家？再说了，我们家哪有这么大的关系可以帮嘉行上附中？"

"付素清你——"

"行了！"老太太一拍桌，神色不悦，"大过年的吵什么吵？"

老人按住自己的胸口，做出一副心痛的模样。北振阳连忙上前安抚，拍着她的背替她顺气，嘴里说着安抚的话。

北老爷子见状有些生气，看向北振林的眼神有些责怪："一家人分什么你们我们？你弟弟让你帮这个小忙你就帮了不就行了？"

"爸！"北振林无奈，"这件事我真的帮不了，北江和北禾他俩都是自己考进去的。要是嘉行想上附中，这还有半年，你让嘉行努努力，也可以考上附中啊。我哪里有那么大的能力往学校塞人？"

"办法有那么多，你就不能好好想想怎么帮帮你弟弟吗？他可就嘉行这么一个孩子啊，嘉行也是你的侄子啊。"

"我是真的没有办法啊！"

"……"

眼见餐桌上又要吵起来，北振阳赶忙出来打圆场。安抚着老爷子坐下后，他朝北振林赔笑道："没事大哥，不行就不行，我回头再给嘉行找个补习班，让他自己考就行。"

北振阳已经给出了台阶，北振林不下也不合适，哽着一口气重新坐回位子。

一场闹剧终止，桌上众人又各自吃着饭。只是这一次，每个人脸上的神色都不相同。

北江匆匆扒了两口饭，找了个借口离开餐桌回到客厅。坐到沙发上的一瞬间，他缓缓舒出一口气。

真是晦气的年。

北江有时候是真的佩服大人之间虚假的情谊，明明在餐桌上都吵得那么凶了，现在还能坐在一块儿打牌聊天。

就连付素清也是，虽然脸上的笑容都快要挂不住了，但还是坐在沙发上一小口一小口地喝着茶。

北江实在是有些忍不了，索性躲回自家车上和俞磊联手打了几把游戏。

又是一局"失败"，北江捏着的手机屏幕变成了灰色。

耳麦里的俞磊大声骂了一句脏话，说了一句"再来"。

尽管两人已经连着输掉了五六把，但俞磊就是不服输，拉着北江说必须赢一把。

听着耳麦里不断传来的俞磊催促的声音，北江哼笑一声："你过年一直在屋里打游戏，你爸妈不说你？"

"没啥事情干啊，你快别啰唆了，快上线。"

北江指腹往上滑了一下，看了眼时间刚要说"上线"的时候，手机上方弹出一个来电显示——

南栀。

他愣住。

"北江？北江你人呢？"

俞磊的声音将北江的思绪唤回神，他垂眸看向手机屏幕上出现的那两个字，弯着唇笑了下："俞磊。"

俞磊在电话那头"啊"了一声："干吗？"

北江说："不玩了，我下了。"

"为什么——"

手机屏幕从游戏界面退出，回到了主页。北江深呼一口气，按下接通键。

下一秒，南栀的声音从听筒里传出来："弟弟。"

时间刚过零点，北江透过车窗看到了天空中绽放的烟花，到点了啊。

他推开车门想出去看看，烟花绽放的声音响彻四周，吵得他耳朵疼。北江只好又将车门关上，希望能挡住烟花声。

"嗯？怎么了？"听筒里传来南枳的声音。

北江连忙将手机放到耳边："啊，不是，刚刚看到窗外有人开始放烟花了，我本来想给你听一听烟花的声音再跟你说一句新年快乐的，但烟花声音太大了，好像盖住了我们两个人的声音。"

"是吗？"南枳轻轻地笑了声，"你等一下，弟弟。"

电话的听筒里传来嘈杂的声音，是人说话的嘈杂声。

南枳说："倒数五秒。"

没等北江有所反应，她就自己轻轻在电话那头倒数起时间："五，四……"

北江的思绪跟着她走，心里开始倒数。

"三，二……"

"一。"

最后一秒，他心里的声音和南枳的声音重叠，伴随着这一声尾音，电话那头传来了"咻"的一声。

北江马上分辨出这是烟花的声音，细细听了几分钟，电话那头混杂的声响中出现了南枳的声音："听到烟花声了吗？"

"听到了。"北江重新推开车门，眼前烟花的声音和电话听筒里烟花的声音混杂在一起，两方烟花像是在一较高下。

他将手机音量调到最大，勉强能从烟花的嘈杂声中分辨出南枳的声音，柔柔的语调，像是含着笑意。

她说："新年快乐，弟弟。"

北江抬起头，眼眸中映出五颜六色的烟花，一路升到空中绽放开，像是一朵朵盛开的花。

同一片天空，看着不一样的烟火。

他看着烟花，眼眸也跟着柔了下来："新年快乐，姐姐。"

05 人生像漫长的单行道

除夕夜在他们互道的一声"新年快乐"中落下帷幕。

挂了电话后,北江又看了眼天上绽放的烟花,转身之际,他的耳畔落下一声呼唤——

"北江。"

北江一转身,看到了站在跟前的一团黑影,人被吓得颤了下。

北嘉行不知道什么时候站到他身后,也不知道在这里站了多久。

北江被他突然出现在自己身后还吓了自己一跳这件事很恼火,语气不善地抱怨:"你有病吧?什么时候站到我身后的?"

北嘉行勾起唇角,露出一副人畜无害的模样:"在你刚刚打电话的时候,我就已经站在你身后了。"

说到最后,他的语调开始放慢,北江的全部注意力都在他的话里,他的语调一慢,北江的呼吸也跟着慢了下来。

北嘉行似乎很满意北江的反应,脸上的笑容深了几分:"你刚刚,是在跟谁打电话呢?"

北江闻言,眉头紧锁,没接话。

只是一个电话,北江并不想为此跟北嘉行解释什么,不想让这个惹人厌的弟弟知道南枳。

他推开北嘉行挡在他面前的身子:"关你什么事?"

北江往前走了两步,身后的北嘉行忽然笑了一声,随即,他的声音传来:"你好像,叫那人姐姐?"

北江步子一顿。

北嘉行也跟着转过身,盯着北江的背影:"可是北禾不是坐在客厅里吗?她也没有在打电话啊,北江,你也没有其他姐姐了吧?"

北江缓缓呼出一口气,没再回应北嘉行,抬步继续往前走。

北嘉行在他身后喊着最后一句话:"对了北江,我是叫你进去吃饺子的。"

北江嗤笑了声，没搭理对方。

他最看不惯北嘉行的地方就是这点，明明前面说了那么多匪夷所思的话，也挑明了两人不好的关系，最后还是要装出一副人畜无害的模样，来一句扯开话题的话。

回到屋子里后，一屋子人果然手里都端了一个小碗吃着饺子。

付素清看到北江，放下手中的碗站了起来："小江来这边，妈妈给你盛碗饺子垫垫肚子。"

北江点点头，乖顺地在付素清身旁坐下。

他刚从付素清手中接过小碗，小叔就调侃道："小江总算舍得出来了啊，要不是嘉行去叫你，是不是都准备晚上也睡在车上了？"

虽然是调侃，但北江怎么听都觉得不太舒服。

他礼貌性地点点头，埋头用勺子往自己口中送了一个饺子，一旁的小叔问他北嘉行怎么没跟他一块儿回来。

北江心里正想着措辞时，门口出现了北嘉行的身影。

他回来了。

婶婶问他："你怎么叫个人自己又到外面去待着了？"

北嘉行似笑非笑地朝北江看了一眼。

那眼神轻飘飘的，其中暗含的意味不少，惹得北江心中警铃大作，身子瞬间僵直。

他紧紧地盯着北嘉行，而后者却收回了视线，笑着说："外面烟花挺好看的，我就多看了一会儿。"

小叔接话："想看烟花啊，没事，等晚点我们家也放烟花了，今年烟花买得特别多。"

"……"

从北嘉行进到这个屋子里看他的那一眼，北江就心里一阵发慌，生怕他会说出什么不好的话。

北江不太愿意现在就让家人知道自己日常和南枳联系的事情，一是因为这只是他的私事，二是他怕父母误会，节外生枝。

对于现在的他来说，这种误会无论对他还是对南枳来说都是一件很麻烦的事情。

弄不好，他日常的娱乐都会受到很多限制。

这是他一个人的事情，他不想无端让南枳成为家人口中的话柄。

放烟花期间，北江一直都盯着北嘉行，北嘉行好几次回头也撞上了北江的视线，但他毫不意外，反而朝北江笑了下，笑容中充满了挑衅。

放完烟花后，一直处在高度紧张状态下的北江已经筋疲力尽了。

北家人都准备上楼回房睡觉。老宅是三层独栋，老人住一楼，北江一家住在二楼，小叔一家在三楼。

北江和北嘉行一前一后走在楼梯上，两人都没有说话，都暗自揣着心思。

到了二楼，北江的步子渐渐慢了下来，身后的北嘉行赶超上来，走过他身边的时候，轻声在他耳边说了一句："早点睡，北江。"

北江："……"

更睡不着了。

他真的好烦北嘉行。

北江一家在老宅住了三天，大年初三才回到城区。

踏进家门的一瞬间，北江紧绷多天的神经终于松懈下来。

他终于不用再忍受北嘉行了。

在老宅过年的这些天，除了他，家里也有其他人不爽快。付素清从进到家门的那一刻就开始给北振林甩脸色，一句话也没说就回了房间闭门不出。

北江开始没有意识到,在房间里和俞磊打了几把游戏,中途去厨房倒水时听到了主卧传来断断续续的争执声。

他倒水的动作顿了下,放下水杯蹑手蹑脚地走到主卧门口,将耳朵贴在门面上细听。

"你们那一家都是疯子,让你少接触,你能不能听进去?"

"他们是亲戚啊,怎么可能不接触?"

"亲戚?都把你当利用工具了北振林,你能不能长点心?"

"……"

吱嘎——

北江身后突然传来一阵开门声,吓得他人一抖。待看清对方是北禾后,他才按着自己的胸口松了一口气:"你吓死我了。"

北禾瞥了他一眼,转身往厨房走去。

北江连忙跟上,在北禾身后小声询问:"姐,爸妈这什么情况啊,吵什么吵这么凶?"

北禾从冰箱中拿出一盒草莓,一边洗一边说:"吵很久了,就奶奶家里的事情呗。"

北江家有三间次卧一间主卧,爸妈的主卧和北禾住的次卧紧紧靠在一块儿。北江的房间则跟他们隔了一整个客厅,在屋子的另一侧。

因为距离远,外加上他们家的隔音做得还是不错的,所以北江在房间里是一点都听不见主卧的争吵声。

北江刚要张口说话,嘴里就被北禾塞了一个鲜红的草莓。草莓堵住了嘴巴上,也堵住了他的思路。

北禾拿着草莓,淡然地说:"大人的事情你少管。"

说完,她就端着草莓回到了自己房间。

北江叹了一口气,也端起桌上的茶杯回自己房间。

两人争执的原因,北江多少也能猜到一点。他更加觉得今年

05 人生像漫长的单行道

就是过了一个晦气的年。

不过这个想法刚冒出头，北江突然想起除夕夜的时候他和南枳打的那一通电话，两人看着烟花、互道的"春节快乐"。

勉勉强强也算是一起过了个年吧。

因为这个，北江决定给这个年打一个还不错的分数。

附中开学时间较早，高三的学生正月初八就开学了，高一、高二年级也在年十二的时候开学。

元宵节，临安市特意在几个湖畔准备了烟花秀，听新闻说这次烟花秀办得格外盛大，很多人都准备去凑一凑热闹。

北江也想凑这个热闹，他原本是想正月十五那天约南枳一起去看这一场烟花的。结果还没等他将这个邀约发出，就得知南枳已经回了俞峡的消息。

俞大开学晚，不过南枳因为兼职的工作提前回去了。

知道这个消息的时候，北江心里一阵懊恼。他对这个烟花秀期待了很久，也犹豫了好几天才鼓起勇气，准备在这天将邀请传递给南枳。

可还没等他发出邀请，南枳就说自己现在已经在回俞峡的汽车上了。

他那时候恨不得按照兼职的工钱买下南枳的时间。

北江有些遗憾，但也不可能将南枳喊回来，只能祈盼着下一次。

南枳回到俞峡兼职以后就变得越来越忙，北江发过去的信息常常要等一个时间段才能得到回复。

北江知道南枳生活忙碌，找她的次数少了许多，不想打扰到她。只在偶尔遇到什么特别的事情时，才会去找南枳说一说。

他那时候想，再等等，等他以后也去了俞大，跟南枳在一所学校，两人见面的时间肯定也会多起来。

寒假的最后几天,北江就躺在家里和朋友打游戏度过。

开学后,付素清就将他的游戏机收了,让他专注学习。

这一次北江跟上学期被收游戏机时的反应相反,他一点都没闹,对于付素清给他报辅导班这件事也没有任何意见。

付素清见他这样还吓了一大跳,问他是不是心理出问题了。

北江无语地翻了个白眼,说自己只是想上俞大。

他想去找南枳。

06 想看那同一片风景

附中的生活乏味且无趣，随着校园里的绿植冒芽，春天悄然而至。

时间又到周五，北江的心思从早上起床的那一刻就有些不一样。熬过了上午的课，中午吃过饭后一群人去篮球场打球。一连打了好几场球，北江都有些心不在焉的。

又一次丢球后，俞磊终于忍不住了。

他穿越大半个球场跑到北江身边，按住他的肩膀使劲儿地摇："哥们儿啊哥们儿，你到底在做什么？那球明明可以拦，你为什么不拦。"

北江自知自己今天状态不对，脑袋左右侧了侧，拉了下筋骨，随后抬手轻轻拍了拍俞磊的肩膀："你们打吧，我不打了。"

"啊？"俞磊被北江这一举动弄得蒙了一瞬，赶忙拉住他的手腕，"不是吧哥们儿，你给我说了两句就没信心打了？我的话对你这么有攻击性吗？"

北江抽了抽嘴角："你少给自己脸上贴金。"

眼看着身侧的人开始招呼打下一场，北江率先脱身，打了个招呼就跑离了篮球场。

俞磊还站在原地纳闷，身侧有朋友看不过去，走过来拍了拍他的肩膀："你纠结什么？这不明显的吗？北江今天心思不在这儿。"

"不在这儿还能在哪儿？"

朋友无语地白了他一眼："我哪知道？反正不在你身上。"

俞磊:"……"

北江再一次来到俞峡,站在熟悉的油柏路上,感受着俞峡这边的风。

虽然上次寒假他来俞峡,南枳也带他玩了一圈,但这一次他依旧没有告诉南枳自己来到这边的事情。

是习惯,也是因为知道现在并不是最合适的时机。

他想过最合适的时间,应该是他拿到俞大录取通知书的那一天,虽然还有两年多的时间,但北江愿意等待。

上一次来,他和南枳一起在俞峡待了一天,南枳告诉过他自己打工的地方。来之前北江也旁敲侧击地询问过这件事,南枳还和去年一样在同一家奶茶店打工。

这一次北江没有选择打车,而是选择了上次跟南枳一起乘坐的交通工具——公交车。

其实北江从小到大很少坐公交车,以前北禾带他的时候都是坐出租车,他独立一点以后出行的交通工具也是出租车。第一次坐公交车还是中学时期南枳带他坐的,他还记得那一次他们两人一起坐在最后一排,身子紧紧地靠在一起。有时会因为车子开动的惯性,让他们往对方的方向倾斜,拉近两人的距离。北江每一次撞上南枳,或是南枳撞上自己,他都会情不自禁地脸红。

那天下车后,南枳问他为什么脸这么红,他借口说因为有点晕车。

这次说来也巧,北江上了车,坐到上一次的位置后,看到了前排座位上被人用小刀刻画的一个爱心图案。

上一次跟南枳一起乘坐的时候,他就发现了这个爱心,并且愣愣地看了这个图案一路。

北江没想到,这次也能看到这个爱心。

他抬手轻轻地在爱心图案上面戳了一下,嘴角不自觉地慢慢弯了起来。

他的视线从图案上移开，落在车窗外飞逝而过的风景上。

这个位置旁边正好是一扇可以推动的窗户，窗户被上一个乘客打开一小条缝隙。风从缝隙中钻了进来，零零碎碎地打在他的脸上，将他额前的碎发吹立起来。

北江一直很喜欢俞峡的风，或许是因为南枳。他每一次到俞峡都会站在俞大校门的街口，一边感受着这里的风，一边端详着俞大那立在校门口的校名石。

一个人来到这一座陌生又熟悉的城市，他却并不会感到孤单寂寞。相反，北江一直都很开心。哪怕见不到南枳，南枳也并不知道他的到来。

但吹过同一阵风，走过同一条路，对北江来说就很高兴了。

这是他最喜欢的时光。

奶茶店装修简单，但胜在物美价廉，这个时间店里的客人络绎不绝。

"你好，我要一杯珍珠奶茶，多加一份珍珠。"

"姐姐，我刚刚点的奶茶好了吗？我都等十几分钟了。"

"……"

店里人群熙攘，不同的声音混杂在一起，显得格外嘈杂。

北江坐在靠窗的位置上，面前摆了一本书稍作掩饰，他的座位旁边正好立了一大盆绿植，很好地遮掩住了他的身形。

"好的，稍等一下，马上就好了。"

熟悉的声音从身侧传来，北江眉毛一抬，注意力被吸引过去。

他戴着鸭舌帽，竖起冲锋衣的领子，藏住了大半张脸。

他觉得自己胆子挺大的，抱着书包挡着脸，混在人群中就进到了店里，还挑选了一个离收银台很近的位置坐下，方便他能看到南枳，听见她的声音。

南枳站在收银台后面，头上戴了一顶黑色的帽子，身上围着奶茶店专属的围裙。收完钱以后，她熟练地转身，拿起杯子开始做奶茶。

　　除去人们说话的声音，一道摇动奶茶的声音轻轻响起。

　　北江坐在位置上，耳朵里听着这些声音，心里很痒。他还没有喝过南枳亲手做的奶茶，他也想去买一杯。

　　店里的人渐渐变少，周围的声音也慢慢静了下来。不少人虽然坐在奶茶店，但也是在各自干着自己的事情。今天俞峡的天气特别好，阳光透过落地窗照进奶茶店，打在坐在窗边的北江身上，有一种很温暖的感觉。

　　他双手抱胸，脸埋在领子里，眼皮一下一下地往下坠，像是一个不注意就会合上。

　　"我都来好多天了姐姐，加个微信呗。"

　　收银台的方向突如其来传来一道声音，落在北江的耳畔，惊得他一下抬起头，刚刚的瞌睡虫瞬间消失得无影无踪。

　　他侧头朝收银台的方向望去，只见一个打扮花哨的男生斜斜地倚靠在收银台前方，手里捏着手机递向吧台里面。

　　他流里流气的打扮让北江不喜，加上他刚刚对南枳说的话，北江的眉头也跟着皱了起来。

　　南枳似乎也不高兴，声音同往常那种含笑的不一样，带了几分清冷和疏离感："不好意思，我们这里不私下加客人的微信。"

　　"找你买奶茶也不加吗？你们都不做客人生意的吗？"男生笑嘻嘻地说，一边说还一边不死心地将手机往里面递了递。

　　"要是想关注奶茶店的信息可以加我们的工作号。"

　　"我就想加你的嘛！"

　　男生不断纠缠着南枳，南枳礼貌的回应依旧无法打消他的念想，他反而纠缠得更紧了。

　　北江坐在一侧快要听不下去了，他手按在桌上，指尖泛起青白。

几秒钟后，他忍无可忍地按着桌子站了起来。与此同时，店里传来的另一道声音："南枳，店长让你去后面帮他卸货。"

北江的动作生生止住。

这声音好像来自刚才和南枳一起工作的男生。

不过不管是谁，这句话确实解决了南枳眼下的麻烦。她应了一声，转身走进内室，不管刚刚骚扰的男生如何在后面叫唤。

刚刚帮南枳解围的男生笑着询问："请问你要点什么吗？"

男生冷哼一声，握着手机转身出了奶茶店。

从北江这个角度，还可以看见男生站在奶茶店的门口，似乎是在打电话。

这时，收银台传来细碎的议论声——

"那男的真的不要脸，这都第几天了？"

"我跟南枳说了，说这男的要是再来骚扰她，就让她去报警。"

"店长也说让她这两天休息一下的。"

"……"

北江按在桌沿的手越来越用力，死死地盯着门口的那个男生。

恰逢这时，男生收起手机离开店门口。北江立马拿起书包和桌上的书本，边走边将书塞进背包，然后一把挎在肩上走出店门。

伴随着一声"欢迎下次光临"，奶茶店的大门再度合上，挡住了店内的声音。

北江朝店内看了一眼，南枳正好从内室走出来。在她的视线朝北江看来之前，北江收回视线，抬手压了压帽檐，跟着刚刚那个男生走进了一处居民楼区。

男生七拐八拐地绕过一栋栋楼房，最终停在一排电瓶车前，一屁股坐在一辆电瓶车的车座上。

北江背抵着墙沿，探出脑袋朝男生那边看了一眼。男生坐在车座上玩手机，压根儿没注意到自己被人跟踪了。

北江捏了捏拳头，眼神犀利地盯着对方。他步子往前一迈，踢到了一颗小石头。小石头往前滚了几下，最后堪堪停在男生身前不远处。

细碎的声音平时听着并不明显，但在这安静的居民楼里却显得格外突兀。

坐在电瓶车上的男生循声抬头，视线猝不及防地和北江的眼神交会。

"滴，滴滴——"

吱嘎一声，大门被人从外面打开。

坐在沙发上正在看电视的付素清听到动静，登时站了起来。她趿拉着拖鞋慢悠悠地朝玄关处走去，手上还正剥着一个橘子："小江你今天回来得有点晚啊，到哪儿——"

待她看清来人的脸时，付素清惊呼一声，手中的橘子也掉在鞋柜上。她快步走到北江跟前，握住他的肩膀上下左右看了看："怎么回事啊？身上怎么搞得这么脏？"

没等北江说话，付素清的手已经捧住了他的脸颊："还有，你脸上的伤是怎么了？谁打你了啊？"

北江的脸上有很多明显的擦痕和伤口，眼下那一块儿还泛着淤青。

付素清心疼得不行，以为北江是在学校受到了欺负，抓着他的肩膀不断地询问，差点就要打电话给俞磊问情况了。

北江只能敷衍了两句，说自己没被人欺负。

既然没被欺负，那就是跟人打架了。

付素清没工夫询问北江原因，拉着他在客厅坐下，找出医疗箱给他脸上的伤口上了药。

知道北江不是被人欺负后，付素清暗自松了一口气。

但心才刚放下，她又开始疑虑北江为什么会跟人打架。

北江虽然喜欢玩，但从小到大都很招人喜欢。不管是大人还是小孩，旁人都喜欢跟他凑在一块儿玩，他也很少会跟人发生矛盾到动手打架。北江上一次打架还是小学时和北嘉行的那一次。

付素清想问北江，但处于青春期的北江现在明显很多事情都藏着掖着，不愿意主动跟她说。他不主动说的事情，从他嘴里是问不出来的。

像现在，她刚给北江上完药，北江就借口自己很累回了房间，只留下付素清一个人坐在客厅。

合上房门后，北江像泄了气的气球一般，背靠着门面慢慢滑坐在地板上。

在今天去俞峡之前，北江也没想到自己会遇到打架这种情况。

他是冲动了，在看到那个男生骚扰南枳的那一刻心里的那一股怒气腾升，就怎么也压不下去了。

北江知道打架解决不了任何问题，但那人先动了手，北江只能和他在居民楼里厮打起来。

那男生虽然看着年纪比他大，但个子才到他的眼睛。北江喜欢运动，身上肌肉强健，那个男生一直都处于下风。

那男生可能是猜到北江和南枳有什么联系，心里也恼火，铆足了劲儿突然冲上来跟北江厮打，所以最后北江也没占到什么好。

这一场架打得没有任何意义，在男生问他为什么要跟过来的时候，他没说是因为南枳，怕男生后面会去找南枳的麻烦。他只是闷声发泄完自己的情绪，在男生反应过来之前就拎着自己的书包跑了。

北江一路没停，直接打车去了车站，正好赶上自己的那一班高铁开始检票，他就坐上高铁回了临安。

这是他来到俞峡过得最生气的一天，气那个骚扰南枳的男生，也气自己。他气自己不能陪在南枳身边，不能帮助她挡掉那些不怀好意的男生的骚扰。

他讨厌自己处于这个年纪,什么都做不了。

北江就这么耷拉着脑袋在地板上坐了许久。

他的脑袋一片空白,不断地回想白天的事情。这件事在他的脑海中转了半天,渐渐地,他开始后悔自己今天的这一举动。

他不是害怕,他就是觉得自己没有解决好这件事。如果那个男生以为他是南枳找过去的,后面去找南枳的麻烦怎么办?

虽然他从头到尾都没提过南枳的名字,但毕竟男生刚从奶茶店离开,就和他发生了冲突。万一那男生多想了,认定他与南枳有关,那就肯定会去找南枳麻烦。

北江烦躁地抓了一把头发,无声地叹了一口气。

倏然,一阵电话铃声打破了房间里的寂静。

北江慌忙从口袋里拿出手机,等他看清屏幕上的来电人,呼吸顿时窒住。

是南枳的电话。

北江的手比脑快,思绪没转过来,手指已经先一步按下了接通键。屏幕画面跳转,变成了通话界面。

意识到电话已经接通,北江心里一阵发慌。他的手在屏幕上方僵住,嘴里呼之即出的那一声"姐姐"也卡在喉咙吐不出来。他眼神直直地盯着手机屏幕,一时间没有了下一步动作。

或许是等了半天没听到北江的动静,电话那头的南枳出声喊了北江:"弟弟?"

南枳的声音将北江的思绪拉了回来,他慌忙将手机举至耳畔:"姐姐我在。"

"你在呀,我刚刚听半天没声音,还以为信号不好呢。"

北江的眼神中带着心虚,他庆幸自己跟南枳不在一处,不然自己脸上的慌张一定会一眼被她察觉。

他垂下眼帘,尽力掩饰住声音中的情绪:"刚刚在弄东西,所以……"

南枳问:"你现在在忙吗?要是有事情我晚点再打电话给你。"

"没事的,我现在在房间坐着什么事情都没有。"

"这样啊。"南枳顿了下,像是在犹豫。

但南枳停顿的时间并不长,她接着上一句话,问出了北江今晚一直在担心的事情。

"弟弟,你今天来俞峡了吗?"

南枳的声音不轻不重,但这句话落在北江耳里,音量好似放大了十几倍。这一句话不停地在他的耳边徘徊,声音愈来愈大,很快就占据了他的脑海,挑拨着他的每一根神经。

北江咬着唇,垂在一侧的手开始发颤。

南枳会打这一通电话,肯定是知道他去俞峡的事情了。北江在想,是不是就跟他刚刚的猜想一样,那个男生去找了南枳的麻烦,所以南枳就知道了这件事?

沉默的时间越久,北江的心里就越慌张。他越来越肯定自己的猜想,南枳打这通电话肯定和那个男生有关。

除去这件事以外,北江更担心的是自己的心意会被南枳知道。他觉得南枳一定能从这件事猜到很多事情。

"弟弟?"等不到北江的回答,南枳再次喊了他一声。

她的声音没有丝毫的不耐烦,跟从前没多大区别。

北江深吸一口气,眼眸抬上视线看向天花板:"嗯。"

没办法了。

"姐姐,我今天是去俞峡找你了。"

他坦白了这件事。

短短三十秒的时间,北江的脑海中浮现出无数种场景和对话,以及各种猜想的结局,最后他觉得自己在这条路上走进了死胡同。

他猜不到的是南枳猜到他的心思后会有什么样的反应。所以他也想不出这条死胡同的路该怎么走下去。

他没有任何对策，只能站在原地听着对面的声音。

"果然是你啊。"南枳说。

北江咬着下唇瓣，思绪紧紧地跟着南枳的声音。

"今天你来店里了吗？"

"来了。"

"骚扰我的那个男生，你看到了？"

听到这句话，北江心里一堵，闷闷地"嗯"了一声。

电话那头的南枳听到这里，舒了一口气，说："看来真的是你的。"

"今天我们店里捡到一件附中的校服。刚开始我没多想，以为就是其他客人落下的。但刚刚我同事跟我说，白天骚扰我的那个人被人打了，说是和一个不认识的学生有什么冲突。我想到那件校服，就猜是你。"

经南枳这么一说，北江才想起来自己的校服落在南枳的奶茶店了。

南枳已经说得很清楚，他也没有隐瞒下去的必要了："对不起姐姐，我不是故意来给你找麻烦的，我就是看到他不停地骚扰你很不爽。"

说完这句话，北江已经做好接受南枳教训的准备了。

正当他等着下一秒的说教声时，听筒里却传来了南枳的笑声。

北江顿时愣住。

南枳在笑？

"没有的弟弟，你没有地方对不起我。你为什么会觉得自己给我带来了麻烦？"南枳反问他。

北江一听，赶紧道："那个男生没去找你麻烦吗？"

"没呢。"南枳说，"他没来找我麻烦。"

北江："……"

听南枳说，她的同事路过一个小炒店的时候，正好遇上了那个男生和他的朋友围在一起吃饭。餐桌上正好在讲这件事，男生并不知道北江是谁，只觉得莫名其妙，也没想过去报警。

南枳听到这话时也有些疑虑，这种时候那个男生不应该去报警吗？

同事却说："谁知道呢？可能是他最近干的缺德事情太多了，报警怕人没抓到自己还搭进去吧？"

南枳没多在意那个男生，更在意的反而是打那个男生的人，联想到今天捡到的那一件附中的校服，她心里浮现了一种猜想。

虽然南枳说了这件事并没有给他添麻烦，但北江心里还是惴惴不安，心脏怦怦直跳。

他的手里捏着手机，静默着站在那儿，一句话也说不出来。

他眨了眨眼，轻声说："姐姐，我今天好累。"

话音一落，他又强调似的补了一句："真的好累。"

南枳没有勉强他回答这句问题，似乎是信了他的话，又似乎是猜到了他那一颗暗藏住的心思。

她轻声说："嗯，好，那你早点休息吧。"

北江"嗯"了一声："姐姐你也是，晚安。"

"晚安北江。"

北江的手颤了颤，刚要放下手机，听筒里再次传来南枳的声音："今天谢谢你，谢谢你保护了我。"

"嘟"的一声，他将手机从耳旁移开，飞速地按掉了南枳的电话。

电话掐断的一瞬间，手机从他的手中滑落，"啪嗒"一声掉在地板上。

北江的身子慢慢蜷缩起来，他抱住双膝，额头紧紧地抵着膝盖。他缩成一团，房间一片昏暗，唯一的光源是窗外洒进来的月光。

刚刚南枳的那一声谢谢，代表着什么？暴露了什么？

他其实根本没有保护到南枳。

这只是一个中二的少年没有思考后果的一场冲动。

他清楚,南枳也十分清楚。但她还是说,谢谢他保护了她。

春去,气温慢慢升高,窗外的树叶变得翠绿,蝉鸣声也日渐响亮,夏天到了。

烈日当空,室内的空调呼呼吹出一阵又一阵的冷风,为闷热的夏天带来一丝凉意。

室内篮球场传来篮球和地面碰撞的"啪啪"声,球鞋在塑胶地面上跑过时刺耳的"嘶拉"声。

"嘿,进球了!"

"我去,俞磊你牛啊!"

"哪是俞磊牛,明明是我们这边有人心不在焉被他钻了空子。"

话题突然被转到北江身上,走在他身侧的陈亚手臂一抬,重重地搭在北江身上:"说你呢北江,这两天遇到啥事了这么萎靡不振?"

北江动了动肩膀将他的手臂抖开,目光不善地瞥了他一眼:"不会用词语你就别乱用。"

陈亚见他这反应,笑意反而更浓:"心里有事你就说嘛,兄弟我又不会笑话你。"

北江没理他,撩起衣领抹了抹鼻尖的汗,径直往一旁的椅子走去。

俞磊一行人捧着篮球走了过来,见北江这副样子不禁乐呵道:"不会是遇到情伤了吧。"

噔——

北江一愣。

俞磊的一番话倒像是在他心底落下了一枚石子。

他又想起那个晚上南枳的话和这段时间自己内心的纠结。自那天晚上挂掉了南枳的电话到现在,已经过去了两个多月,两人之间的联系寥寥无几。仅有的几次都是因为那一件被遗落在奶茶店的校服,校服回到他手中后,南枳就再也没有找过他了。

而北江也不知道自己该如何面对南枳。两相权衡下,在一片迷茫中他选择了逃避。这两个月,他再也没有主动去找过南枳。

南枳和他不是一个圈子里的人,就算他俩莫名其妙断了联系,也不会有人觉得疑虑。

今天偶然听到俞磊的调侃,他再次想起了南枳。

他突然抬头,眼睛直勾勾地盯着俞磊。

俞磊被他看得发怵:"哥,哥你这么看着我干啥?不会是给我说中想杀人灭口吧?"

北江见状嗤笑一声,转身拿起身侧的衣服站了起来:"走了。"

"这就走了?"

"北江走这么早干什么?再打会儿呗。"

"哎呀,人家心里有事你们别耽误人家。"

"就你话多。"

晚上,北江一通电话把俞磊从家里喊了出来。

刚开始俞磊还不是很愿意,他在电话那头支吾了半天,等得北江都开始烦了,他才期期艾艾地问:"你不会真要杀我灭口吧?"

北江:"……"

"请你吃宵夜,赶紧出来。"

俞磊:"无功不受禄。"

"一分钟,我已经在你家楼下了。"

"北江!你这是胁迫!"

"五十秒。"

"……"

十分钟后，北江看着在自己面前大快朵颐的俞磊忍不住扶额。

跟刚刚在电话里简直是两副面孔。

他开始怀疑，今天来找俞磊恐怕不是个正确的决定。

北江之所以突然起意来找俞磊，除了今天白天打球时俞磊那一句无意的话，更重要的是因为他是一堆兄弟里面最贴心的人。

想到这儿，北江不由得抬起桌子下方的腿踹了俞磊一脚："哎。"

俞磊忙着吃烤串，被人打扰也没停下，含糊不清地应了他一声。

"女生会喜欢比自己年纪小的男生吗？"

俞磊一噎，口中咀嚼的动作都跟着停住，满脸震惊地抬头看着北江。

北江瞪了他一眼，他忙放下手中的烤串说："看情况。"

俞磊艰难地咽下口中的肉："每个人审美喜好都是不一样的。"

北江若有所思地低下头。

俞磊试探性地问："你不会真有什么情况吧？"

北江没说话。

俞磊见状急得不行："不行啊大哥，你这不跟我实话实说，我怎么给你分析这问题。"

男生之间很少会像这样敞开心扉聊感情，但如果真聊上了，也肯定会认真出出主意，全身心帮助自己的兄弟。

北江把自己的情况大致跟俞磊讲了讲，刚开始还有些不太好意思，但讲着讲着倒是敞开了心扉。

他想起自己对南枳那种微妙的感觉，实在是不太好讲："可能是因为年龄的原因，所以她一直把我当弟弟吧。"

"只是年龄？"

北江顿了片刻，还是点头："年龄的差距可能是最直接的吧。"

因为年龄的差距，两人不是一个圈子里的人，也不在一个地方。他努力考上了附中，南枳却已经从附中毕业。他想再去考俞大，但就算考上了，南枳也已经读研了，待不了多久南枳又会从俞大毕业。他们终究还是会分开。

也是因为这个，先入为主地，他觉得自己对于南枳来说也只是弟弟。她可能会认为这只是一场玩笑，一场青春的乌龙。

"我有个哥哥遇到过一个大他两岁的姐姐，她说喜欢我哥就是因为他是弟弟，有很多在别人那里感受不到的感觉。所以一直到现在我都不觉得年龄是决定这一切的因素。"俞磊顿了顿，突然说，"北江，我觉得你现在有点不自信。"

北江从出生开始就没有遇到过能让自己自卑的东西。

外在所拥有的东西一直都是能让他发光的助推剂，他开朗大气，阳光向上，不会因为比赛而紧张，在人群中永远是耀眼的存在。

长到这么大，他从未害怕自己失去什么或者得不到什么东西，因为他一直以来的想法就是失去的都是自己不要的，他也不会有任何得不到的东西。

但这些想法都在遇见南枳后瓦解。

他的确有害怕去面对的一件事，也有得不到的存在。

俞磊问："你现在这个想法跟你本人不太符合啊，你不是一直都是天不怕地不怕的吗？"

北江闷声喝了一杯饮料："你懂什么，她跟寻常人不一样。"

俞磊挠挠头："我的确不懂，但我知道一个道理，人只有在最自信的时候才会发光。"

这句话直直戳进北江的内心。

"一切都是未知数，反正青春也就一次，你不直视的话迟早后悔，"俞磊突然贼兮兮地笑道，"而且你到现在还不知道自己的魅力吗？你就那种不服输的态度最吸引人了。"

北江被他的话恶心到了："我求你别用这种眼神看我，OK？

还有，这件事别跟其他人说。"

俞磊敷衍地挥挥手："知道知道，大少爷最要面子了。"

"你滚啊。"

"不过，"北江端起饮料一饮而尽，"谢了。"

和俞磊分开回到家已经是凌晨，北江仰面躺在床上盯着天花板发呆，脑海中一片混沌。看了许久，困意来袭，他的思绪开始模糊。意识失去之前，他心里暗自有了一个决定。

07 没有路时的选择

附中的期末考迎着盛夏而来。

最后一门考试结束，考场里的同学纷纷松懈下紧绷的神经，皱着的眉眼也跟着舒展开来。

北江合上笔盖，拿起桌上的试卷，离开考场回到自己班级。

班级里已经聚集了不少同学在对答案和聊天，北江回到自己的位置，将试卷和笔往桌洞里一丢，抄起挂在椅背上的书包准备离开。

"北江，北江啊。"

没等北江走出教室后门，俞磊已经拖着长调喊着他的名字从前门走了进来。北江身子一僵，不等他应声，俞磊已经瞧见北江背包准备离开教室的身影。

他顿时喊了一句："北江你怎么不等我？"

说完这句话，俞磊马不停蹄地冲回自己的位置拿上书包朝他跑来，手臂一抬勾住了北江的肩膀："你干吗不等我？"

北江抽了抽嘴角，敷衍说："我这不是在等你吗？"

"你真有脸说呢！你都准备走了！是正好被我抓了个正着，没办法才站在这里等我的！"

被兄弟无情拆穿，北江顿时噤了声。

好在俞磊已经习惯了两人这么多年的相处，也习惯了北江的性格，并没有太在意这件事，勾着北江的肩膀又聊起其他话题。

对于暑假，学生还是很期待的，虽然附中的学生大多都会有

07 没有路时的选择

数不尽的辅导班和家教,但比起上学,假期肯定是更愉快的。

"对了北江,你们家给你报辅导班了吗?"

北江摇了摇头:"没。"

付素清有提过这件事,但今年暑假北江有自己的计划,不想被辅导班填满。付素清也没有勉强他,这件事就作罢了。

听到北江的回答,俞磊羡慕地"啧啧"两声:"还是你妈对你好啊,居然不给你报班。"

但就算是假期排满了辅导班,也丝毫没有打消俞磊对于假期的期待,他兴致勃勃地安排起假期生活:"我特意让我妈把辅导班排到周一到周五的白天,剩下的时间都由我自己分配。我们就周一到周五晚上打球,周末待家里打电动怎么样?"

放在从前,俞磊这个安排北江是十万个愿意的,毕竟又打球又打电动的生活不要太快乐。

但这次,北江却拒绝了:"不行。"

俞磊愣了下,眨巴了下眼睛问:"为什么不行?"

北江的视线落在街边的车流上,想起了自己对假期的安排。他耸了耸肩膀,手一抬,将书包换了一个肩膀,此时一辆车正好从他的身边驶过,车子带来的风吹起他的衣摆和碎发。

他的目光静静地看向远方,轻声道:"我有其他安排了。"

俞峡。

"南枳。"店长掀开门帘走出来,"今天会有一个新员工过来一起上班,他之前没干过这行,年龄也比较小,你多带带他。"

南枳将奶茶杯子放在封口器上:"新员工?小杰不干了吗?"

"小杰说家里有事,暑假就不来了,等开学再来。怕你一个人忙不过来,所以我想着招一个暑假工过来帮忙。"

南枳没有意见:"那行,我多教教他。"

"辛苦你了,我待会儿出门办点事,两点钟左右他就到了。"

"好。"
"……"

叮咚——

奶茶店门口的铃铛响起,有人推门而入。

南枳从收银台前抬头:"欢迎光临,请问喝点什么?"

北江压了压帽檐,顶着南枳的视线慢吞吞地抬起头:"姐姐。"

"北江?"南枳一脸吃惊,"你怎么在这儿?"

北江小心翼翼地从口袋里掏出手机,手指在屏幕上点了两下,随后将手机递到南枳跟前,屏幕上是他和店长的聊天记录。

"我来上班。"

北江选择来俞峡找南枳,是他经过好几个日夜深思熟虑后的结果。那一个他没有回答南枳的问题,他已经准备好了答案。

人被困在了死胡同里,前方没路可以逃避就只能回头面对问题。

他亦是如此,一直逃避下去只会让他和南枳渐行渐远。他得回头去直面自己和南枳的问题,直面自己的内心。

北江觉得自己得勇敢起来,就跟俞磊说的一样,他要展现的是真实的自己,真实的北江。而真正的北江,是一个勇敢、自信的少年,不管面对的是什么样的结局,真正的北江是不会选择逃避的。

所以他做好了准备,做好了后面会面临各种结果的准备,凭着一身热血和冲动,孤身一人来到俞峡找南枳。

来找寻引导他在生活中前进的那一盏灯。

他想离南枳近一点。

北江花了半个小时才跟南枳说清楚这件事,让她答应自己不

07 没有路时的选择

告诉他的家里人。

北江知道南枳暑假不会回临安，会留在奶茶店打暑假工。他就跟朋友串通，对好应付家里的口供，还故意跟家里吵了一架，让家里人以为是因为这一场架他才不愿意回家的。后面说打暑假工，他们也会以为北江是因为不愿意回家才去打工逃避的。

好在今年暑假付素清和北振林生意上有事情，两人又要去外地出差一两个月，北江的计划很容易就实现了。

面对北江的说辞，南枳却很担心："可是你这样一个人跑到俞峡这边来，什么都不跟家里人说是不对的，他们会担心的。"

北江急了："不会的，姐姐你也在这里，哪有什么危险？而且我也已经和我朋友说好了，就说我在外面做暑假工，平时住在我朋友家不回去了。其实也没错啊，我来这里也是打暑假工的，只是地址不一样罢了。"

说完，他抬眼见南枳，她低着头眉头紧锁，一副忧心忡忡的模样。

"姐姐。"他伸手扯住南枳的衣角，"求求你了，不要告诉我姐姐。"

果不其然，南枳听到他话后又开始犯愁，最后心一软，还是答应了下来。

见南枳答应了，北江松了一口气，他了解南枳，她最受不了别人跟她撒娇卖乖。

南枳跟他约定："那你在这边不可以乱跑，听到了吗？"

"嗯嗯。"

他哪儿都不跑，一天到晚跟着南枳。

"你住哪儿？"

"我家在这边有房子，现在没人住。"

北江家在俞峡有一套房，之前是一直是租给其他人的。恰逢房子春天的时候和上一个房客租期到期，付素清将房子收了回来没再租出去，打算等今年过了年再好好把这房子重新拾掇一遍。好像是因为家里生意开始涉及俞峡这边了，以后他们偶尔也会到俞峡住。

　　南枳无言，见他已经准备好了一切，只能一个劲儿地交代北江在外地要注意安全。

　　少年年轻气盛，不计后果地跑到这个陌生的城市打工，南枳很担心他。

　　北江也知道南枳担心。

　　他其实一直很想问南枳一个事情，那天晚上她问出那句话，是不是代表着什么？包括那次隔着栅栏的告别，还有新年的那一句"新年快乐"，是不是她已经明白他的心意？

　　晚上，因为南枳陪北江一起去北江在俞峡的家里整理，所以下班时间也比平时提早了许多。

　　北江贸然来到俞峡，对房子的东西一点都没准备，只买了被套和简单的洗漱用品。好在屋子里本来就有基础的家电设备，洗衣机烘干机什么的都有，也有人定期来打扫卫生，屋子也算干净。

　　北江是个十指不沾春水的大少爷，光是铺床整理他就犯了难，最后还是南枳替他铺好的。

　　等做完这一切，已经到九点半了。

　　还有很多东西都没收拾好，但时间太晚，北江只得先去附近的酒店住一晚。

　　南枳陪着北江在俞大附近找了一家酒店，开好房间后时间是十点多。俞大宿舍十点半关门，南枳看了眼时间，准备回去了。

　　她不让北江送，送北江上了楼后执意将他推进酒店房间，北江无奈，只能答应她进屋。

　　待门合上后，他立马趴到猫眼前看着，一直到估摸着南枳进了电梯，他才重新打开门出去，绕到安全通道一路飞奔而下。

07 没有路时的选择

在安全门拉开的一瞬间,他看到南枳的身影在拐角处消失。

北江的身子松懈下来,他扣上棒球帽,不远不近地跟在南枳身后。

等走了一段距离后,他才快步跟上南枳:"姐姐!"

南枳闻声回过头,看到北江时神色诧异:"你怎么出来了?"

北江伸出手,手掌中心躺着一条头绳:"你的东西落下了。"

说这话时,北江心里还有点紧张,就连手心都沁出薄汗。

这拙劣的谎言,希望没人能戳破它。

南枳顿了下,忽而莞尔一笑,从他手中拿过头绳:"谢谢。"

北江见状又问:"那我送你回学校吧?反正也没多远了。"

这是他的目的。

他似乎看到南枳叹了一口气,最后,在他的紧张中安抚住他。

"好吧。"

两人并肩走在路灯下,影子倒映在地面上,一长一短。

北江侧眸,他的视线正好能落在南枳头顶的发丝上。她的头发很香,他轻轻地嗅了下,洗发水是桃子味的。

他收回视线,唇角不禁弯了起来。

但心里的愉悦一闪而过,很快他的情绪就开始焦灼。

现在是问出那句话最好的时机,他十分清楚,所以他才会选择从酒店里追出来,以一个拙劣的借口跟她走一段路。

北江深吸一口气,垂下眼眸,终于下定决心开口:"姐姐。"

"嗯?"

北江抬眼望向不远处的路灯。正值夏天,路灯周围不少飞蛾正围着光源胡乱飞舞。往常他看到这幅场景,会觉得心里烦,但今天,他只觉得格外平静。

他侧头望向南枳,垂在一侧的手轻轻抬起,伸到南枳面前,扬起唇角:"这个夏天,要请你多多关照了。"

南枳扬眉:"奶茶店吗?"

北江笑而不语,眼眸发亮地盯着南枳。

南枳倏尔一笑,缓缓握上他的指尖:"一起加油吧。"

只一秒,南枳就松了手。

虽然只有一秒,但北江却不觉得时间短暂。视线再度落在远处,他心里泛着涟漪的湖水也慢慢平静下来。

没关系的,一切都可以慢慢来。

这,就是他做的决定。

"姐姐!"

南枳闻声抬头,就见北江满头是汗地从店门口走进。

她递给他一张纸巾。

北江顺手接过擦了擦汗,他咧开嘴,露出一排洁白的牙齿:"姐姐早上好。"

"早上好。"

北江换好工作服出来后,南枳递给他一杯牛奶。

他接过一摸,是热的。

可他最讨厌热牛奶了,特别是夏天。

他抬头用着商量的口吻询问:"姐姐,明天能不能不喝热牛奶了?"

南枳低头做着自己的事情,手上的工作没停:"你不喜欢牛奶吗?"

北江:"不是,就是不太喜欢热牛奶,我想喝冰的。"

南枳抬起头:"不行哦,冰的喝多了对肠胃不好。你把它喝了,喝多了长身体,一会儿我悄悄给你做一杯乌龙奶芙。"

她就像是在哄孩子,偏偏北江就吃南枳这一套,他喜欢听她柔柔的声音,喜欢她用哄小孩的语气跟自己说话。

有南枳开口,别说一杯热牛奶,里面就算是岩浆他也要眼睛

07 没有路时的选择

都不眨一下地喝下去。

"今天怎么来这么晚?"

南枳正弯着腰往杯子里挤奶芙,她向来做事专注,可还是分心出来跟他聊天。

北江将勺子放在她手边:"昨天晚上回家的时候在路上捡到一只小猫,我带回家养了一宿,今天早上送到宠物医院去检查了。"

南枳抬起头:"小猫?被遗弃的吗?"

就这么一瞬间,北江顿时愣住。

南枳的鼻尖上不知道什么时候蹭上了一点白色的奶芙,配着那弯弯的眉眼实在可爱。

北江的脸"噌"的一下红了起来,瞬间移开视线。

他挠了挠嘴角,支支吾吾地说:"可能是吧,听店里的人说这猫生病了,治病的钱都可以买一只更好的猫了。"

"哦。"南枳见北江有点不对劲,狐疑地问他,"你怎么了?"

北江猛摇头:"没怎么。"

"没怎么你脸为什么这么红?热的吗?"

在南枳的注视下,北江还是受不住说了出来:"姐姐,你脸上沾奶芙了。"

"哎?"南枳扬眉,转身去照镜子,"还真是,你怎么不早点提醒我?"

她回过身:"所以你刚刚是在笑话我这个啊?"

北江其实没笑话她,只是觉得她可爱。但不知道为什么,在南枳问完这句话以后他点了点头。

南枳见状,手指立马在落在桌上的奶芙上蘸了一下,然后轻轻点在北江的脸颊上:"看我也给你点一个。"

在南枳靠近的一瞬间,北江感觉到自己呼吸一滞。

这是她第一次这么主动地靠近自己。

但也就那么一瞬间,南枳点完就后退了:"现在咱俩彼此彼此了。"

做了一件"坏事",她似乎很高兴。

南枳说:"北江,你这样子倒挺可爱的。"

她弯着眉眼,嘴角浅浅的梨涡又出现了。

忽然,北江低下头,勾着唇笑了下:"嗯,确实挺可爱的。"

放了暑假,奶茶店的生意不像开学时那么忙。店里的工作有南枳和北江两个人就足以应付,店长也就不常过来了。

北江上手很快,在南枳的教导下,很快就能独立做出一杯像模像样的奶茶。两人配合着工作,一天的时间倒也过得很快。

晚上下班的时候,南枳跟北江一起去宠物医院接小猫回家。

小猫很温顺,被人抚摸时会发出喵喵的叫声,还总是用脑袋蹭着北江的手心,像是在讨好他,跟他撒娇。

南枳看着膝上的小猫犯难:"这猫怎么处理啊?"

"我已经在社交软件上发布了有关它的信息,也在派出所问过了,留了一个电话号码。如果主人不是有心扔掉它,应该能找到我的。"

"可是万一——直没人找过来怎么办?你要抱回家吗?你姐姐可对猫毛过敏。"南枳问。

北江也有些犯难,一时也想不到什么好办法。

南枳叹了口气,轻轻摸了摸小猫的脑袋:"算了,先养着再说吧。"

"姐姐,我们给它取个名吧?"

南枳笑问:"你想取什么?"

"嗯……"北江想了一下,"我发现它的时候它在一个大南瓜旁边,要不我就喊它'小南瓜'吧?"

南枳听到后哧哧笑着问:"南瓜?"

北江"嗯"了一声。

"好吧。"

07 没有路时的选择

见南枳没有任何其他反应,北江悄悄勾起唇角,眼眸中透着笑意。

转眼间,北江已经在俞峡待了两周。

这期间家人和朋友都给他打过电话,他都一一搪塞过去。

午后,阳光透过落地窗洒进店内,倒映在大理石的地面上。店长坐在靠窗的位置插花,北江则坐在她的对面帮她打下手。

"咔嚓"一声,尤加利叶被剪刀一分为二,店长慢条斯理地拿起其中之一插在一边。插好这一支后,她拿起一侧的主花,边修剪边跟北江聊天:"北江,你是从临安来的吧?"

北江"嗯"了声,将手中修剪好的花枝放到店长手边。

"你一个人来的?"

"嗯。"

"怎么想一个人跑这边来?家人都不担心吗?"

北江说:"家里放养,在那边待惯了,暑假想着到其他地方体验一下生活,正好我也蛮喜欢俞峡,想到南枳姐姐在这边就来了。"

店长笑了笑:"你现在多大啊,十七还是十八?"

"我十六。"

店长:"哦对,你刚来的时候跟我说过。你个子这么高,又这么独立,我一下还以为你十七八呢。"

"现在男孩子都挺高的。"

"是啊。"店长顿了下,忽然说,"你要是再大点,和南枳还挺配的。"

话音刚落,北江瞬间愣住。

你和南枳还挺配的。

他手上修剪花枝的动作僵住,神色怔怔。

"北江?"

见北江忽然没了动作，店长喊了一声。北江被这一声唤回神，讷讷地"啊"了一声，思绪还没跟上。

店长拿出月季花在他面前晃了晃："我跟你说话呢，怎么还发呆啊？"

花瓣上还带着几滴露水，甩到了北江脸上，他的鼻尖、眉心上都是水珠。北江抬起手腕在脸颊上蹭了下，抬头时，神色已经恢复正常："没，我刚刚在想一些事情。"

他极力掩饰自己的情绪，但脸颊上泛着的红还是将他的心思暴露了。

店长哼笑一声，没再说话。

这时，南枳走了过来，端了两杯水放在桌上，侧头喊了声"弟弟。"

北江忙放下手中的花枝和工具站了起来："啊？"

"你来这边都两周了，跟你姐姐打过电话了吗？"

北江咬了咬嘴巴里的软肉，眉头稍皱。

他来俞峡这事本就和家里谁都没说。前两天跟爸妈通过一次电话，他们都以为他跟同学在一起，但对北禾，他倒是没解释过。

刚来这里的时候，他请求过南枳对这件事保密，让她不要跟自己的家人说。但南枳也跟他约定了，每两周要跟北禾打电话报平安，不能让自己的家人担心。

一见北江这副为难的样子，南枳就知道他没跟北禾打过电话。

她叹了口气，指了指内室："你去跟姐姐打个电话报平安吧，不然家里人该担心的，是不是？"

虽然北江觉得南枳的担心是没有必要的，北禾根本不会担心他，但他还是听南枳的话去内室给北禾打了个电话。

电话一接通，他还来不及说话，北禾的声音就率先从那边传来："哟，玩够了舍得打电话给我了？"

北江瘫着一张脸回答："谁愿意打电话给你，我就是跟你说一

07 没有路时的选择

声我还活着呢,别担心我。"

一听他的话,北禾跟着笑了起来:"谁担心你了,爸妈不是说你叛逆期到了去打暑假工了吗?这两周干得怎么样?"

"还行。"

"你可别说大话啊,就你那臭脾气还能去奶茶店打工?客人不被你气跑了?"

北江刚听这话觉得奇怪,但一时间又想不到奇怪的点,注意力全然被北禾的最后一句话吸引:"你少冤枉人,我态度可好了,我的客人对我评价可高了。"

北禾还是笑着调侃了一句:"别逞强啊北江,要是干不下去了就赶紧回来知道吗?家里又不缺你这点零花钱,要是钱不够用了就找爸妈要,要是爸妈不给就找我要。"

北禾这话说得倒是符合北江的心意,他觉得她终于有了一点姐姐的样子,心下多了些安慰。

但他还是纳闷:"你现在不也在上学吗?你自己都花钱大手大脚的,哪里有钱能给我?你也打工了?"

"想什么呢?当然是你找我要,我找爸妈要啊。"

北江:"……"

"你要爸妈可能不给你,但我要,爸妈肯定给我。爸妈给了我,我再给你,不就等于我给你的吗?"

北江抽了抽嘴角:"等你自己赚钱了,再大言不惭地跟我说'没钱找你要'这句话吧。"

挂了电话后,北江一从内室出来,南枳就问:"打完了吗?"

北江点头:"打完了。"

南枳应了声,忽道:"弟弟,晚上有时间吗?一块儿去吃火锅。"

"火锅?"

"是啊。"店长端着花盘放在收银台前,手肘往桌上一撑,"或者你不想吃火锅想吃别的也行，今天我们早点下班一块儿去吃个饭，我请客。"

北江没有意见，从他来到俞峡已经两周了，除了奶茶店他也没有其他活动场所。除去待在奶茶店的时间，他回到家不是打游戏就是睡觉。

见北江没意见，店长笑着拍了拍他的肩膀："那今天白天好好上班，饭点我来接你们哈。"

"行。"

店长临走时突然又道了句："对了，晚上就我们三个人怪冷清的。晚上我家小孩刚好回来，我一块儿带来行不？"

话这么说着，但店长的视线却是看向南桎的。

北江没注意店长的异样，一口答应了下来。

店长满意地点点头，心情很好地哼着歌离开。

店长离开后，北江又凑到南桎身边，一边帮着南桎清洗杯具，一边就着刚刚的事情闲聊："姐姐，你喜欢吃火锅吗？"

南桎"嗯"了声："喜欢呀。"

"那就好，我还想，你要是不喜欢吃火锅的话我就去找店长换一家店吃别的。"北江忽然想到店长临走时说的话，顺口问了句，"之前没听店长提过她孩子啊，男孩还是女孩？"

南桎笑着往他脸上弹了弹水："你怎么这么八卦？"

"突然想到就顺口问了嘛！"

"行吧。店长小孩好像跟爸爸的，在隔壁市，不常在俞峡。"

北江知道店长和她前夫离婚好多年了，现在自己一个人在俞峡过，不用管小孩，不用操心家里的事情，倒也挺快乐的。

他也不想八卦店长家里的私事，南桎回了一句，他就没再问下去。

一想到晚上可以不用工作，还能出去改善伙食，北江的心情就异常兴奋。他算了下时间，饭后还有空闲时间，就想约南桎一

07 没有路时的选择

块儿去游乐场玩。

对于他的邀约，南枳也没有拒绝。

北江于是更期待今晚，做事也比往日更快更认真。这让南枳调侃了一句："让你休息一晚上就这么高兴？"

北江仰头回了句："那当然。"

他知道今晚和平时休息可不一样。南枳平常的休息日有其他安排，大多时间会选择留在寝室或者去图书馆学习，只有很少的时间会出去玩。

南枳给自己安排的休息时间本来就少，北江也不好让她放弃自己的休息时间跟他去玩，他也想让南枳好好休息。

今晚难得没有工作可以休息，可以放心邀请南枳一块儿去玩，北江自然比平日高兴。

做事专注后，时间也会过得非常快。

北江卸完货从仓库回到前厅时，店里已经没有客人，只剩下南枳在收拾茶几上的垃圾了。

北江走过去想帮忙，被南枳拒绝："没事，就这点垃圾了，你先去把店里灯关了吧，店长马上就来接我们了。"

"好吧。"

北江换好衣服后回到前厅，南枳已经将活动区的垃圾都收拾好放在收银台旁边，正弯腰在操作台下拿出最后一袋垃圾。

"我来吧姐姐。"北江将收银台旁的垃圾拎起来，又从南枳手中接过最后一袋垃圾，"你去换衣服吧。"

"行，辛苦了弟弟。"

只一句"辛苦了"就让北江心中泛起甜味，他下意识想要抬手压压帽檐，却不想两手都拎满了垃圾。

北江只能转身掩饰自己脸上的不自然，小声回应了南枳一句："不辛苦。"

等二人将店门锁好走到十字路口时,店长的车也正好开到。

北江率先拉开车门,手扶着门框让南枳先进。

上车后,北江这才发现副驾驶座上坐了一个跟南枳年纪差不多大的男生。他留着寸头,五官立体、棱角分明,他的眼眸深邃,唇上咬着一根未点燃的烟。

等南枳和北江坐好后,男生笑着从前座中间朝他们伸出手,脸上带笑:"你们好,林时。"

林时嘴里咬着烟,这句打招呼的话说得有些含糊不清。但北江只跟他对视一眼,心里就产生了一种莫名的敌意。

没等北江和南枳回应,店长出声介绍道:"这是我儿子林时,双木林,时间的时。"

南枳微微颔首,淡笑着握了握林时的手:"你好,我是南枳。"她的话顿了下,目光落在北江身上,继续介绍:"他叫北江。"

"你好。"林时笑着,握着南枳的手紧了一分。

北江在一侧看着,眼睛死死地盯着两人相握的手,紧紧地咬着唇瓣,随后略带敌意地抬头看了林时一眼。

林时笑了声,将手松开,身子重新靠回座椅上。

北江的视线一路追随,到最后只能透过座椅的空隙看到一点林时的后脑勺。

不知道为什么,从上了这辆车见到林时的第一眼开始,北江就不喜欢他,心里莫名地生出敌意。就同当年第一次看到南枳身侧站着的那个男生一样,直觉上他就是不喜欢对方。

一路上,大多数时间都是店长和林时在聊天。偶尔店长会将话题抛到北江和南枳身上,借此聊几句。

店长选的火锅店开在市区最繁华的一条街上,还没到饭点,店门口就已经排起了长队。

车子停在路边,北江先一步下了车,手抵着车门框,等南枳下了车以后才顺势关上车门。

07 没有路时的选择

"这要排好久的队吧。"南枳看了眼门口的人流，下意识说了句。

"没事，这家店是我朋友家开的，我让他给我们留了包厢，直接进去就好了。"林时不知道什么时候站到了南枳身边，听到南枳的话后笑着接了一句。

南枳愣了下，似乎也被身侧突然出现的人吓了一跳。

林时嘴上咬着的烟不知道什么时候已经拿了下来。下了车之后北江才看清他的穿着，白色的字母背心将他精壮的身体很好地展现出来，全身散发着荷尔蒙的气息。

他个子看着比北江还要高一点，站在北江身侧，露出一副桀骜不驯的模样。

一行人进了店，在门口跟迎宾核对好个人信息后，就有服务员将四人引到二楼的包厢。

一进到包厢，北江眉心一跳。

包厢很大，装修得很豪华，一张能容纳二十多人的圆桌立在中间，隔壁还有一个不大不小的休息区。

这阵仗怎么看都不像只是一次普通的聚餐。

北江心里隐隐升起一种不好的想法。

南枳和北江落座后，林时被店长推着坐到了南枳身边："儿子来，你坐这儿。"

北江喝水的动作一呛。

林时也没有拒绝，从容地在南枳身侧坐下。他将餐桌上放着的菜单递到南枳面前，脸上带着浅浅的笑容："女士优先，看看吃什么。"

南枳没接，而是将菜单推到店长的方向："还是店长先点菜吧。"

"哎呀我没事，不用顾着我，南枳你和北江想吃什么就点什么，今天我请客。"店长笑着摆摆手。

南枳没法，只能将菜单收下，点了几个常见的菜。她侧头询问北江："弟弟，你有什么想吃的吗？"

北江的心情从进到这个包厢开始就不是很平静，眼下南枳问他点菜的问题，他也没心情去看菜单上有什么吃的："我都行，姐姐你决定吧。"

南枳闻言只能又将菜单递给林时："你们看看还要什么。"

"太少了，你再点一点吧。"

南枳摇头："我没有了，你们看看吧。"

菜单回到林时手中，他扫了两眼，手指握着铅笔飞速地打了几个勾，随后合上菜单递给站在一旁的服务员："先上这些吧。"

服务员拿着菜单离开包厢后，包厢里就只剩下他们四人。

店长适时开口："南枳，我还没跟你好好介绍过林时呢。他现在在Ａ大读研究生，明年就毕业了。"

南枳礼貌地笑了笑，接话说："能上Ａ大的研究生，很厉害啊。"

林时谦虚地笑着回应："还行，运气好而已。"

"哎呀，反正读再多书不就是为了一个以后到社会上的出路吗？林时他啊，前段时间收到了俞峡这边外企的高聘，毕业以后就留在俞峡了。"店长撞了下林时的胳膊，"是不是儿子？"

林时含笑点头："是。"

得到满意的答案，店长脸上的笑意又多了几分："南枳啊，你对未来有什么打算？我记得你好像是准备留在俞大考研的？"

"是有这个打算。"

店长一喜，双手一拍："那不正好，你俩都在俞峡，正好林时这小子朋友也不多，你俩可以互相照应。"

此话一出，北江的心情瞬间低落到谷底。

他就知道今天这一场聚餐不是那么简单，从店长带上林时的那一刻起，这场饭局的目的就不是单纯聚个餐。

07 没有路时的选择

想到林时的年龄和学历，北江心里生出挫败感。

林时与南枳确实很相配。如果他是南枳，他也会选择林时那样的人，年龄、学历都更符合。他们更应该是同一个世界的人，有相同的语言。

想到这儿，北江甚至不敢继续往下想。

他觉得自己不如林时，而南枳，值得更好的人。

"南枳，快啊，你俩加个好友。"

"啊，好。"南枳忙应声，手指从桌上拿起手机。

北江看着南枳的手机被拿走，他捏着茶杯的手紧了紧，指尖因为用力过度泛起青白。

他想阻止，但又无力阻止。

这一顿饭北江吃得寡淡无味，他强撑着坐在位置上吃下去，每吃一口都如同嚼蜡。

他的耳旁尽是南枳和林时、店长的聊天声，偶尔也会有话题提到他，但话题的中心显然是今天饭局的两个主角。北江觉得，自己的耳边的声音格外刺耳。

不知道过了多久，他的忍耐到了极限。

北江放下手中的筷子，手撑着桌子站了起来。

椅子"刺啦"一声被用力推开，这一声落在热闹的聊天声中并不显眼，但他站起来的身影还是吸引了另外三人的视线。

"怎么了北江？吃好了？"店长问了声。

北江忍下心中的不适，弯起唇笑了下："我吃完了，头有点晕，要是没什么事情我就想先回去了。"

"头晕吗？"南枳站起来，握住他的手腕，眼里满是关切，"是屋里太闷了吗？"

北江宽慰地笑了笑："应该就是累了，我没事。"

南枳仍皱着眉，上下打量了几眼才侧过身跟店长他们说："店长，北江不舒服，我有点不放心，我送他回去吧。"

北江愣了下，下意识想拒绝，但转头看到了林时，即将脱口而出的话又被咽了回去。

他有私心。

闻言，店长脸上也浮现出担忧："这两天俞峡的天气不是刮风就是下雨，是不是没适应，感冒了啊？"

"有可能，我先送他回去休息吧。"

"那行吧。"

南枳刚从座椅上拿起背包，没等她打招呼，林时也跟着站了起来。他一手抓起餐桌上的钥匙，把钥匙环套在食指上转了转："我送你们回去吧，你们没车不方便。"

南枳一听，忙说："没事没事，你送店长吧，我和北江打车回去就好了。"

林时笑着耸了下肩："没事，我妈晚上还约了朋友在隔壁商场逛街呢，我正好没事，送送你们。而且现在是晚高峰，恐怕打车也不好打的。"

南枳还想说什么，店长也顺着林时的话应和起来："是啊，别管我了，让林时送送你们，现在可不好打车。"

说罢，店长也从椅子上拿起包包，一手搂着南枳一手推着林时走出包厢，一直快走到收银处她才松开搂着南枳的手："你们先走吧，我去结账。"

"店——"南枳还在犹豫，林时已经走到店门口喊她了。

南枳没法，只能拉着北江一块儿坐上车。

或许是这一顿饭吃得南枳也有些累了，南枳坐上车后除了开始问了下北江的身体问题，后面大多数时间都是靠在座椅上闭目休息。

北江注意到好几次林时的目光看向后座，想要跟南枳说话，都因为她在闭目养神而放弃。

一路上，除了最开始和快到北江家楼下的时候，车里都没人说话。

南枳没让林时将车子开进小区，而是让他停在街边就放他俩下来。

林时转着方向盘，看了眼周围说："我送你们进去吧？反正就一点距离，也不碍事。"

南枳拒绝了，坚持要在街边下车。林时只能靠边停下。

下车呼吸到户外空气的一瞬间，北江觉得自己瞬间活了回来。刚刚在车子里被闷了一会儿，他本就有点晕车，差点就要吐在林时车上了。

他靠在一侧的路灯杆上，等南枳跟林时道完别后才懒懒地直起身子，和南枳不紧不慢地朝小区东门的方向走去。

小区门口的这一条街开满了商铺，彼时正好是大排档人潮最拥挤的时间，家家店铺门口都摆满了桌子。

北江他们嫌走在里侧要穿过一张张桌子有些麻烦，索性走到最外侧的机动车道上。

这个时间车不多，跨下台阶的时候，北江不动声色地往外侧迈了两步，让南枳走在靠商铺的内侧，而自己走在机动车道上的外侧。

街道上的路灯很亮，但北江他们一路顶着光向前走去。他低头看南枳，只能看到她半张被光映衬的脸，剩下半张藏在阴影之下。

滴滴——

"小心。"北江抓住南枳的手臂，把她往里推了推。

这一行为也让他的身体顺势贴在南枳身上，猝不及防拉近了两人的距离。他靠近南枳，微微低头，甚至能看清她轻颤的睫毛。

呼——

车子从他身侧驶过，带起一阵风。

北江连忙收回握在南枳手臂上的手，步子往旁边一退，微微拉开自己和南枳之间的距离。

南枳没察觉到他的异样,问:"你现在感觉好点儿了吗?"

"嗯。"

"果然是闷的吧。"南枳自顾自说了句。

刚刚周遭还是嘈杂的聊天声,现在两人走的这一小块区域却格外宁静。

或许是受气氛影响,北江忍不住问出了自己憋了一个晚上的话:"姐姐,你觉得店长他儿子怎么样?"

"嗯?什么怎么样?"南枳愣了下。

北江摸了摸鼻梁:"就是,你喜欢林时那个类型的男生吗?"

南枳觉得好笑:"为什么这么问?"

"没什么,就是问问。我看店长好像有意介绍你和林时认识。"北江及时噤了声,生怕自己再说下去可能会说出什么茶言茶语。

南枳秀眉一扬:"你也发现了吗?"

她的尾音上扬,丝毫没有想要掩饰的心理。

北江有些诧异,但还是"嗯"了声。

他能清晰地感觉到林时对南枳的兴趣,南枳肯定也能感受到。这一场饭局相处下来,林时每一步的举动都充满了对南枳的好感。

而不可否认的是,林时的言行举止都很得体。北江第一眼见林时的时候觉得他性格桀骜不驯,是个难缠的人。但只有第一眼见是这种感觉。餐桌上他明显感觉到了林时和他的外表是相反的,虽然看着玩世不恭,但行为上待人宽容,做事注重细节,说起的话来也充满条理。他是一个难缠的人。

如果是前者,北江觉得他大概不是南枳喜欢的人。但如果是后者,北江也没法保证南枳就一定不会喜欢他。

所以他很担心,担心南枳会接受林时。

"我目前没有恋爱的打算啦!"

噔——

一句话，北江的心里好像被人丢入了一小颗石子。石子虽然小，但引起的波澜却一层又一层。

南枳说："我的生活，还算忙吧？忙着兼职和学习，没什么经历可以分给恋爱。怎么啦弟弟？人不大倒是挺八卦的啊。"

南枳的话像是羽毛落在他心里，一下又一下，抚平他内心涌起的躁动，让一切归于平静。

北江没回答南枳的话，只轻轻地笑了声。

这声笑，是放松的笑。

他紧绷了一晚上的神经，终于松开了。

08

前行，不应放弃

北江情绪松快了不少,和南枳聊起天来人也精神了许多。

南枳一路跟他走回家,把他送到家门口后她才停住步子,抬手轻轻地揉了揉北江的头发:"行了,送你到家我也走了。"

被南枳揉乱了头发,北江却丝毫不介意。

他抬手拦住南枳:"姐姐不进来坐坐吗?"

"不用啦,我回学校了。"

"小南瓜很想你。"

南枳愣了下,拒绝的话卡在喉咙。

北江轻轻眨了下眼睛,眼眸中满是期待。

他搬出小南瓜来留住南枳,只希望可以跟南枳多待一点时间。小南瓜也是他的撒手锏了,他知道南枳不会拒绝。

果不其然,南枳犹豫片刻,最终还是点头答应了。

南枳一点头,北江高高悬着的心也慢慢放了下来。他侧过身去开密码锁,"嘀"的一声,大门打开。

小南瓜听到动静,一边走着猫步一边"喵喵"叫着到了门前坐下。

北江先是弯腰揉了揉小南瓜的脑袋,任由它蹭了一会儿自己的掌心才抱起它,侧身放在南枳的臂弯里:"来吧,去姐姐那里。"

小南瓜也很会见风使舵,一到南枳怀中就不停地蹭着,让南枳一颗心都被软化了。

南枳抱着小南瓜坐到沙发上,坐下后她这才抬头环顾了下北江的家。已经一周没有来了,北江的屋子多了不少物件,大多数都是跟猫有关的。

她轻轻地笑，低头逗着小南瓜："哥哥是不是很喜欢你呀。"

小南瓜听不懂，只能蹭着她的掌心"喵呜"叫了叫。

北江换好衣服从房间里出来，小南瓜正好从南枳的怀中挣脱开，在地上跑了几步跳回北江怀中。

北江轻轻地动了动它的脑袋，抱着猫在南枳坐着的沙发上坐下："姐姐。"

南枳正逗弄着他怀中的小猫，听到北江的声音抬头看了一眼："嗯？"

北江咬着唇，踌躇片刻才说："我们下次再一块儿去游乐园吧。"

经北江这一提醒，南枳才想起来两人原本约好了吃完饭后要一块儿出去玩的，却被打了岔。

"今天没时间了，我们下次再去吧。"北江说。

说这句话的时候，他心里一直惴惴不安，生怕南枳会说出拒绝的话。

但好在，南枳没有。

她哼笑了声，眉眼跟着唇角一块儿弯起："好啊，下次再去吧。"

至于下次是什么时候，虽然没有确定的时间，不过北江不会忘记，他相信南枳也不会忘记的。

他已经开始期待下一次休息日了。

隔天，北江醒得格外早。

从窗前往外看去，俞峡今天灰蒙蒙的，天空中弥漫着白色的雾气。不知道是天气还是时间的原因，窗前方的街上，行人比平日里少了很多。

虽然离上班时间尚早，他还是决定提前去奶茶店。

等他到奶茶店的时候，店里除了还在整理店面准备营业的店长以外没有其他人，南枳也还没到。

见北江已经来了，店长还有些奇怪："你今天怎么来这么早？太阳打西边起来了？"

北江早上有点赖床，平时上班不是踩点就是超时，偶尔会提前来，不过那也最多只是提前十来分钟。

早晨一路走来风有些大，北江被吹了一路，有些蒙。他吸了吸鼻子，手指打横在鼻子下方搓了搓，嘴里含糊不清地回答："早点过来帮忙呢，一直迟到对不起你。"

"呦呵。"店长眉毛一挑，但也没再继续这个话题。

等北江从员工室换完衣服出来后，她才兴致勃勃地挪动到北江身边，八卦昨晚南枳和林时的情况。

不提起还好，一提起这件事，北江的情绪一下就低落了。

虽然南枳跟他说了自己目前没有谈恋爱的打算，但他明显能感觉到林时对南枳的兴趣。在自己和南枳的这段关系当中，林时也是一个潜在的敌人。

北江拧眉，手上的动作没停道："他俩好像没啥情况啊。"

店长"啊"了一声，若有所思："真没啥情况吗？我儿子回家的时候我还问过他呢。他说还挺喜欢南枳的。"

话音刚落，北江心中警铃大作。

虽然他有猜到，但这么猝不及防地得到肯定的答案还是让他心里小小地紧张了一下。

店长丝毫没注意到北江的异样，手指屈起，做出思考的动作："真的不喜欢吗？我可是按照南枳当时告诉我的理想型才想到我儿子的呢。"

北江稍稍顿了下，抬眼小心翼翼地打探情况："店长，南枳姐姐还在读大学，你为什么这么着急给她介绍对象啊？而且我看林时他的条件那么好，不像是没人追的样子啊。"

"啊这个啊,我就是挺喜欢南枳的,感觉她跟我年轻的时候很像。有句话怎么说的呢?叫'肥水不流外人田',她那么优秀的女生,这不得早点安排吗?"

说完南枳提起林时,店长原本舒展的眉头又重新拧巴起来:"林时啊,啧,我也搞不懂他那边到底什么情况。他还是跟他爸爸跟得多,抽烟那坏习惯就是跟他爸爸学的。"

话说到一半,店长就止住了声音。

她略带迟疑地看了眼北江,眼神中的意味不明。

北江猝不及防地被这么看了一眼,身体一下紧绷。好在店长只看了那么一眼,就将视线收了回去。

她毫不在意地摆摆手:"算了你还小,这些事情以后再听吧。"

北江:"……"

一连打了一个多月的暑假工,北江已经习惯了待在俞峡的生活。

上周末他趁着自己休假回了一趟临安,当时家里只有北禾和阿姨在家,爸妈还在外地出差。见他回来,原本侧躺在沙发上刷手机的北禾立马换成端庄的坐姿。

等北江走近,她眉眼一挑,揶揄道:"暑假工怎么样啊大忙人?"

北江从俞峡赶回来,坐车累得要死,一时半会儿缓不上来,一见到沙发就直愣愣地上去躺了个四面朝天,也没空回应北禾的话。

北禾见状下了沙发,去给北江倒了一杯水,放在他跟前的茶几上:"真有这么累?"

北江闷闷地"嗯"了一声,从沙发上撑起身子,端起水杯一饮而尽。

"累的话就别干了呗,反正家里也不缺你这点钱。而且你这暑假工打的,放假一个月了在家都见不到你,怪想你的。"

闻言,北江心里一暖。

他在心里感慨,原来北禾也有像姐姐的一面。

可偏偏下一秒,北江心里好不容易泛起的暖意又被北禾亲自打碎——

"你不在家都没人供我奴役了。"

北江喝水的动作一呛,忙放下手中的茶杯咳嗽好几声。

"慢点喝,没人跟你抢。"北禾十分敷衍地拍了拍北江的背。

北江:"……"

他是坐着躺着都没心情了,他撑着沙发两侧的扶手站了起来,准备回房间。他刚站起来,北禾就在他身侧惊呼了一声:"哎。"

她摸上北江的脸颊:"你的皮肤比以前差了不少,那边是不是风蛮大的啊?我记得——"

北江正要顺着她的话接下去,她的话头却突然止住。

北禾摆摆手:"算了没事,你回去吧。"

北江不明所以,但也习惯了北禾这种一惊一乍的性格,什么都没说就回了房间。

这么多年了,他习惯了一回房间就开电脑,这次也不例外。

北江刚坐到电竞椅上按下电脑的开机键,兜里的手机像是有有所感应一般,也跟着振动起来。

他从兜里拿出手机扫了眼屏幕,是俞磊的电话。

北江眉心一跳,心里隐隐有一种不好的预感。

他刚按通,俞磊的声音就迫不及待地从听筒里传来:"打你电话好半天你咋不接呢?"

北江想起自己因为坐车把手机调了静音,下了车后又因为脑袋发晕,到家都没看过手机。

"静音了,怎么了?"

"哦,那你快来车站接我吧。"

北江顿了下:"啊?"

听到北江的反应,俞磊似乎很高兴,说话的语气都变得激动了:"兄弟我不忍你一人孤独地在异乡打工,所以我来俞峡陪你了,是不是感到很惊喜很感动?"

北江:"……"

北江顿感无语,神色疲惫地揉了揉眉心,语气烦躁:"你有事啊?"

"怎么了?我来了你不高兴吗?"

"我在临安……"

"……"电话那头陷入了沉默。

北江举着手机,身心都感到了疲惫。

"我去你的北江。"突然,电话那头的俞磊大骂了一声,"你小子回临安了?怎么不跟我说啊?"

"我怎么知道你一声不吭地跑到俞峡去找我了?"

俞磊不听北江的解释:"那你现在让我一个人在这边怎么办?"

北江:"你现在转身回车站买票,坐最快的一班高铁回来。"

"不要。"对方坚定地拒绝了。

"……"北江抽了抽唇角,"为什么?"

"我是来俞峡找我网友的,人还没见到呢,我不回去。"

北江:"……"

他真的已经心累了。

俞磊说他是来这边找他,顺便见个网友。但北江总觉得他就是过来找网友,顺便来见见他的。

他叹了口气,说:"那你去住我家吧,我一会儿把地址和门锁密码发给你。"

"好嘞,那你快点回来,我等你呦。"似乎是达到了目的,俞磊也没再跟北江掰扯,匆匆说了几句话就挂断了电话。

北江无力地靠在座椅上,将手中的手机往桌上一丢。

这下得了,被俞磊这么一烦,游戏也没心思玩了。

暮色降临,小区里家家灯火亮起。

家里只有北江和北禾两人,阿姨给他们做完饭以后就下班回了家,餐桌上只有姐弟俩面对面坐着吃饭。

北禾向来自由散漫惯了,在家里也不会有人约束她。她盘腿坐在凳子上,手里拿着手机,被看到的视频逗得咯咯笑。

北江早已习惯了自家姐姐这副模样,自顾自埋头吃饭。

忽然,一阵刺耳的手机铃声响起。北江下意识抬头朝声源处看去,北禾已经接起电话"喂"了一声。

只是寻常接个电话。

见没什么特别的事情,北江刚要低头继续吃饭,耳畔里就落了一个熟悉的名字——

"南枳啊?"

北江低头的动作一僵,原本心不在焉的思绪也被拉了回来。

他悄悄抬眸朝北禾那边看去,对方正接着电话,无暇顾及他。

"她应该没时间来吧,她好像在俞峡做暑假工呢。嗯嗯对,我跟她说一声吧,不过应该是没时间。好,那你把时间地址发给我吧。"

挂断电话后,北禾的手机里又传出之前的音乐声。

北江试探性地问:"谁啊?"

"高中班长。"

"找你干什么?"

"聚餐呗。"北禾睨了他一眼,"小屁孩管这么多闲事。"

北江默默地闭了嘴,再次埋头吃饭。只是这次,他扒饭的动作渐渐慢了下来,注意力也分了一半在北禾身上。

北禾手指在手机屏幕上滑动了两下,随后拿起手机对着听筒说话:"宝儿,暑假有时间吗?班长让我问你有没有空回来聚个餐。"

话说完,她又将手机调回刚刚的视频。

北江猜到北禾刚刚那一条语音应该是发给南枳的,想起前面北禾和电话那头的人说的话,他再次想起疑虑过的事情。

北江咬了咬筷子,踌躇片刻还是朝北禾问道:"姐,你刚刚是不是在跟南枳姐姐发信息?"

北禾的视线依然放在手机上,头也没抬:"嗯。"

"南枳姐姐还在打暑假工吗?"

这句话是北江明知故问的,他当然知道南枳还在打暑假工,他还跟她在一块儿打呢。不过北禾不知道他跟南枳在一块儿打工,所以这话是为了掩饰,也是为了方便问出下面的话。

奇怪的是,北江此话一出,北禾咀嚼的动作顿了下,然后抬头朝他看来,眼神意味不明。

这一眼看得北江头皮发麻,刚要询问,下一秒,北禾自顾自地笑了一声,眼眸中也带着一股莫名的笑意。

"笑什么?"北江问。

"没呢。"她轻轻一挑眉,"你问这个做什么?"

北江不敢直视北禾,她的眼睛虽然含着笑,但看他的视线不知道为什么总有一种犀利的感觉。

他微微侧头躲避北禾的视线,手指在脸颊上轻轻地抓了抓:"好奇而已。"

"哦,南枳是还在打工。"北禾点头。

北江等的就是这句话,这句话一出,他就可以顺着这个话头接着往下问了。他问:"南枳姐姐好像每个假期都去打工啊?上次看她朋友圈,好像寒假也在。"

"嗯,好像是。"

"我看她好像从来不跟你们出去玩,不是学习就是做兼职。你之前跟我说她家里压力比较大,你知道是啥情况吗?"

话音刚落,北禾那边忽然没了声音。

一时间,餐厅里只剩下北禾手机里视频的声音。

她的手机一直在循环播放视频,但她没有去理会,而是直勾勾地盯着北江,似乎想从他脸上看出什么来。

过分的安静本就让北江心里不安,他被北禾这么一动不动地盯着,心里越发慌张,就连呼吸都开始放慢。

北江深呼一口气,试图强压下心中的不安。

时间静默了半晌,北禾这才开口:"南枳她家里的条件不是很好。"

这是北江之前就知道的事情。

"她家里只有爸爸在工作,她妈妈全身瘫痪,弟弟的腿站不起来。之前为了给她妈妈和弟弟看病,家里的钱都花光了,房子也卖掉了。"

北江愣住了,他只知道南枳家里的条件不好,也知道南枳还有一个弟弟,却没想到是这样的情况。

剩下的话不用北禾说,北江也能明白了。因为家里只有爸爸在工作,供一家开销是远远不够的,所以南枳才会一有时间就去兼职,哪怕是过年都要在外面工作到最后一刻。

"听南枳说,虽然这些年比最开始那两年稳定不少,但她妈妈和弟弟看病还是要花不少钱。"

北禾的话在北江的耳边回响,他捏着筷子的手越来越用力,直到指尖开始泛青白,直到因为筷子捏得太紧而在手上留下深深的印记。

他一下松开手,喉咙发紧:"原来是这样。"

北江三两下扒完饭,端起饭碗离开餐桌。

经过北禾身边时,她叫住了他。

"北江。"

北江停下脚步:"怎么了?"

北禾看他的眼神有些奇怪,她叹了口气,说:"北江,暑假都过半了,要不你把你的暑假工辞掉吧?"

北江一愣:"为什么?"

见到他的反应,北禾没说话,而是静静地盯着她,眼神中带着一丝探究,似乎是想要看透他的内心。

北江不知道北禾是怎么回事,他不想放弃奶茶店的兼职。他也不想干暑假工,但他想要去俞峡和南枳在一块儿。

他刚要继续询问,北禾却率先做了回应:"我是觉得,你也不缺钱,一直在外面不太安全。"

北江摸不着头绪,想不通北禾为什么会突然提起这个问题。

他挠了挠头,和她解释:"还行吧,我都这么大了,也不用担心什么安全不安全的了,再说都干到这会儿了,不是挺安全的吗?"

北禾深深地看了他一眼,端起碗站起来走向厨房,嘴上淡淡地"哦"了一声,再无其他反应。

北江见状也没冉站在原地纠结,虽然心中还是有点疑惑。但他也没放在心上,自顾自回了房间。

回到房间后,北江刚打开手机,南枳十分钟前发的消息也跟着跳了出来。

北江这个牌子的手机接收信息有时会延迟,他好几次收南枳的信息都延迟了,弄得他有些烦。

他点开微信,信息还没跳出来。因为是南枳的消息,北江也有些急,看着顶端消息加载的圆圈转了半天,消息才一条一条跳出来。

叮咚——

南枳头像冒出红点,进来了一条信息。

Tomorrow:弟弟,你家里有其他人啊?

看到这条信息，北江怔了一瞬，下一秒想起俞磊。

他回临安待的这两天，有跟南柊提过家里小猫的事情。南柊说她可以去喂猫，北江就将家里的密码和备用钥匙都给了她。

可偏偏俞磊同一个时间也在俞峡，他却忘记了这件事。

北江赶紧拨通了南柊的电话，想要跟她解释一下这件事。

电话响了三声后就被接起，北江一声"姐姐"刚喊出口，就听到对面有俞磊的笑声。

北江顿了下。

他听到南柊说"不好意思，接个电话"，等了一秒，电话那头才传来南柊的回应："怎么了弟弟？"

"啊，姐姐。"北江被南柊唤回神，"我刚刚才看到你给我发的信息，我忘记告诉你了，我朋友今天来俞峡找我，临时说要住在我家里。"

南柊笑了声："我已经知道了，他跟我说过了。"

话音刚落，电话那头传来俞磊模糊的声音："是北江吗？"

不知道南柊和俞磊说了什么，听筒里传出一阵杂音，杂音过后似乎是俞磊接过了电话，听筒里传来了俞磊那有些吊儿郎当的声音："北江哎！"

没等北江说话，俞磊又大声喊着："你怎么没跟我说你在俞峡这边打工是跟这么好看的一个姐姐一块儿的呢？"

"……"北江压着嗓子，"你——"

话没说完，又被俞磊打断："哦，你是不是问我有没有好好招呼客人？你放心啦，我已经帮你照顾过姐姐了。感谢我吧兄弟。"

北江："……"

他压根儿就不想要俞磊帮着招呼南柊。

"我晚点给你打电话哈，这个手机还给姐姐了。"

北江等了几秒，电话那头又变回了南柊的声音："弟弟。"

她的语调上扬，从语气中北江听出她此时的心情很好。南柊说:"回家怎么样呢?和你姐姐碰面了吗?"

北江接着电话站起身,趿拉着拖鞋走到窗边:"嗯,刚吃完饭,姐姐你呢?"

"我吃完过来的。来的时候发现小南瓜的猫粮好像没有了。"

"那个猫粮啊,还有的,跟猫罐头一起我放在空着的那间屋子的桌子上,应该还挺多的。"

南枳"啊"了声:"我没进去找,我还以为吃完了呢。不过我已经跟你同学一块儿出去买了一些回来,现在小南瓜已经吃上啦。"

北江一噎。

他还没能接话,电话那头又传来了俞磊的声音:"我们现在正好在家一块儿吃宵夜呢,等我给你录个视频。"

叮咚一声,登在电脑上的微信响了一声。

北江回到电脑桌前,点开俞磊刚刚发来的视频。视频中烧烤摆满一张桌子,南枳和俞磊前面各摆了一杯饮料。视频的镜头从烧烤转移到了南枳身上,她怀里抱着小南瓜,在镜头拍到她的一瞬间,她握着小猫爪子微微举起,脸上泛着笑说了一声"耶"。

"怎么样?我们吃得好吗?你回临安的大餐有没有这个丰富?"

俞磊和南枳之间的氛围似乎很愉快。北江心里泛起酸意,他都还没跟南枳在家吃过烧烤。

他酸溜溜地回了一句:"一般吧。"

俞磊"喊"了一声:"没话聊。"

"我们点的外卖,这家店烧烤还不错,回来的时候可以去店里尝尝哦。"南枳拿回电话后又和北江聊了几句才挂断。

电话一挂断,北江就开始翻动车票。

他本来打算后天回去,但被俞磊这么一刺激,他在家里也坐不住了,恨不得立马长一双翅膀飞回俞峡。

北江提早一天订了车票，本想隔天起床跟北禾说一声，但等他起床时家里已经没有北禾的身影了。

北江给她打了个电话，北禾那边的环境有些嘈杂，她大概是在外面玩，对北江的态度也有些敷衍："在外面呢，没事就挂了，别打扰我。"

"我中午回去上班了。"北江赶紧说。

"哦，出门记得锁好门。"北禾随意应和了一句就挂了电话。

从北禾的态度上看，北江觉得是自己想多了。北禾昨天的那句话大概真的只是随口一说。

他放下心，又回房间收拾了一下东西才出门去高铁站。

从临安到俞峡的车程不过个把小时，北江一到俞峡，本想先去奶茶店看看，但转念想到家里还有一个活人在，就掉头打车回了家。

北江一出电梯，就看到一个穿着黄色外套的外卖员站在家门口不断徘徊，抬着头看着房门，又时不时看着手机。

北江在电梯门口站了一会儿，外卖员也察觉到了他的存在，拎着外卖走到他跟前，问："你是这家的人吗？"

"对。"

闻言，外卖员顿时松了一口气，将手里的外卖交到北江手上："这是俞先生点的外卖，我打了好半天电话没人接，正想着要不要直接放在门口呢。"

听到"俞先生"三个字，北江就知道是俞磊了。至于为什么会点了外卖却没接到电话……

应该是睡着了。

北江跟外卖员道过谢后，按了密码锁进门。大门一推开，屋内的闷气就朝他涌来。闷气中带着各种气味混合的味道，北江被这闷气冲了一脸，往后退了两步，险些没站稳。

他站在门口缓了一会儿,才拧着眉屏着气换了鞋走进去。北江将外卖放在吧台桌上后才开始观察这屋内。

房间不算乱,跟他离开时没多大区别,就是多了几个食物的包装,沙发上丢了几件衣服。客厅的窗帘拉得死死的,不用想也知道窗户肯定是关着,怪不得屋内有股闷气和各种食物的混合味。

北江先打开客厅的窗帘和窗户,将光放进来,把屋内的闷气散出去。做完这个后,他径直地往房间走去。

家里只扫了他住的房间,虽然还空着一间客房,但没人打扫过,俞磊是一定不会住的。

他刚走到房间门口,就听到了主卧里传来的呼噜声。

北江:"……"

果然是在睡觉。

北江黑着脸打开门,房间内和刚进这个屋了的客厅一样,窗帘拉着光源都被挡住,一片昏暗。他"啪嗒"一声按下灯的开关,顷刻,光亮立马将整个房间笼罩,北江也看到了床中间四脚朝天躺着的俞磊。

他绕过床,"唰"的一声将房间内的窗帘拉开。

毕竟是白天,俞磊睡得不深。北江这一开灯一拉窗帘,刺眼的光打在他脸上,没一会儿他就悠悠转醒,挠着鸡窝头从床上坐起来。

北江没搭理他,靠着窗户双手抱胸看他。

俞磊在床上缓了一会儿神,回头时才注意到窗边还站着一个人,被吓得叫出了声。看清北江的脸后,他才拍着胸脯开始埋怨:"北江你是不是有病?一声不吭的要吓死人啊?"

北江冷笑一声,勾了一张椅子到自己身边,一屁股坐下。他跷着二郎腿,抱胸的动作不变,静静地盯着俞磊。

任谁被人这么一直盯着心里都会发毛,俞磊也不例外。

他又骂了一声:"你干什么一直盯着我?"

北江没答。

"你不是明后天才回来吗？怎么一大早的就回来了？"

北江依然没说话。

俞磊也闭了嘴。两人一个坐在床上，一个坐在椅子上，四目相对都不说话，气氛就这么僵住了。

倏然，俞磊一拍掌，恍然大悟："你是不是回来找我算账的？"

北江一噎，原本还想着多敲打敲打俞磊，没想到他这么识趣。

俞磊朝他单挑眉，发出奸笑："是不是因为昨天晚上，我和你那个姐姐刺激到你了？所以你在临安一刻都坐不住了？"

"你别乱说。"北江的脸有些红，其实事情到这里该暴露的都已经暴露了，隐瞒也没有任何意义，但他还是没办法那么坦然地说出这件事。

俞磊见他这副模样，笑声越发张狂。

他的笑声对于北江来说像是魔音绕耳，越笑他的心就越烦。

"你再笑就给我出去。"北江忍不住出了声。

俞磊这才止住笑声，双手捧着自己的两个唇角往下拉了拉，试图将上扬的唇角拉平。

终于，在对上北江已经开始不耐烦的神情后，他才轻咳一声："那个姐姐就是你前段时间跟我说的那个？"

北江不自在地应了声："嗯。"

"我就知道。"

"你知道你还问。"

听到这话，俞磊瞬间笑了，他打了个响指："哎，就等你这句话。"

北江：？

"我要是不故意刺激你，你肯定不会跟我承认的。"

北江："……"

还真是。

跟俞磊聊了个把小时后,北江肚子饿了。

他止住话头,说:"肚子饿了,我要吃点东西。"

北江不说还好,这么一说俞磊也感觉饿了,肚子隐隐开始因为空腹而作痛。

"你这么说我也有点儿饿了,一早上没吃东西呢。对了,我记得你回来之前我点了个外卖来着,怎么到现在还没给我打电话。"边说着,俞磊边侧身摸索手机。

北江站起身,双手向上抬伸了个腰。

"欸?怎么这么多未接来电。"俞磊坐在床上翻动着手机,嘀咕了一声。

北江已经走到房间门口,好似听到这话才想起来一般,恍然道:"哦,外卖啊,我回来的时候正好拎了一个外卖进来,是你的吧?"

俞磊先是愣了下,反应过来后立马朝着北江怒吼一声:"北江!"

时间都已经过去了一个小时,北江这才提起这个外卖,让俞磊空着肚子跟北江聊了一个小时,外卖早就凉了。

明眼人都知道北江是故意的。

北江摊了摊手:"我忘了嘛。"

俞磊坐在床上,双目怒斥北江。

"对了,你醒了就赶紧给我联系一个家政来打扫屋子。看你把我家住得乱成什么样了?"

俞磊:"……"

09 弥足珍贵的回忆

北江的假放到后天，他有想过提前回去上班，但被俞磊以他好不容易来一趟俞峡，北江得在这陪着他为理由拦了下来。

吃过午饭后，北江一下午都跟俞磊待在家里打游戏。

俞磊说是来俞峡找网友的，但怎么看都像是特意跑到这边来找北江玩的，愣是一次都没提过网友的事情。

想到这儿，北江也就顺口提了一嘴。不提起还好，一提起俞磊就开始一把鼻涕一把泪地控诉自己这悲惨的网友见面被骗遭遇。

"所以你特意来这边，不仅人没见到，还被坑了三百块钱？"

俞磊气得声音都变了："你能不能自己心里清楚就好，不要特意提出来再来伤一次我脆弱的心脏？我现在连回去的车票都买不起了。"

北江对他的社交不感兴趣，见状只能耸肩，拿起一旁的手机，手指在屏幕上点了两下。下一秒，俞磊的手机"叮咚"响了一声。

"转了三百，买车票回去吧。"北江说得淡然，末了还侧过身将手搭在俞磊的肩膀上说，"都会好的，兄弟。"

俞磊颤着唇一声不吭，也不知道是不是被感动得不知道该说什么好了。

两人玩到下午三点，北江也有些累了。一直打游戏，看得他眼睛有些干涩，轻轻一眨就酸得不行。他丢下游戏机，说不玩了。

俞磊虽然睡了一上午，但见北江不玩了，自己也不想玩了。他自顾自趴着刷了一会儿手机，突然摇了摇北江的肩膀："喂，北江。"

北江靠在沙发上装死，一点都不想理他。

"既然都来俞峡了，那晚上我们去游乐场吧？就上次我跟你提过想去的那一家，新开的，一直没机会去呢。晚上还有烟花表演，多浪漫呢。"俞磊自顾自地说着，越说越起劲。

听到"游乐园""烟花表演"几个字眼，北江的眉头拧了拧："我俩？去游乐园看烟花？还浪漫？"

"咋地？"

北江睨了俞磊一眼，嗤笑一声。

游乐园北江不是不想去玩，但更想邀请南枳一起去。

一听他这态度，俞磊顿时炸了，扔下手机朝北江扑来。

俞磊压着他时用了力气，锁着他的喉咙让北江一时半会儿挣脱不开。等北江终于挣开束缚后，他的脸已经憋得通红。

他推开俞磊的手臂，抬手揉了揉脖子："你真卜死手啊。"

俞磊冷哼一声。

嘴上虽然说着不愿意跟俞磊去游乐场看烟花，但当俞磊提出可以借机邀请南枳一块儿去，他还会给两人制造独处的机会时，北江还是心动了。暗自思考了一番，他觉得这是一个不错的机会。

毕竟游乐园的烟花秀，也是一个可以制造回忆的地方。

这么想着，北江在俞磊的怂恿下给南枳发信息。邀请发完，还怕南枳不答应，补充了一句两人对俞峡不熟悉，想让她陪着一起。

南枳不知道是注意到最后一句话还是原本就有意向，一口就答应了下来，说今天下午正好是自己的休息时间。

南枳一同意，北江立马从沙发上站了起来，双手做了一个打气的动作，吓了俞磊一跳。

见此情形，俞磊揶揄他："答应了？"

北江扬起下巴，说："看在我的面子上，她勉强答应带一个你了。"

他这话说得十分臭屁也十分没有可信度，俞磊听后撇了撇嘴。

定好了晚上的约会，北江立即冲回房间开始收拾自己，买票之类的事都让俞磊处理。

或许是因为年纪的增长，少年也开始额外注意自己的形象。

洗完澡后，北江又开始困扰今天穿什么衣服。

过于打扮会造成刻意的反效果，但不打扮又会显得人太不修边幅，让人感到不悦。北江特意刷了刷手机上的视频，参考了一些服装搭配建议，但又被他放弃了。

最后，他还是从衣柜里抽出白短袖和运动裤。

俗话说，清爽干净就已经能加分了，不需要过度装扮。

北江中学时虽然有些懒，对家里衣服的整理也不是很在意。但自从遇上南枳，他为了防止和南枳碰面时自己衣服是皱巴巴的，开始学习整理衣柜，有了熨烫衣服的习惯，衣柜里的衣服也叠放得整齐。

最后他穿了一身最简单的白T恤和灰色运动裤，身上背了一个斜挎的运动包。

整理好头发后，北江刚要出门，视线落在了洗漱台角落里放着的一瓶男士香水上。

说来这瓶香水还是北禾送他的十六岁生日礼物，叫他要开始注重自身的味道，这是很重要的。香水味道不重，只是淡淡的青草味，但北江不爱喷这个，除了拆开时闻过味道，之后就再也没有喷过了。

将这瓶香水带到俞峡来，他本也是动了心思。但他担心自己喷了香水会显得突兀，就一直都没有碰过。

而这次，北江的注意力再次放在这瓶香水身上。鬼使神差地，他伸手将香水从角落拿了出来，打开盖子轻轻喷了一点在手腕处。

味道还是一如往常，很淡的青草味，不会浮夸，反而很舒服。

这其实有点像南枳身上的味道，但她说她从来不会喷香水，那应该是她洗衣液的味道。

想到这儿,北江拿起香水在自己身上喷了一点。

虽然只喷了一点,但他的心里还是翻起一阵又一阵的波涛。

北江走出房间,俞磊已经在门外等急了,见他出来顿时哀号:"总算等到你了,换个衣服还磨磨叽叽的。"

北江没说话,心怀紧张地朝俞磊走去。他心里忐忑不安,刻意朝俞磊靠近了两步,想知道他有没有闻到自己身上的香水味。

但不知道是香水味真的淡,还是俞磊这家伙的嗅觉不行。北江从他身侧经过时,他对此一点反应也没有,反而推着他催促着赶紧走。

北江见状也松了一口气。

正值暑假,哪怕不是在周末,游乐园的人还是很多。北江他们在门口排了十分钟的队伍才进去。

一进园区,俞磊就对着头顶飞驰而过的过山车两眼冒星。

"先玩儿什么?"

俞磊站出来提议:"要不要先玩儿过山车?"

北江的耳边恰好传来过山车上人们的尖叫声,他喜欢刺激,心也开始跳动,隐隐有些激动。

他刚要接话,南枳忽然在一旁说:"你俩去玩吧,我有点不舒服,在下面等你们。你们有什么想玩的可以跟我说,我先去排队。"

北江一听,立即转变了话头:"那我也不去了。"

俞磊:"……"

俞磊自然是知道他心里的想法的,所以看向北江的眼神也有些鄙夷,北江自动忽略。

"没事,你跟你朋友去玩吧。不用管我。"

虽然北江这么说,但还是被南枳推着跟俞磊一起进了过山车的检票口。南枳没跟他们一块儿进去,说在门口的树荫下面等他们。

南枳走后,北江的脸也跟着耷拉下来。

俞磊一见他这副死样子,就忍不住想要调侃两句:"怎么?跟我一块儿来坐过山车你不是很高兴?"

北江翻了个白眼:"你心里清楚就好。"

有了北江的回应,俞磊的"表演欲"越来越强烈,他"欲哭无泪"地说:"你要是心不在我这里,我要你人有什么用?你去找她吧。"

北江被这句话激得起了一身的鸡皮疙瘩,双手搓了搓手臂,没好气地说:"你是不是有病啊?"

"反正我都懂的,这段感情也不过是我一厢情愿。既然你的心不在我这里,那你就走吧。"

俞磊的声音不大,但绘声绘色的表演还是吸引了几个人的注意,路人频频侧目,先是看看俞磊,再看向北江的眼神带了丝嫌弃。

北江被这些视线看得心里发毛,他问:"真的可以先走吗?"

俞磊:?

"你自己说的,我要是想走就先走了。"

俞磊顿时怒了,也不顾场合,朝北江吼道:"北江!我说这话就是开个玩笑,没想到你居然真的这么想了。"

俞磊的怒斥声没有控制音量,在北江耳边喊着,快要将他的耳朵喊聋了。北江抬手,双手伸出手指堵住自己的两只耳朵,一副"我听不见"的模样。

俞磊:"……"

他骂完一波,刚停下想要喘口气,过山车的工作人员就朝他们两人喊道:"喂,那边那两个男生,你们还玩不玩了?这一班车还差一个人,赶紧上来啊。"

09 弥足珍贵的回忆

俞磊拉着北江,刚要说等下一班车,视线落在了过山车最后一排空位旁边的人身上。

是个美女。

他眼珠子转了转,果断撒开北江的手:"你走吧。"

说罢,他朝工作人员举起手跑过去:"我坐我坐。"

北江莫名被人抛下,还有些不明所以,等他抬头找到俞磊,视线正好瞥到他身侧的女生时才了然。

还说自己见色忘友呢,他也一样。

不过不管怎么样,北江甩掉一个包袱,欢欢喜喜地出去找南枳。

"姐姐。"

南枳见到北江一个人跑出来,还有些惊讶:"你怎么一个人出来了?你朋友呢?"

"位置就剩一个,他想玩,我也懒得等下一班,就直接出来了。"

北江没解释太多,往周围看了看,视线最后落在"旋转木马"四个大字招牌上面。

他的脑海中浮现出偶像剧里男主和女主一块儿坐旋转木马时冒出来的粉色泡泡,自己也蠢蠢欲动。

"姐姐,要不要去坐旋转木马?"

"可以啊。"南枳一口答应了下来。

但事与愿违,排了队伍好不容易等到他们时,北江因为比人晚了一步,没抢上最后一匹马,最后被工作人员请出去等了下一班。

北江的心情低落到了谷底,但转眼看到南枳在马上跟他招手,又立马变得精神,拿出手机给南枳拍照。

一轮结束后,南枳从里面出来。

北江没有片刻犹豫,当即脱离排着的队伍走到南枳那边的出口处。

"刚刚到你了呀,你怎么走出来了?"

"没事。"

没有南枳在,他也不想一个人去玩这个。

他低头看了眼手表,估算着俞磊从过山车下来的时间。忽然,他的身子倾了倾,脚下一歪,不自觉地往一侧倒去。

有一道力推在他的肩膀上,不轻不重,在推动的一瞬间,另一只手伸到他肩膀的另一侧按住却没使劲,像是在护着他。

北江一脸错愕地抬头,想要侧身去看身后的人。南枳先一步说道:"走啦走啦,我们再坐一次吧。"

旋转木马入口处排队的人不多,他们到达队伍末端时算算人数,正好赶上下一班的旋转木马。

两人停下步子排队,北江这才得以侧身询问:"不是玩过了吗?"

南枳却说:"再玩一次吧,弟弟你不是还没玩吗?"

南枳的声音是大多数人耳中的标准南方口音,北江每每听她讲话,心里都会不自觉流动着小小的溪流。她说这话的时候眼眸弯弯,话音未了,她轻轻地侧头点了下,像是在示意北江。

这么轻轻一扭头,就撞进了北江的心里。

那年夏日的燥热北江已经记不清了,只记得那天南枳脸颊上被太阳晒起的红和额间冒着的细汗。只这两点,他就知道那年的夏天是真的很热,天气是燥热的,他的心也是。

从旋转木马的出口处出来后,南枳刚提起"俞磊"的名字,北江就接到了对方的电话。

电话刚接通,那头就传来了俞磊怒不可遏的声音:"北江!你们到哪儿去了,打了几百个电话都没人接。"

北江想起刚刚和南枳坐马车时,为了不被打扰,他果断选择

09 弥足珍贵的回忆

把手机设成静音。

自然也就错过了俞磊的电话。

北江本不想搭理俞磊,毕竟是俞磊先见色忘义放弃了他,他倒是有点希望后面也这样分开玩的。不过念及南枳还在身边,他不能这么对待朋友,所以北江还是好脾气地说了自己所在的位置。

等俞磊找来的空闲里,北江和南枳找了个阴凉处坐下。

园区很喧闹,但他们这一处却不知道为什么显得很安静。这一静下来,北江不禁回想起刚刚坐在木马车上的场景。

木马车的空间刚好能容纳下两人,北江的手臂是紧紧贴着南枳手臂的。两人穿的都是短袖,肌肤与肌肤免不了会接触到。

因为这个,北江的心脏一直在怦怦跳,他一直提着一口气坐着,只是紧紧地盯着鞋尖前几步距离的地面。

他们身边大多数是大人带小孩来坐的,旋转木马一开始转动,小孩就开始欢呼尖叫。北江心脏本就跳动得厉害,经这么一叫,心脏跳得更欢了。

"弟弟。"南枳忽然喊了一声北江,微偏过头的同时,意外拉近了两人原本就有些近的距离,"你今天,是不是用香水了?"

北江心里咯噔一下,随即开始慌张。

他出门时见俞磊没有闻到,就以为并没有什么味道,没想到还是给南枳闻到了。

他喷的时候是有小心机的,但当被问的时候,他的心里开始慌张,生怕自己的这一个举动在南枳的眼中过于刻意。

或许是因为慌张,他开口就是解释:"这个,是俞磊他要喷,然后我经过的时候他往我身上也喷了一点,不是我要喷的。"

这一个锅甩得十分快。

南枳轻轻地笑了声:"这样啊,我想跟你说这个味道挺好闻的。"她顿了一下,又说,"很适合你。"

有了南枳的这一句话,北江原本躁动不安的心像是被一只无形的手抚摸过，不安渐渐褪去，恢复了平静。

他鼓起勇气问："姐姐，你喜欢这个味道吗？"

南枳说，很喜欢。

她说这句话的时候，旋转木马正好转到朝阳的那一面，阳光倾洒在她的脸上，映衬出脸上那细小的绒毛。

就因为这么一句话，后来北江用了一辈子这个牌子的香水。甚至在这款香水停产以后，还去各种地方搜罗了不少回来。

"谢谢，我们不用这个。"

南枳的声音打断了北江的思绪，他抬头，视线从阴影寻到阳光下。

不知道什么时候，他们身前站了一个巨大的人形玩偶。他的左手中捧了一大堆玫瑰花。此时他右手正拿着一枝玫瑰花递给南枳，哪怕被南枳拒绝了也没有收回，十分执拗地举着。

大概是注意到北江的注视，玩偶在又一次被南枳拒绝后，切换了"攻略"对象，将玫瑰花递到北江面前。

北江不明所以，刚要拒绝，就见玩偶举着玫瑰花，指指他，又调换方向指了指南枳。

北江这才明白玩偶的用意，伸手将玫瑰花接下。

玫瑰是新鲜的，上面还挂着残余的露水，鲜红而又艳丽。

北江将玫瑰递给南枳，徐徐一笑："送给姐姐。"

南枳也刚反应过来玫瑰的用途，视线落在北江递来的玫瑰上，眼眸轻轻一动，随即淡笑着接过。

"谢谢北江。"

玩偶站在原地满意地点头，拉过一旁的工作人员站到两人面前。工作人员开始给二人解释："是这样的两位，我们园区今天有个活动，就是需要一百位男生把玫瑰花送给身边的女生，不管是情侣还是家人都可以。要是愿意的话可以配合我们拍一张合照

09 弥足珍贵的回忆

吗？我们会放在园区的照片墙上。"

北江看向南枳："要拍吗姐姐？"

"可以啊。"南枳爽快地答应了。

两人对着相机端正坐好，南枳双手交握着玫瑰的根枝，微倾着的脸上笑得嫣然。在工作人员端着相机，喊出"三二一"的口令时，北江忽然偏头往南枳的方向倾了倾。

"咔嚓"一声拍下一张合照。

北江忽然意识到，这是两人的第一张合照。

工作人员现场打印了一张照片递给南枳："谢谢二位支持。"

北江和南枳跟工作人员道了谢后，对方就领着玩偶走了，玩偶走之前还跳起来跟二人比心，像是有什么寓意。

北江垂眸看向这张照片，两人并排坐在长椅上，像是商量好一般，身子、头部都向对方微侧，十分默契。

"我们两个人都笑得很好呢。"

北江也赞同地点点头。

南枳说："弟弟，这照片我拿去再翻印一张然后给你，咱俩一人一张怎么样？"

"好。"

其实就算南枳不说，北江也想要这么做。

照片在俞磊过来之前就被南枳收好了，俞磊找到他们时也没再抱怨北江不接电话，只嚷嚷着自己肚子饿，催促着两人去餐厅吃了饭。

游乐园的烟花秀开始时间是八点半，北江他们吃完饭出来时正好是七点。俞磊提议去摩天轮上看烟花，三人掐着时间去排摩天轮的队伍。

摩天轮二十五分钟转一圈，三人上到摩天轮时，时间刚好到八点十五，能在摩天轮上赶上烟花秀开始。

俞磊一上摩天轮就独自坐在一边，拿出手机"啪嗒啪嗒"开始打字。

舱内一片安静。

俞磊这个话痨不说话了，和南枳并排坐着的北江又不由得紧张起来。他身体坐得端正，手放在膝上，手指微微蜷缩着。

随着舱箱一点向上移动，他们离地面的距离也越来越远。

南枳收回视线，侧头笑着跟北江搭话："弟弟你看过这里的烟花吗？听说这里的烟花秀特别好看。"

闻言，北江摇摇头。

他很少看烟花，上一次看烟花还是过年时跟南枳通电话的那一场。

"我也还没看过，都是听别人说的。上一次看烟花还是在临安。"

"我也是。"

他顿了下，突然停住话头。

半晌，北江轻轻眨了下眼睛："姐姐，年前临安的那一场烟花好看吗？"

南枳："好看呀，我们家之前不怎么放烟花，今年难得放一次呢。"

"这样啊。"北江轻轻一笑，"我们家那时候也放烟花了。我也觉得，年初的那一场烟花是我见到烟花最开心的一次。"

时间在聊天中过去，或许是南枳他们的聊天也感染到了俞磊，他也放下手机加入聊天。三人聊得尽兴，全然没有注意到时间。

等他们意识到烟花秀已经开始，还是因为听到了舱外烟花绽放的声音和周围人们的欢呼声。

这一场烟花秀办得非常盛大，提早几个月就开始宣传了。

一束束烟花从湖的中心升至天空，夜幕给了它们一个天然的纯黑背景，让它们可以肆无忌惮地绽放自己绚丽的光彩。绿色的、红色的、蓝色的，烟花争先恐后地在黑幕中绽放。

其中有一束白色的烟花坠落，像是在黑夜中镶嵌了一道流星。

俞磊用手机对着舱外的烟花不停地拍照。

南枳静静地盯着窗外，唇角带着笑。

北江原本也在看烟花，但渐渐地，他的视线从舱外的烟花移到南枳身上。他的位置只能看到南枳的侧影，舱玻璃上，她的笑靥在烟花的映照下时隐时现。

她满眼欢喜地盯着烟花，烟花在她的眼中化成了星星。

北江轻轻一笑，垂下眼帘。

他今天想对着这一场烟花许一个愿望，一个和南枳有关的愿望。

良久，他重新抬眼，烟花秀已经接近尾声，舱箱也开始往下转去。

北江收回视线，舱内另外两人也重新坐好，开始聊起刚刚那一场盛大的烟花。

北江一言不发，只是笑着应和。

当这场烟花结束的时候，他的脑海中忽然浮现出一句话——

这是他和南枳一块儿看的第一场烟花。

送走南枳后，北江和俞磊一块儿回家。

从早上赶车回来俞峡到下午去游乐场，北江一整天都没有闲下来过。一回到家，他就直直冲进浴室。

花洒里流出的水淋了他一脸，将他从上到下浇了个彻底。刚开始水流淋在整张脸上时他还有些窒息，但后面只剩下了爽快。

洗好澡后，北江一边擦拭着头发一边从浴室里出来。外面的俞磊早就等得不耐烦了，一见到北江出来，就迫不及待地冲了进去。

北江也侧身给他让位，回到床上直直躺了下去。

"原来你还会用香水啊？"俞磊刷着牙，忽然探出身，手里拿着北江今天刚用过的那瓶香水。

北江瞥了一眼，身子动了下但没起来，鼻腔中发出一声"嗯"。

"今天怎么没见你喷？"俞磊不经意地问了句。

北江没回答他，只是微微偏过头，视线落在窗户外的黑夜中。

好在俞磊也不是很在意这个问题，刷完牙后就关了浴室的门进去洗澡了。

房间里很安静，浴室里俞磊的淋浴声成为这个房间里唯一的声源。

北江的头发还湿着，他却懒得起身去吹干头发。

他静静地躺在沙发上，回忆着今天在游乐场的事情。北江是带了私心的，在看完烟花以后，他支开俞磊，和南枳一块儿去玩了娃娃机。不过两人抓了半个小时，只抓上来一个小猫的玩偶。玩偶做工粗糙，缝合处的线头歪七扭八，表面上还有不少裸露在外的线头。

但南枳还是很喜欢，还让北江给她和玩偶拍了一张合照。

那个玩偶北江本想送给南枳当一个礼物，但南枳并没有接受，他只能又将玩偶拿了回来。刚刚进门前，玩偶被他随手放在了玄关处的鞋柜上方。

想到这个，北江立马从床上弹了起来，踩上拖鞋快步走出房间，走到玄关找到那个玩偶。

"喵喵~"

忽然，北江的小腿被毛茸茸的东西蹭了蹭。他低头一看，是小南瓜歪着脑袋在蹭他。

北江蹲下身，将小南瓜从地上抱了起来。他的怀里除了一个小猫玩偶，还多了一只小猫。

他忽然发现，这个小猫玩偶的颜色和小南瓜的颜色大差不差，都是橘黄色，就像是小南瓜的翻版。

"喵喵。"

北江屈起手指蹭了蹭小南瓜的脸："真乖。"

他顿了下，视线落到玩偶身上。北江抿着唇，轻声说："这是姐姐跟我一起抓来的。"

他伸出胳膊放下小南瓜，小南瓜一从北江的臂弯中下来，就"嗖"的一声蹿了出去，没一会儿就跳到猫爬架上趴着不动了。

北江笑了下，又看了看手里还拿着的那个猫形玩偶。

忽然，安静的房间里传来一阵手机电话铃声。铃声激得原本趴在猫爬架上的小南瓜浑身一抖，三两下又从猫爬架上跳下来，不知道跑到哪里去了。

北江走过去拿起手机一看，是他妈妈的电话。

北江垂在屏幕上方的手指顿了下，

已经十一点了，往常这个时间妈妈早就已经睡觉了，更别提会在这个时间点给他打电话了。

他思索了片刻后还是按下了接通键。

"妈。"

"江江啊，睡了吗？"付素清的声音从听筒里传出来。

北江试图从这句话中读出付素清这么晚打电话过来的目的，但妈妈的语调跟往常没什么区别，他也猜不到这一通电话的目的。

"还没有。"北江说。

"这样啊。"付素清停了片刻，接着道，"暑假工怎么样？辛不辛苦？"

"不辛苦，不是很累。"

"对了江江，你之前跟我说你暑假工是在哪儿来着？我过去看看你。"付素清忽然问了一句。

此话一出，北江心中顿时警铃大作。

他怔了怔，盯着面前的茶几，嘴唇微微分开，却吐不出一句话可以回应妈妈的问题。

之前妈妈也问过他在哪儿打暑假工,北江跟她说了就在临安本地,但一直没跟她说具体位置。付素清知道儿子有自己的主意,也就没多问,只要求他隔几天就要跟她打电话说一下情况。

今天晚上妈妈这个时间打电话本就奇怪,打了电话也没聊往常的那些问题,而是再次问起这个地点,还说要来找他。

北江想,是不是自己暴露了?

他赶紧说:"不用来找我,我这里挺好的。"

说完这句话,电话那头陷入了沉默。

沉默的时间越长,北江心里的不安就越发浓烈。

恰巧这时,俞磊洗澡从房间里出来,扯着嗓子喊了北江一声:"北江,你把毛巾放在哪儿了?"

北江和付素清都愣了下,反应过来后,北江忙回:"我没有多条的毛巾了,你要用就用我这条吧。"

话音刚落,付素清在电话那头问:"这么晚你跟谁在一块儿呢?"

"俞磊啊。"北江不假思索地回答。

俞磊走近,从他脖子上抽走毛巾,顺口问了句:"谁啊?"

北江用口型做了一个"我妈"。

他说:"我在这边跟我另一个朋友一块儿打暑假工,俞磊正好休息几天,就过来找我们玩了。"

他一边说,一边给俞磊使眼色。

不然为什么说他们是这么多年的兄弟,总不可能一点默契都没有。

俞磊立马明白了北江的意思,知道是他妈妈在查岗。他从北江手中拿出手机,热情地朝电话喊了一声:"阿姨。"

不一会儿的工夫,他就将北江刚刚说的话圆了回去。俞磊一边跟付素清聊着天,一边用余光看北江的反应。

"那好，阿姨晚安，我去吹头发了。"俞磊将手机还给北江，朝他抛了一个"搞定"的眼神。

北江松了口气，重新将手机放至耳边："妈。"

"江江，你跟磊磊住在外面要注意安全。听磊磊说你是在朋友家里的？那会不会打扰到人家啊？"

"没事的妈，他这个房子空着，就我和他在住。"

付素清还是觉得不妥："我还是觉得打扰人家不好。反正江江你也在外面干了一个月了，暑假工要体验也已经体验过了，你这两天去跟你们那边的负责人说说，辞职回来吧。"

北江一愣。

他不知道好好聊着为什么突然说到了辞职。

他顿时急了："不是妈，好端端的为什么要辞职啊？我干得好好的，这儿的活儿也不累。"

付素清说："你在那儿打工已经没有意义了啊，剩下一个月的暑假，你去做点什么都比在外面打工来得有意义。江江啊，家里不缺你打工的这点钱，你要是没零花钱了跟妈妈说，妈妈会给你的。你现在是学生，以后有的是工作的机会，现在呢，你只需要把重心放在学习上面就可以了，其他事情你不要再想了。"

"老师说过，这种暑假工也算是社会实践，对自己有益的。"

"对呀，所以你干过一个月也已经体验过了呀！剩下一个月，你该把重心放在学习上了。开学你们就要选科分班了，妈妈给你找了个家教老师，是爸爸大学时候的同学，现在在临大当教授。这个机会可是来之不易的，爸妈费了好大一番工夫才请到人家的。你快点回来上课吧！暑假工什么的，就辞掉吧。"

付素清说的在理，他不可能整个暑期打工不学习，她也已经替北江安排好了暑期最后一个月的事情。北江没有理由反对。他知道父母已经对自己起疑了，要是再坚持下去，他们肯定会找过来，到时候会不会影响到南枳，他也不能保证。

挂掉电话后，北江回到卧室。

俞磊正好吹干头发，从洗手间走出来，见到北江，他笑着讨起好来："我可是帮了你一个忙，给我点什么报酬？"

"再说吧。"北江无力地回了一句，顶着湿漉漉的头发再次仰面倒在床上，一言不发。

俞磊见他这副样子，不禁问："怎么了这是？"

北江翻了个身，将刚刚付素清说的事情如实讲了出来。

俞磊一听，忙说："你可别试图去反抗你爸妈，回去就回去吧。"

闻言，北江皱了皱眉，撑着手从床上坐了起来："但是我不想回去，好不容易到了这儿，这么轻易就回去了吗？"

"大哥，你可别想不通这件事了。"俞磊双手往床上一撑，双膝往床上一跪，凑到北江身边，"你爸妈现在都开始起疑了，你要是不回去不就是跟他们对着干吗？而且你不是跟我说，你在俞峡这件事是你让南枳帮你瞒着你爸妈的吗？万一你爸妈发现你一个人偷偷在这边打工，他们怎么想？要是你爸妈觉得是南枳帮着你瞒着他们，南枳怎么办？"

北江一怔。

北江被俞磊的话说得一愣一愣的，思绪全然被他带着走。他刚刚被要求辞职，脑海中还陷在舍不得离开的情绪里，一根筋没转过来，完全没想过如果不离开后果是什么。

俞磊的话说得不是没有道理，不管怎么样，确实对南枳都不好。而且还是他要南枳保守秘密的，把南枳牵扯进来，也影响了她在自己爸妈那里的印象。

"目光放长远，往长远想啊哥哥。"俞磊张开双手，神色认真，"以后你又不是没机会了，没必要冒这一次险啊。"

是的，他以后还有很多很多机会。

他这次回去了，以后也可以来，依然可以跟南枳保持联系。

他想长大,快一点成为更优秀的人,可以毫无负担地站到南枳身边让她选择自己。所以他的目光应该放长远,而不是在这一朝一夕。

北江现在是学生,学生的任务是学习。

他知道南枳暂时不会有恋爱的想法,她在提升自己,他也应该跟她一样,将重心放在提高自己上,这样他以后才有资格站在她的身边。

"好。"

10

第一次，也是唯一

得到北江要提前回俞峡的消息，店长和南枳都有些惊讶。

不过南枳却是支持的，她说："你现在确实应该将重心放在学习上，既然跟爸妈已经和好了，也没必要跑到这么远的地方躲他们了。"

南枳一直都相信他的借口，以为他是跟爸妈吵架躲到这边的。

店长也没说什么，将工钱结算给北江以后，还跟北江说，要是以后到俞峡玩，记得来店里坐坐，帮帮忙。

北江应了下来，他知道自己过不了多久就会来一次。

他用结来的工资请大家吃了顿饭，和俞磊一起将这边的家里收拾好。北江提前和外公外婆打了招呼，请他们代他收养小猫，二老宠外孙，对这点要求也应了下来。小南瓜和它的猫用品被一起寄到北江的外祖家。

收拾干净这个屋子后，房子里的空间顿时多了一大半。现在这个样子，就跟他刚来这边的时候没什么区别，这么看还有些怀念。

住了一个月，突然离开，北江终究有些不舍。

北江走的时候南枳也来送他，和高一寒假他来俞大那一次一样，南枳将他送到了安检口。

两人隔着一个栅栏讲话，身边人群熙熙攘攘，不断有路过的旅客要从他们身边经过，他们只能小心翼翼地躲避着行人。

南枳叮嘱完注意事项后，就催促着北江快点进去。

北江往里看了一眼，俞磊拎着他的行李箱站在大厅中央正等着他。

他想起寒假时的那一个隔着栅栏的拥抱，上一次那一个拥抱，坚定了他的内心，也确定了很多很多事情。

他问："姐姐，可以抱一下吗？"

南枳愣了下，而后张开双臂，隔着栅栏轻轻地拥抱了一下北江："天天开心，弟弟。"

北江也抱住了她："你也是，姐姐。"

拥抱依旧很浅，不过短短几秒钟就分开了，但即便是这样，北江也已经很满足了。

他挥手跟南枳告别，转身过了安检。

这是他们第二次拥抱。

回到临安后，北江开始了被父母安排好的暑假日程。

他早上十点去父母给他找的教授那里上课，一直到晚上六点结束。之前他还嘲笑俞磊的假期生活被他家人安排得很满，没有休息的时间，结果现在自己也被安排得满满的了。

因为上课，北江自己可以安排的时间跟之前相比少了很多。回到临安，他可以找南枳聊天的理由也随之减少。现在的他只能偶尔以小南瓜为话题找南枳聊天。

虽然和南枳的接触变少，但北江却没了之前的那种心慌。他之前总无端地担心南枳会喜欢上别人，会跟其他人在一起。可是现在他认为，不管怎么担心都是没用的，他能做的只有好好学习，考上俞大，到南枳身边去。

他记得走的那一天，拥抱过后南枳跟他说，"好好学习"。

他听进去了。

北江和南枳的接触，变成了每周三言两句的聊天、窥视朋友圈。很少，但北江已经知足。

暑期的末尾，北江同往日一般到点从教授家出来。

这个时间点正是晚霞最为绚烂的时候，周围的高楼大厦纷纷染上了粉色。这个颜色的天空不管是在什么地点看，都如同画一般梦幻。

北江刚出单元楼时抬头看了眼天空，停下来短暂地欣赏过了这属于夏日的天空后，他收回视线，继续朝小区门口的方向走去。

在临安，人们通常在下午五点到六点半之间吃晚饭，北江下课的这个时间正是小区大部分居民饭后散步的时间。行人三三两两聚在一块儿，有聊天的，也有沿路散步的。

北江活动了下筋骨，从兜里拿出手机，点开微信。

聊天界面上除了玩得好的那几个朋友在群聊里约着晚上打篮球的时间地点，就剩下俞磊他们问他下课了没有。

北江一一回复后，退出聊天界面，点开朋友圈。

这个时间的朋友圈也很热闹，不少人发了今日的晚霞照片，配上各式各样的文案。

再往下滑也没看到几条有意思的朋友圈，北江兴致索然，刚要点退出时，屏幕下滑停在了一个人的朋友圈。

北江手指上的动作也停住了。

是南枳的朋友圈。

她发了一张天空的图片，看图片边上的窗沿，应该是在奶茶店角落的落地窗里拍的。

俞峡晚霞的颜色比临安的要红一些。

北江抬头，目光再次移向天空。只这么一会儿，天空的颜色就比刚刚暗了一点。

他举起手机，找了一个好角度，对着天空拍了一张照片。他几乎没有犹豫，拍完照的下一秒就点进朋友圈。

上传，编辑，发送，一气呵成。

朋友圈刷新，多了一条他发的天空照动态。

北江收起手机，继续往地铁站走。

只是这会儿,他的情绪明显比刚从教授家出来的时候好了不少,脸上也带着浅浅的笑意。

他想,他们在不同的地方,看到了同一片天空。

假期结束,附中迎来开学季,北江也升入高二。

暑期的时候学校就已经下发通知,让马上升高二的学生考虑文理分科的事。北江毫无疑问是要选择理科的,他理科成绩比文科更为突出。

但选科当天,他还是发信息问了南枳。

南枳也是支持他选择理科的,这个回答北江一开始就知道。但他还是问了一遍,只是想让自己人生中的重大事情有南枳的参与。

进入高二后,北江主动要求去上辅导班。

付素清被他这突如其来的改变吓了一大跳,高一的后半程虽然北江也会学习,却没有像这般认真。开始她以为北江是受到了什么刺激,还特意去跟他聊天开导他,主动提出减少他的学习负担。

她好意的建议却被北江回绝,他说并不累,是他自己想要学习。他想考俞大。

后面的日子付素清看北江是真的将心思放在了学习上,也知道了这一次的努力不是三分钟热度。她还高兴了好久。

中秋回北江外祖家的时候,她还不停地在二老面前念叨这件事,唇角都快咧到耳后根了。她欣慰地说,北江真的长大了。

而北江却没在饭桌上听见,吃完饭后他早早离了餐桌,溜到院子外去寻小南瓜。

小南瓜自从被送到北江的外祖家,一直是在院子里放养的状态。它很懒,每日就趴在那里晒太阳,也不爱跑到外面去玩。

现在也是，北江一走到院子，就看到那一只趴在花圃旁边"躺尸"的猫。见到北江来，小南瓜懒懒地抬头看了眼，随后又倒了下去，尾巴轻轻一扫，像是并不在意北江。

北江走过去，在小猫面前蹲下身。他伸手戳了戳小猫露在外面白花花的肚子，唇上含笑："懒猫，一个月没见就不搭理我了？"

小南瓜尾巴动了动，却没挣开北江的动作，反而抬头"喵"了一声，十分敷衍地回应了北江一句。

见状，北江哼笑一声，从兜里掏出手机对着它拍照片。

"咔嚓"一声，画面定格，北江垂眸看着手机，手指按下右下角的"发送"。画面一跳转，变成了他和南枳的聊天界面。

"这猫是你从哪儿带来的？"

北禾的声音突然从身后传来，北江的动作一顿，紧接着拍了拍身上的灰站了起来。

北禾因为对猫毛过敏，此时离他有一点距离。

北江也懒得走过去，随口说："路边捡的。"

其实也没错，确实是路边捡的。

北禾撇撇嘴，似乎是感到无趣，转身回到屋子里坐下。

北江刚刚摸了猫，顾虑到北禾，进屋前他先去洗了手，还用鸡毛掸子拍了拍自己身上，掸去尘土和猫毛。

北江一进去，外婆就神秘兮兮地朝他招手。

他刚走近，外婆从口袋里掏出一个红包，迅速塞进他的口袋。末了还轻轻一拍，说："别告诉你爸妈，你和姐姐一人一个。"

北江对这些意外之财从来不会拒绝，扶着外婆坐下说了好多好听的话，又陪着聊了半天，外婆提起他妈妈刚刚在餐桌上提到的事情。

"最近学习这么用功，江江真的是长大了。不过还是要注意休息，劳逸结合。要是太累了你就跟外婆说，来外婆这里玩几天，外婆给你做好吃的。"

他笑着应下。

北禾不知道是屋子里有猫毛还是什么原因，身上忽然起了小疹子。付素清说，大概是猫毛过敏了。

"爸妈你们哪儿弄来的猫啊，怎么还让进屋呢？过敏可不是小事，吸入过多是很严重的。"

北江外祖家之前一直没养猫，这次帮北江养了只小猫也没跟北江父母说，就说是他们路边捡的。北禾知道是北江的，还是因为听到了外婆跟北江的对话。

对于北禾过敏这事，外婆也很愧疚，赶紧说："你们来之前我还特意打扫了好几遍，就怕屋子里有猫毛让禾禾过敏，没想到还是中招了。以后给猫在外面弄个小房间，让它在院子里活动。"

北禾赶紧道："没事没事，就一点点不碍事。"

北振林也拉着付素清打圆场："没事没事，这不就一点吗？我们今天早点回去带禾禾去看看。"

因为北禾过敏，一家人提早回家。

坐在车上的时候，北江收到了南枳的回复，她问他小南瓜是不是胖了，看着比之前胖了不少。

北江回复"是"，借此跟南枳聊了一会儿天。

Tomorrow：是啊，有院子跑肯定很高兴。

Tomorrow：对了，弟弟，今天中秋，吃月饼了吗？

没等北江回复，对面又发了一句——

中秋快乐呀弟弟。

南枳同时发来了一张月亮的照片，画面很糊，但北江还是放大看了很久，最后按下保存，回了句——

中秋快乐，姐姐。

十一的时候，南枳从俞峡回来了。

北江原以为今年十一南枳不会回来了，还想着自己要不要去俞峡一趟，没想到南枳特意调班回来了。

一如往日，放学的时间点校门口都是熙熙攘攘的。这周是假期，附中校门口的人比平时多。

北江刚走出校门，就听到了身侧有一道熟悉的声音在喊他的名字。

他一回头，看到南枳站在离他不远处的位置。

这一幕像是回到了从前，好几个她来学校门口接他的场景。她每次都来得突然，没有提前通知，都是这样在人群中喊一声他，而他也总是能精准捕获到她的声音。

北江跟朋友打了个招呼让他们先走，自己则是去找南枳。

临安十一的天气还很热，人人穿的都是夏装。南枳穿着白色短袖T恤和浅蓝色牛仔短裤。短袖T恤上的图案是一只巨大的蓝色蝴蝶，北江记得暑假刚去俞峡找南枳的那一天，她穿的也是这身。

"姐姐。"北江喊了一声。

他没问南枳来找他是做什么，十分自然地跟着南枳走出人群，顺着人流在街边慢悠悠地往前走。

南枳点头，说："我给你发信息了，但你好像没看到。"

北江闻言从兜里拿出手机，十几分钟前南枳给他发了自己在附中门口等他的信息，但他没看到。

他有些抱歉："对不起，姐姐。"

"没事啊，反正碰上了嘛。"

南枳说她是昨天回到俞峡的，今天在附中附近办了点儿事，就顺道来学校门口看看他。

话说到这儿，南枳忽然道："差点忘记了，弟弟，我今天来找你是想找个帮个忙的。"

听到这话，北江有些愣。

这是南枳第一次找他帮忙，从前都是他麻烦南枳。

他受宠若惊，没等南枳开口立马应了下来："好啊。"

南枳顿了下，随即"扑哧"笑出声，乐道："我什么都还没说呢，你答应这么快干什么？"

北江挠了挠后脑，小声回了句："姐姐要我做什么都可以啊。"

"其实跟我弟弟有关。"南枳说，"过两天是我弟弟生日，我准备带他出来吃比萨。想找你来一起，可以吗？"

北江一直都知道南枳有个弟弟，也一直很想看看南枳的弟弟是个什么样的人。上次他从北禾嘴里套出话，知道南枳的弟弟双腿残疾，是坐在轮椅上的。但其余的情况他也不清楚。

他一直没见过南枳的弟弟，南枳说想让他一块儿去陪她弟弟过生日，北江没有什么意见，就是有些奇怪。

正当他疑虑时，下一秒，南枳像是看透他心中所想，主动解释起这件事："那个，我弟弟有点特殊，他常年坐在轮椅上，也没什么同龄的朋友。往年生日都只有家人陪他过，但今年我正好回来了，也想带他出来吃吃饭，让他和同龄人过一次生日。"

南枳的弟弟现在读初一，跟北江也不算是同龄人。只是相对而言北江已经是她认识的和弟弟年纪最接近的人了。

事情一说明白，北江更没有不帮的理由。

他一口答应了下来，心里开始琢磨到时候带个什么礼物过去。

南枳见他答应，顿时松了口气。

和南枳边走边聊了一会儿，北江忽然意识到这条是往他家的路，看南枳的样子，她似乎是打算送他回家。

虽然北江很想就这样跟南枳一直走下去，但他不想每次南枳都要多走一段路送他回家，所以他拒绝南枳送他回家。

南枳坚持了一下，但最终还是拗不过北江，只好答应他。

她是坐公交车回去的，北江陪她在公交车站等，直到她上了车，跟她隔着车窗挥手告别以后才离开。

走了百米远后，北江忽然回头看了眼公交车驶去的方向。车水马龙的路上，公交车的影子早已消失。

北江慢吞吞地收回视线，单手插在口袋里慢慢晃回家。

南林的生日就在北江和南枳见面后的第三天。

北江一早就从床上爬起来，打开衣柜，站在前方端视半天。其实就是个普通的生日聚餐，但或许因为对方是南枳的弟弟，北江也想给对方一个好印象。

他的衣服都是运动装，正式的衣服倒是有一件黑色西服，是他在中考的升学宴上穿的。

不过他总不可能穿着西服去给南枳弟弟过生日吧？

北江叹了口气，认命似的从衣柜中抽出短袖和运动裤，拿到客厅让家里阿姨给他熨一下。

不能穿得太正式，起码也要看着干净整洁一点。

阿姨熨衣服的时候，北江就坐在客厅沙发上看电视打发时间。

他看了眼周围，忽然扯着嗓子问："阿姨，你看到我姐醒来了吗？"

"禾禾呀？她一大早就已经出去了。"

北江了然地点点头。

这段时间北禾待在家里的时间都很少，假期不是去这里玩就是去那里跟老友见面。偶尔有一点时间待在家里，她看他的眼神都有些奇怪，有时还会不经意地在他跟前提到南枳。北江被她的话吸引，侧过头去看的时候恰好就跟她的目光撞上，像是她刻意在那儿等他一样。

北禾的反应太过于奇怪，北江心里隐隐想，猜她是不是对自己和南枳的事情有什么猜测。但他不能确定，也不能去问北禾。

北禾虽然有这些奇怪的小动作，却没有问他什么，北江也就懒得想了。其实就算她知道他也没什么好不能承认的，只是对于现在这个阶段的他来说,能隐藏最好,藏不住也没什么关系。

他喜欢坦坦荡荡。

阿姨将衣服熨烫好给了北江,北江换上后跟阿姨打了个招呼就匆匆出了门。

南枳定的餐厅是一家连锁比萨店,里面的餐点价格都不算便宜。北江前两年就在这儿过过一次生日。

他到餐厅的时候,南枳他们已经在里面了,时间还没到饭点,店里用餐的人并不多,北江稍稍扫了几眼就找到了南枳他们那一桌。

他谢绝了服务员的引路,快步朝南枳那桌走去,但等他走到一半路程时,他的步子却慢了下来。

南枳今天穿了一袭白色的连衣裙,在她对面坐了一个背对着北江、坐在轮椅上的少年。

虽然他早就知道了南枳弟弟的情况,但当他亲眼见到时,心里还是忍不住触动了一下。

南枳注意到迎面走来的北江,抬起手臂招了招:"这儿,弟弟。"

北江走到他们桌前时,少年恰好回头看他,两人的视线撞上,少年弯起眉眼,腼腆地笑着,朝他点了点头,算是打招呼。

北江稍顿片刻,反应过后也回应似的笑了下。

等他坐下后,南枳开始给他介绍起他身侧的男生:"这是我弟弟,南林。南林,这是我昨天跟你说过的哥哥,叫北江,快跟哥哥打招呼。"

"北江哥你好。"

北江趁着他招呼的时候端详起他的脸庞。

他之前没见过南林,倒是没想到他长得这么白净。南林跟南枳长得很像,特别是那一双眼睛,笑起来很是惹人喜欢。他的肤色很白,长长的睫毛投下一片阴影,唇红齿白,更像是一个女生。

南林的五官和南枳很像，两人几乎是一个模子刻出来的，眉眼都很柔和；而北禾和北江这对亲姐弟长得却一点都不像。

南林似乎比南枳内向一点，打完招呼就顿在那儿不知道说什么了。

北江赶紧说："我也没比你大多少，你喊我北江就行了。"

说来"哥"这个称呼他还真不适应，他的年龄在他的朋友里是最小的，那群人最喜欢开着玩笑喊他"弟弟"。虽然有时候也会有人在他的"压迫"下屈辱地喊他一声"哥哥"，但那声"哥哥"和南林喊的意思却是完全不一样的。

南林的性格比他想的还要内向一点。今日虽然是南林的生日，但大部分时间都是北江和南枳在聊天，只有偶尔提到南林的时候，南林才在旁边应和两句。

等到许愿环节，南林才在南枳的强迫下戴上那一顶生日帽，安安静静地合起双手在蛋糕前许愿。

南枳则拿起手机对着南林拍照，记录下这一刻。

北江静静地坐在座位上看着姐弟俩的互动，看着眼前的蛋糕，他忽然想起自己好像并不知道南枳的生日，也从没见她过过生日。

他得找个时间问一下南枳。

蜡烛吹灭后，南枳问南林许了什么愿望。南林没说，愿望这东西是要保密的。

南林切的第一块蛋糕是给南枳的，第二块给了北江，第三块才轮到自己。这个蛋糕上有两个草莓，分别被南林分给了北江和南枳。

北江拿出自己准备的礼物递给南林："生日快乐。"

南林一脸疑惑地接过："这是什么？"

"游戏机。"北江话一顿，又说，"游戏卡我也一块儿买了放在里面，你装上就可以玩了。"

10 第一次,也是唯一

听到"游戏机"三个字,南林的眼睛一下子亮了,但又有点迟疑,不好意思收下,他把目光移向南枳,明显是在询问她的意见。

南枳只稍稍思索了下,就点了点头:"你收下吧。"

得到肯定的答复,南林低下头,轻轻地将游戏机放在自己盖着小毯子的腿上,时不时去抚摸一下外包装。

南枳见他这副模样,有些忍俊不禁:"收到游戏机让你这么高兴?"

南林"嗯"了一声,说:"我们班同学经常聚在一起聊这个,我有了这个以后也可以跟他们一起玩了。"

南枳的笑容一僵,但很快恢复正常。她温柔地揉了揉南林的脑袋,笑着说:"玩游戏也不要耽误功课。"

虽然只僵了一瞬间,但北江还是清晰地捕捉到了南枳的变化。

他想到前面南枳跟他说,南林一直没有同龄的朋友,所以才会想要他来参加他的生日。北江能想到,南林或许是在学校被排挤了。从他刚刚说的话可以看出,他本人一直渴望朋友。

北江犹豫片刻,还是对南林说:"你有不会的地方我可以教你,这些我都已经玩通关了。"

"真的吗?北江哥,那你现在能教我吗?我第一次玩这个,你能教我一下基本操作吗?"南林兴奋地问了句。

"哦哦,好啊。"北江站起身,走到南林身边坐下,跟他一起拆了游戏机的包装,开始一步步地教他。

男生或许对游戏机就是有一种与生俱来的兴趣,南林虽然是第一次接触游戏机,但这一下午都在兴致勃勃地跟北江研究这个游戏机。

南枳就坐在旁边看着二人。

日落西山,窗外的余晖照在三人身上,他们这才意识到时间已经这么晚了。

他们也该回家了。

南枳结完账回来,还给北江多带了一盒比萨:"这个辛苦弟弟拿回去给你姐姐吃。"

北江应了一声"好",手指勾起袋子的一瞬间,也触碰到了她手上的皮肤。

南枳推着南林走出餐厅准备回家,他们家离城区较远,南枳说要去坐地铁回去。北江家就在附近,走两条街就能到。

北江先送他们去了地铁站,南枳去买票时,北江站在南林身边陪着他。没了南枳,也没了游戏机,他们之间又恢复了开始的安静。

玩了一天,北江也有些乏。

他正盯着扶梯处发呆,突然,他的衣袖被人扯了一下。

北江瞬时回过身,视线朝南林看去:"怎么了?"

南林扯了扯他的衣服,迫使他弯下腰。就在北江的耳朵凑近南林的一瞬间,他听到南林说了一声"谢谢"。

北江一愣。

南林说完那一声"谢谢",就撒开了拽着他衣服的手。恰好这时南枳买好票回来,手扶上轮椅的把手,跟北江说:"弟弟,今天谢谢你啦,你快回去吧,不用送我们了。"

他站在原地目送南枳推着南林进闸口,旁边有工作人员注意到他们,上前去帮忙。

南枳得空回身朝北江挥挥手,示意他回去。

北江也挥手回应,直到看不清南枳他们的身影后才离开。

等他出了地铁口,他收到了南枳发来的信息——

Tomorrow:弟弟,谢谢你今天给我弟弟送的礼物。他很喜欢。游戏机的价格应该不便宜,不要你破费啦!我发给你呀。

北江垂眸,敛了敛眼中的情绪。

游戏机价格对他来说不贵,但他知道对于南枳来说,这是不菲的一笔支出。

他回她:不用啦姐姐,本来就是参加生日聚会,送礼物是应该的。

他能想到南枳想要把游戏机的钱还给他的原因,无非是这一次生日他是被她叫过来陪伴帮忙的,送礼这件事不在他的帮忙范围之内。但北江并不认为这是帮忙,他很乐意参加这一场生日聚餐。

北江收了手机,抬头看漫天的晚霞,艳红的余晖是一幕难得的盛景。

他忽然想到上一次从辅导老师那里下课出来看到的晚霞,他那时候还想,下次和南枳一块儿看一次。

本来今天应该和南枳一块儿多看两眼晚霞的。马上就要入秋了,后面的晚霞怕是不会再比现在更美了。

收到北江的信息,南枳有些愣神。

她正思考着怎么回复的时候,身旁的南林忽然喊了一声:"姐姐。"

南枳收回神,侧眸问:"怎么了?"

南林开心地看着姐姐笑。

南枳的眼神一下温柔了下来,唇角弯起:"小林,今年的这个生日,你过得开心吗?"

南林点头:"很开心。"

他话顿了下,唇瓣抿起,好半天才说:"姐姐,今天陪我过生日的那个哥哥,是我的朋友了吗?"

南枳怔了下,忽然不知道该怎么回答。

南林一直盯着她,眼眸中透着期待。

她忽而释然一笑,抬手摸了摸南林的脑袋,语气温柔:"那你下次再问问他吧?你亲口问问他。"

11

千万个相同的夏天

南枳回俞峡的那天，北江特意找了理由去送她。

被南枳送行那么多次，这却是他第一次送一送南枳。

南枳是坐汽车回去，等北江到汽车站的时候，南枳已经在门口等了一会儿了。见到北江，她松开握着行李箱杆的手挥动示意："弟弟。"

北江小跑过去，喊了一声："姐姐。"

今天他来得不凑巧，一路上都在堵车。最后他没办法，在离车站还有两个红绿灯的路口下了车，跑了过来。

顶着烈日跑了一路，北江额头上出了不少汗。

南枳递了张纸巾给他："擦擦吧。"

北江接过，他还有些气喘，就没说话，只能点点头。

"你说有事情找我，是什么事呢？"

闻言，北江从口袋里摸出一个钥匙挂件："这个，给你。"

挂件上是一只毛茸茸的橘色小猫的脑袋，南枳一眼就认出这是他们之前捡到的那只"小南瓜"的翻版。

北江解释说："这是用小南瓜掉的毛粘起来的，不过不是我做的，是我找人做的。"

南枳的手指在小猫挂件上抚了抚，轻声说："很漂亮。不过你也不用特意为了这个过来送我的，下次见面再给我也行呀。"

"送这个给你的同时，也送送你嘛！毕竟姐姐你也送了我那么多次，我一次都没送过你。"北江说这话的时候有些不好意思，有

11 千万个相同的夏天

些手足无措地摸了摸后脑。

南枳了然地点点头,轻轻一笑:"谢谢你呀,弟弟。"

北江抬头看了眼车站外面的时钟,因为在路上耽误的时间,他比自己预期的时间晚了不少,南枳也马上就要检票了。

他不准备再耽误南枳,垂下放在后脑的手,主动抬手轻轻抱住南枳:"姐姐,再见。"

他的拥抱很浅,彼此之间隔着一点空隙。

南枳反应过来时间快到了,最后叮嘱了北江几句"回去的路上要注意安全"这样的话后,就拉起行李箱往里走。等她走到拐角处时,南枳回身跟北江挥了挥手,而后身影一点点消失。

北江也放下挥在半空的手。

他低下头,感受着拥抱后南枳还未消失的余温。

虽然拥抱很浅,但对他来说已经足够。拥抱分开后,他的鼻息间还留着些许南枳身上衣服的味道。

他在原地站了一会儿才转身朝路口走去,站在那儿等出租车。

到底是为什么他今天一定要来送一送南枳呢?

或许是因为两人能够见面的时间少之又少,所以他不想放过每一次可以见面的机会。

他们像是相隔异地的朋友,见面的次数一只手就能数清,平时只能通过社交平台上寥寥几条信息来了解对方的生活。时间一天天地流过,却没办法知道下一次见面是什么时候。

对于陷入暗恋的他,更为煎熬。

他俩不在一个地方,他连看到她背影的机会都很少。他需要花两三个小时去她的城市,才能在暗处看一小会儿她的影子。

但对那时候的他来说,这已经很奢侈了。

十一过后,北江家里给他找了一个新的辅导班,是俞磊妈妈的大学同学给他们推荐的,付素清听完她们的介绍后,果断放弃了北江现在的辅导班，让他跟俞磊去上同一个辅导班。

跟俞磊上同一个辅导班的好处大概就是两人的学习时间统一了，休息时间也统一了。俞磊虽然平时闹得紧，但学习上一点也不马虎。他坐在北江身边，上课却丝毫不受北江影响。哪怕北江在旁边累得犯困，他也能握着笔一边听一边在习题本上画出辅助线。

北江的生活是学校、辅导班、家里三点一线，那一条柏油路他走过一次又一次。某一天，他忽然注意起柏油路的景色，街边的树木叶子基本落光了。北江的脑海中浮现出夏天这里枝繁叶茂的场景，一转眼夏天过去了，秋天也要过去了。

他还是会去俞峡，和从前一样去奶茶店看她，但他不会进去，而是在门口徘徊，待一会儿就离开。

他还没有找到理由可以光明正大地去找她。

今年的春节来得比去年晚。或许是因为上次春节闹得不愉快，这次春节北江一家是在外祖家过的。

和去年不同，这次的烟花北江是和南枳一起看的。北江外祖家和南枳家的距离不远，快零点的时候他就跑到南枳家去找她。

南枳的家在临安郊区的一个城中村里，这里的路弯弯曲曲，房子排列的结构也不如小区楼房整齐。正逢春节，家家户户门口都挂着红灯笼，狭小的巷子隔很长一段路才会有一个路灯，但红灯笼倒是把这昏暗的小路照出了一片喜庆的红色。

这里并不冷清，或许是因为过年，即便已经十一点了，家家户户还都亮着灯。北江从那些屋子前经过，还能隐约听到里面传来电视里春晚的声音。

北江摸黑找到南枳家，这是一栋双层楼房，楼梯安在了楼房外。他抬头打量了一下这栋房子，一楼没有亮灯，二楼几个房间的窗户倒是都有灯光，靠近楼梯的那一间房还有电视的声音传来。

北江的直觉告诉他，南枳就在那个房间里，但他也不敢确定。

11 千万个相同的夏天

在原地徘徊了一会儿,最终他还是拿出手机给南枳打了电话。

南枳接到北江电话时,正坐在客厅里和南林一块儿看春晚。

他们家今年不放烟花,父母早早就回卧室睡觉了,只有他们姐弟两个准备熬到零点去看别人家放的烟花。

她接起北江电话时,以为对方只是来说一句"新年快乐"。一句"弟弟"刚喊出,她祝福的话还卡在喉咙,听筒里就传来了一句"姐姐,我来找你一起看烟花可以吗?"

南枳愣了下,下意识回了句:"什么?"

"我在你家楼下,姐姐,我想找你一起看零点的烟花。"

"……"

南枳倏然站起身,猛然间的动作吓了身侧的南林一跳。他诧异道:"怎么了姐?"

南枳跟南林打了个手势,又对着电话那头说了句"你等我一下,我马上下来",才转身回应南林:"我下楼有点事,小林你要是有什么事情给我打电话哈。"

南林乖巧地点点头。南枳叮嘱完后,拿着还没挂掉的电话走到二楼楼梯处的大门口,打开防盗门。

门"哐当"一声被打开,屋内的光迫不及待地从门里涌了出来。

北江下意识抬头,目光和二楼楼梯上的南枳投来的视线相汇。

她站在二楼栏杆旁,一手接着电话,另一只手还停留在门的把手上。南枳身体的一侧是屋子里涌出来的光,身影在黑夜中半明半暗。

北江也不知道为什么,在目光触及南枳的那一瞬间,他的身体僵在了原地,一手举着手机愣愣地接着电话,另一只本想抬起打招呼的手也僵住了。

沉默良久,北江想开口说点什么打破寂静。没等他开口,那头的南枳忽然发出一声笑。现实与听筒的声音重叠,他听见南枳声音带着笑意问他:"你真的来了啊。"

"……"

北江抿着唇,灯笼照出来的红光很好地掩饰了他脸颊上的红晕。

南枳已经从楼梯上下来走到他的面前,说:"我刚刚还以为你开玩笑的呢。"

北江忽然有些不好意思。

他是贸然前来打扰南枳的,没有经过对方允许就跑到她家楼下。他刚刚没有任何想法,但在看到南枳走到自己面前的那一刻,他又觉得自己这个行为是不妥当的。

"抱歉姐姐,我来之前没跟你打招呼。"北江当机立断跟南枳道了歉。

南枳被他这突如其来的道歉弄愣了,好一会儿才反应过来北江道歉的原因。她有些无奈:"这有什么好道歉的?我又没生气。"

北江没吭声。

他知道南枳没生气,但他知道这只是因为南枳脾气好。他的行为是鲁莽的,一时脑热让他没有第一时间尊重到对方的感受。

南枳虽然表示了自己并不介意,北江却给自己心里敲了一记警钟。提醒自己以后不能总是这样冲动,要以南枳的感受为第一选择。

南枳问他在楼下等多久了。

北江回答:"没多久,我一来就跟你打电话了。"

"这样啊。弟弟你是来找我去看烟花的?"

北江点头:"嗯嗯,我今年想跟你一起去看烟花。"

除夕的新年在他们心里是比元旦的新年更重要的存在,这时候的烟花也更为盛大。很多人会对着烟花许愿,许下自己对新一年的期许。家人一起看了除夕的烟花,一家人就会一直和和美美

11 千万个相同的夏天

地在一起。

北江也想跟南枳一起看烟花,想跟他一起许下来年的愿望。

南枳问:"你过年不用陪家里人吗?"

北江不好意思地抓了抓头发:"他们都在打麻将,我又不会,跟他们一起过年好没意思的。"

"这样啊。"南枳抬头看了眼四周,提议,"那我们一起等零点的烟花吧?我们家虽然今年不放烟花,但别人家都还会放的。我们到时候就在楼顶看烟花吧?"

能跟南枳一块儿看烟花北江就已经很高兴了,自然也不会有什么意见。南枳看离放烟花的时间还早,就让北江先去她家坐着等一会儿。

北江跟在南枳身后走上通往二楼的楼梯。这是石楼梯,暴露在外面也没有遮挡,楼梯的缝隙中还能看到青苔。

"姐姐,你们家住二楼啊,那一楼是谁在住?"烦恼的情绪一过,跟在南枳身后的北江就忍不住跟她搭话。

南枳"嗯"了声,道:"楼下住的是这房子的房主,是两个老人,今年好像是去他们女儿家过年了,所以不在。"

"哦。"

走到二楼门口,南枳刚刚出门时把门轻轻拉过来,没关上。她推开门朝里面喊了一声:"我回来了。"

"姐姐。"南林抬头喊了一声,目光在看到南枳身后的北江时顿住,随后脸上浮现出惊喜,"北江哥?"

北江跟南林打了个招呼,站在原地等南枳。

南枳说不用换鞋,让他直接进屋。

南枳的家地板是水泥地,这是很普通的二居室,除了他们现在所在的客厅,就只剩下里间的两间卧室。客厅的面积稍大一些,但也就仅有一个厨房和餐桌的空间。南林坐着的地方看着就是他们平时吃饭的地方,对面摆了一台电视机。

北江走到南林身边坐下，注意到电视机的旁边还多了一块儿用窗帘隔出的小空间。在风吹动窗帘的瞬间，他看到了里面放着的一张床。

北江一怔。

他没想错的话，那应该就是隔出来的一间卧室。

她家的情况，比他想的还要差一点。

他看了眼南枳，见她丝毫没有因为家的简陋而窘迫。北江想起中学的时候，他们班上也有家庭条件不好的同学，他们从不会提起自己的家庭，也很抗拒提到自己的家庭。但南枳真的跟他们不一样，不只这件事，南枳从来没有因为自己家庭条件不好而感到窘迫。她永远都是那副坦荡的模样，不会怨天尤人，不会极力掩饰自己的家庭状况。

见到北江来，南林让南枳帮他拿来上次北江送他的游戏机。

他捧着游戏机递到北江跟前："北江哥你能再带我玩一会儿吗？"

北江爽快地答应了："你玩到哪儿了？"

"我玩得不多，除了上次跟你玩了，后面就玩过一次。"

北江了然地点头，侧过身将游戏机放回南林手中："你玩，我看你玩。你哪里不会我再教你。"

"好。"

南枳坐在身侧，静静地看着二人打游戏。有时看到游戏机显示屏上她看不懂的内容，还会出声询问。

时间一晃，就快到零点了，电视机里春晚主持人正和大家一起数倒计时。

北江回过神时，窗外已经响起了爆竹的声响。噼里啪啦的声音从窗外传来，掩盖住了春晚节目的声音。

南枳说："零点了。"

北江微微颔首。

南枳走到窗边，掀开帘子往外看了眼。

她侧过身，抬手指了指楼上，嘴巴张张合合，声音却被爆竹声掩盖住。

北江听不见，走到她身侧才听到她问他"要不要去楼顶看烟花"。

楼顶的视野肯定比二楼好，北江想也没想就应下了。

南枳将南林推到窗户边，跟他说自己去一趟顶楼。

南林知道自己腿不方便，也就没麻烦他们也带他上去，乖巧地应了下来。

北江跟着南枳走到顶楼，这里的视野比二楼窗户开阔得多。

除夕夜，城中村里家家灯光通明。零点一到，有不少人出来放烟花、看烟花。

那年的临安还没有禁令，放烟花的家庭很多。

一束束烟花从四处升起，汇聚在夜空中争先恐后地绽放开来，五颜六色的烟花散开坠入夜幕中，如同繁星点点。

除夕的烟花寄予了家家户户最真挚最美好的祝愿，带着愿望与美好升到天空。

北江侧头看向南枳，她正观赏着这场视觉盛宴，眼眸中映出缤纷的色彩。

或许是他看得太明显，南枳被他的视线吸引，笑着问他怎么了。

偷看被抓包，北江有些不好意思地摸了摸鼻子，小声说了一句："没什么。"

南枳轻轻地笑了声，问他："弟弟，这一年有什么愿望吗？"

北江思考片刻，刚要说话，南枳忽然伸了一根手指立在唇前"嘘"了声："算了，愿望还是不要说吧。"

北江蓦然一笑："好。"

他们的视线重新落在烟花上，这次北江心静了不少。他缓缓闭上眼，对着烟花在心底许愿——新的一年南枳要开开心心，顺顺利利。

良久，他再次侧过头，南枳也恰好收回视线，他们的目光相撞。

两人相视一笑，南枳率先说了一句："新年快乐，弟弟。"

北江："新年快乐。"

这是他们第二次互道新年快乐。

春节过后，北江的假期提前结束。高二下半年，北江明显能感觉到学校里学习的氛围比以前更浓郁了，他也更为忙碌。

附中的学习压力比普通学校大很多，身为重点高中，一本上线率高和学校平时对学习的重视有很大的关系。不管是老师还是学生，在进入高二以后都像变了个人。

课间的闲聊是他们仅有的放松喘息的时间。

高三前的那个暑假，北江他们不再有两个月的假期。除去学校延迟放假和提前开学，再除去上辅导班的时间，北江只有半个月的休息时间。

半个月对那时候的他来说只是学期过渡的空闲，就是一瞬间的事情，就好像刚躺下休息，没一分钟就要站起来去学习，更别说去外面玩了。

附中提前开学那天，他收到了南枳发来的信息。

她说：高三加油。

简简单单的四个字，却让北江紧绷的神经放松了一瞬。

最后一年，他马上就可以去俞大了。

他马上就可以光明正大地告诉所有人他对南枳的喜欢了。

那一年春节，南枳没有回俞峡。

从北禾和付素清的聊天中，北江知道了南枳准备考研，所以

11 千万个相同的夏天

今年的春节她留在了那边备考。

听到这话,北江暗自松了一口气。

他朝着自己的目标往前走时,她也遵从了当时跟他说的话,向着下一个目标开始前进。

等今年六月份,他就可以去找南枳了。

太阳东升西落,黑板上的倒数日数字一天天变小。

北江坐在教室里,头顶的风扇"吱嘎吱嘎"地转着,老师正站在黑板前唾沫横飞。台下的同学有抬头听课的,也有低头看试卷的。

"所以这一题的答案按照这个思路算,不就出来了吗?"

北江眼眸垂下,手指轻轻一动,手指上夹着笔转了一圈,最后定在他的拇指和食指上。他刚要写一个数字,笔头与试卷接触前的一瞬间,窗外忽然响起一声尖锐的蝉鸣声。

北江落笔的动作一顿,片刻才写了一个数字"8"。

夏天来了。

今年的夏天比往年都要燥热。

六月七日,高考如期而至。

那天早上,他走进考场最后一眼看手机时,收到了南枳发来的"高考加油"。

北江没回,收起手机自顾自地笑了下。

第一门语文考完,北江走出考场时父母已经捧着鲜花站在门口等着。他一走到他们身边,父母就急忙问他考得怎么样。

没等北江回答,两人又自言自语道:"哦对,不问不问。"

北江哑然失笑,无奈地说:"挺好的,接下来几门肯定也能考好。"

付素清被他逗笑,一把拍在他的身上:"臭小子又说大话。"

末了她又说,"不过这次说的肯定灵验。"

接下来的几门果然如他所言,都发挥得很好。

最后一门考完,北江跟父母短暂相聚以后就回了附中。附中不是考场,班上考完的学生陆陆续续地从各个考点赶了回来。

班主任说完最后的毕业感言,交代了过几天要回来填报志愿的事情后就放他们离开了。

班主任最后一声"下课"刚喊完,俞磊就迫不及待地冲出教室,将手中一叠刷题试卷往楼下一撒,嘴里大声喊道:"终于结束了!"

或许是他开了这么一个头,老师也没阻止,后面陆陆续续有高三的学生也兴奋地将草稿纸、旧试题往下丢。

白花花的卷子从天而降,成了一幅壮观的景象。

今天学校只有高三的学生,这一幕撒书和试卷的壮观场景也只有他们高三师生和保洁阿姨在看。

北江正趴在栏杆上看着这场景,忽然听到身后有人在喊自己的名字。

"北江同学。"

北江回过头,见面前站了一个穿着白色连衣裙、扎着马尾的女生,她化了妆,但在阳光的照射下还是能看清她脸颊上泛着的红晕。

她深吸一口气,大声说:"我是隔壁三班的学生,我从高一刚开学就注意到你了,可以跟你认识一下吗?"

她的声音很大,周围不少人都被吸引了注意力。特别是围在北江身边的那群男生,一副看热闹不嫌事大的模样,三言两句地开始起哄——

"牛啊北江。"

"北江不错嘛!就跟人家认识认识呗。"

"……"

11 千万个相同的夏天

今天,他终于可以说出那句话了。

他轻轻一笑,对女生说:"抱歉,我有喜欢的女生了。"

他可以光明正大地告诉所有人,他也有一个喜欢的人了。

离开学校后,北江撇下俞磊他们,独自前往临安高铁站。

当他坐上高铁的那一刻,他原本因为高考结束而放松的心又重新变得紧张起来。

北江点开手机,打开他与南枳的微信聊天框。

这两天南枳发来的信息,他都没有回复。从最开始的"高考加油"到后面的她询问北江"考得怎么样",北江都没有回复。

他强忍着自己回复信息的欲望关掉手机,他要亲口告诉南枳,连带着自己对她的喜欢,一起告诉她。

这次的车程显得格外短,不知道是因为北江用了很多时间想心事还是什么原因,就好像一眨眼,他就从临安的土地到了俞峡的土地。

此时正值傍晚,天气不太好,傍晚的天空没有晚霞,只有阴沉沉的天色。

北江打车去了俞大。他不想跟之前来俞峡一样,坐公交车去南枳的学校,但他今天太着急了,不愿多等一分一秒。

等到了南枳学校时,天色比刚刚更暗了。

虽然来时已经做好了心理准备,但当真的来到这里的一刻,北江心里还是冒出了退缩的想法。紧张、焦虑、期待,种种情绪浮现在他的心头,情绪的转变让他变得矛盾。

北江在人来人往的校门口站了很久。

天色渐暗,街道的路灯按时亮起,开始为过往的行人照明前方的路。良久,北江拿起手机拨通了南枳的电话。

电话的听筒里传来"嘟——嘟——"声,每一声接通中的嘟声响起,北江忐忑不安的心脏就轻轻地颤一下。

嘟声戛然而止，电话那头传来细细的杂音，然后一个女声在叫他："北江？"

是南枳的声音。

北江原本躁动不安的心一下平复下来。很神奇，明明前面做了那么多深呼吸都没办法让他不安的心平静下来，南枳只用一句话就抚平了他的不安。

他有勇气面对接下来的事情了。

他说："姐姐，我在俞大校门口。"

其实北江并不相信南枳猜不到他来的目的。他并不觉得自己掩饰得很好，相反，回望之前他做的种种事情，就觉得自己掩饰得足够拙劣。只要稍微细心一点，就能发现一个又一个破绽。

那年暑假，他背着家人跑到俞峡陪南枳一起打工。他那时候就想问南枳，她真的感受不到自己的感情吗？不管是之前约定的未来、隔着栅栏的拥抱、新年的那一声"新年快乐"，还是后来假期的陪伴、一起看的那烟花，她真的一点都感受不到吗？

他想起高一那年，他在俞峡因为冲动打人的那一次，南枳那时候问他，他来俞峡做什么。

他那时候选择逃避，没有回答那个问题。那个暑假北江想过要跟南枳坦白，回答她的问题。但最后他还是选择了退缩，将这个问题藏住，一藏就藏了两年。

北江想，他现在终于有资格回答这个问题了。

南枳来的时候，北江正蹲在花坛边给自己做心理建设。他注意到自己身前落了一片影子，或许是心灵感应，他能猜到这个影子的主人就是南枳。

他慢吞吞地站了起来，但仍侧着身，目光停在花坛边上没移开。

11 千万个相同的夏天

南枳见状，松了口气，说："你吓死我了，怎么突然来这边了？你不是今天刚考完试吗？"

北江慢吞吞地转过身子，和南枳面对面。他缓缓抬起头，视线从南枳的脚上一寸一寸移动到她的脸上。

依然是熟悉的眉眼，他们已经半年没有这样面对面地见过对方了。北江每次来俞峡，都是跟南枳隔着一段距离，远远地看一眼她。

北江说："姐姐，我考完了。"

南枳挑眉，笑道："我当然知道你考完了，考得怎么样？"

"我能来俞大的，你会在这里等我吗？"北江问。

南枳今年已经大四了，但如果在本校读研，北江来俞大读大一时南枳正好读研一。

闻言，南枳倏而一笑："我忘记跟你说了弟弟。"

北江脸上的神色一僵，目不转睛地盯着南枳的动作。

她从口袋中拿出手机，手指在屏幕上不停地滑动，北江的视线紧紧地盯着她手指的动作。

时间一分一秒过去，北江的呼吸也跟着慢了下来。

"啪嗒"一声，有一颗小石子被人踢到了他的脚边，发出细碎的碰撞声。这点声音带动着他脑海中紧绷的神经，断了。

"找到了。"

北江蓦然抬眼，入眼的是手机屏幕中的一张录取通知书的照片。

"我拿到录取通知书了，本校读研。想着等你高考以后跟你说的，刚刚差点忘记了。"南枳说。

这句话像是往北江心里掷入一枚石子，使他心里那一汪潭水泛起涟漪。涟漪一圈又一圈，牵动住他全身上下每一根神经。

是涟漪，也是定住他摇摇欲坠的思绪的定海神针。

他觉得，不能再拖了，现在就是最好的时机。

北江低下头，抬手缓缓摘下头上的棒球帽。没了帽檐最后一层的遮挡，他的一切全然暴露在了外面。他也知道，没有回头路可以走了。

他慢慢抬眼，轻声喊了一声："姐姐。"

南枳有些不明所以："怎么了？"

北江的视线直直地撞上她的眼眸，他下意识想躲，但下定的决心强迫他不能退缩："姐姐，这两天我没有回你的信息，是想亲口把这件事的答案告诉你的。我今天来，除了想把这件事跟你说，还想跟你说另一件事。"

他缓缓舒出一口气，开始提起高一那年的事情："高一那年，我在俞峡和骚扰你的那个人发生了冲突，还将自己的外套落在了奶茶店，被你发现我来俞峡的踪迹。你那天晚上问我，为什么会来俞峡，你还记得吗？"

说完这句话，北江停了片刻，抬眼看向南枳。

南枳没有回答，只是那一双好看的眼眸中的笑意已经褪去，取而代之的是一种他看不透的复杂。

北江知道，虽然仅仅是提到这里，南枳就能猜到接下来他要说什么。

"我那时候不敢告诉你，所以我没有回答。

"我觉得那时候的我没有资格，也没有那个勇气能把那个答案告诉你，所以我选择了沉默。那时候我就做好了准备，我要等高考完的那一天，把那个没回答的答案告诉你。"

南枳抬头，无声地看着他。

北江被她盯着看，心里越发紧张起来，但他还是硬着头皮说了下去："那天你问我的问题，我一直没有回答你。我想，我今天可以回答你了。"

南枳静静地盯着他的眼睛，眼神平静，让人看不出她此时此刻的情绪。

11 千万个相同的夏天

北江接着说:"你那天问我,为什么要来俞峡。"

他顿了下,垂下眼眸:"我是来看你的。"

北江说这句话的时候声线都在颤抖,他的目光一直在躲避南枳的视线,他不知道自己说出这句话的时候南枳是什么反应,他只知道,既然说出口就没办法收回去了。

"姐姐。"他轻声喊了一声,"不只是那次,高中三年,我很多次往返于俞峡和临安。可能你不能理解我的感受,也不理解我的行为。但我真的很想见你,每天都很想。我控制不住自己的情绪,我只知道自己向往你在的地方,从附中到俞大,我都想去。我想——"

"够了北江。"

北江的声音戛然而止,他被南枳打断了。

那一瞬间,北江心里某一处像是喷发出了什么东西,他的情绪像是找到了发泄口。他抿了抿唇,眼中带着一丝坚定,无视了南枳的打断,坚持说着自己未说完的话:"我不知道怎么去说这一种情感最为合适,但我知道,你是我想前进的目标。你和北禾,对我来说也是不一样的。"

南枳眼睫发颤,抬眼看他时朝他摇了摇头:"别说了北江。"

北江呼吸一滞,但话已经说到这里,他没有回头路可以走了。他不后悔,像是逆反心理作祟,南枳越是拒绝,他越是要将这些话说出来,直白地、毫不隐晦地说出来。

"我那次来俞峡,是第二次去看你,没想到就正好碰上了那个男生纠缠你。事后冷静下来我才想明白,自己是冲动了,我担心自己会给你惹麻烦。"北江直视南枳,"虽然我是冲动了,但姐姐,我还是不后悔。我不后悔自己的选择,那一次是,这一次也是。

"姐姐,我喊你姐姐,但我一直在心里划分着你与北禾的区别。你不是我的姐姐,我也不想你只把我当弟弟。"

他朝后退了一步,抬手将自己的棒球帽戴在南枳的头上,遮断了她与自己的视线的交会。

北江没有再说下去,垂下手后他就转身跑开了。

他的勇气耗尽,也知道这件事要给彼此消化的时间。

12

是少年，或是永远

翌日。

北江在睡梦中被阳光照醒，脑袋还泛着昏沉。他烦躁地翻过身背对着窗户，闭眼试图再次睡去。

他昨天一夜没睡好，心跳得飞快，一直到后半夜才睡去。眼下又被光照醒，心里腾升出一股烦躁。

可瞌睡虫也被光照跑了，北江再闭眼也睡不着，只能顶着一头乱发从被窝中爬起来。

他烦躁地抓了把头发，伸手将床边的手机拿了过来看了眼时间。

八点整。

他昨天在俞大校门口跟南枳说完那些话后，也没回临安，而是就近找了一家酒店住下。临睡前，他给南枳发了信息，说他不会急着求她的答案，他今天中午走，想南枳来送他。

北江指尖一滑，解了锁点进微信，置顶那一栏空荡荡的，没有冒红点的未读消息。

往下滑倒是有俞磊的消息，他问他什么时候回去。

他昨天给家里的借口是住在俞磊家，也给俞磊发信息让他帮着打掩护。虽然昨天妈妈回了他"好"，俞磊也成功掩护了他，但事情一久必被发现，俞磊一大早就催着他回去。

北江回了句"中午回"，手指滑动屏幕拉回最上方。

空荡荡的消息栏，他昨天发出去的消息一直没收到回复。

北江心情有些复杂。

12 是少年，或是永远

不过时间还早，北江只当南枳还没起床。他昨天发信息发得晚，南枳应该也已经睡着了。

他已经清醒，再睡也睡不着了，就翻身下床去洗漱间洗漱，洗完去酒店楼下餐厅吃了早餐。

吃完早餐回到房间后，北江又看了一眼手机。

还是没有任何消息。

北江半举着手机，盯着屏幕看了半晌，最终轻叹了一口气，半举的手捏着手机无力地垂了下去。

他的手肘慢慢抵到膝盖，脊背也跟着弯曲。

已经九点半了，他和南枳的对话框里依然没有变化。南枳向来起得早，从前他和南枳聊天时他就发现了她有早起的习惯。她说她基本七点就起了，有兼职的时候就去做兼职，要是没兼职也没课，她就在寝室里学习。今天这个时候南枳还没回复，和之前不太一样。

北江想，是不是昨天晚上的事情让南枳觉得困扰，所以她在为两个人的关系感到焦虑，又或者，南枳已经在想着怎么拉远两人的关系了。

想到这儿，北江的心情开始沮丧。

他只能不停地在心里安慰自己，告诉自己南枳只是起晚了。

但他为自己找的这个借口，对他自己都没有说服力。

北江弯着的脊背一直没有抬起来，慢慢地，他心里那一个为给自己解释的声音越来越小。他的眼圈慢慢变红，呼吸也越来越重。

果然直白地说出那些话不是什么好的办法。

他的脑海里出现了两个声音：

一个在说他鼓起勇气做的决定就是错的，他可能冒犯到南枳了。

一个在安慰他说不管什么结局，说出来总比没说过好。

两个声音不停地在脑海中争执，每讲一句话，北江的心情就低落一分。

就在北江萌生出逃回临安的想法时，茶几上的手机蓦然响起，尖锐刺耳的铃声划破了他的思绪。

北江瞬间抬起头，视线落在手机屏幕上。

是南枳。

他赶紧拿起手机接通电话，南枳的声音从听筒里传出来的那一刻，北江原本沉入谷底的心也跟着升了起来。

"不好意思弟弟，我今天起晚了，刚看到你信息，你现在已经收拾好了吗？"

"啪嗒"一声，有一滴眼泪从他的鼻尖滴落，没入他裤子膝盖处的深色纹理中。

北江吸了吸鼻子，瓮声瓮气地应了一声："嗯。"

南枳察觉到他声音的异样，问："你声音怎么回事？"

北江不敢说自己刚刚胡思乱想了很多，只说自己是刚睡醒。

南枳没多想，问了他的酒店名字，简单交代了两句，说自己半个小时后到酒店楼下，让他到时候直接下来。

挂掉南枳的电话，北江抬手抹了一把眼泪。

他盯着手背上的泪渍，想起前面自己在想的东西，忍不住笑了下。

他在笑自己，真是一个胆小鬼。

北江从酒店出来时，南枳已经在门口等着了。

见到北江，她神色带着诧异，摇了摇手中的手机："我刚想给你打电话呢，没想到你就下来了。"

现在比两人约定的时间早了十分钟，北江想提前下来等南枳，却没想到南枳也跟他有一样的想法。

买完票后，离火车进站还有一个半小时。北江陪南枳一块儿去附近的早餐店吃了早饭。

吃完饭后出来，因为南枳今天还有奶茶店的兼职，北江就没留她陪自己再多待一会儿。走到十字路口，北江抬手朝南枳挥了挥："姐姐再见。"

南枳点点头。

北江刚转身迈出一步，身后忽然传来南枳的声音——

"弟弟。"

她的声音毫无波澜，听不出任何情绪。但北江太了解南枳了，她只是轻轻地喊了一声，北江就察觉到她语气中的不对劲。

直觉告诉他南枳是要说什么严肃的事情，可能和昨天晚上的事情有关。想到这儿，北江身子僵住，迟迟不敢回身去看南枳。

南枳好似也并不在意，对着北江的背影说出了她想了一天的话："昨天晚上的事情我就当没听到，以后不要再说了。你还小，不懂自己的感情，将一些情感误以为是喜欢也是很正常的。"

北江呼吸停滞。

这大概是她深思熟虑后想出来的答案吧。

北江很想转过身，故作没事地说一些话来掩饰自己。但他的身体像是僵住了，怎么都转不了身。

南枳等不到他的回应，叹了口气："你还小，但我不小了。"

北江依然没有回复。

车水马龙的街头，他的身侧不知道走过了多少人，开过了多少车，吹过了多少风。他不知道自己在这里站了多久，等他有了动静，回头去看时，身后已经没了南枳的身影。

那两句话，是南枳的拒绝。

北江的眼睛很干，大概是被俞峡的风吹的。轻轻一吹，他的眼睛就又干又涩。

俞峡的风，可真大啊。

"南枳,擦完台子你就可以下班了。"店长摘下帽子,握着帽檐朝自己扇风,"我有点事,就先走了。"

南枳正将最后一杯做好的奶茶递给客人,道了一声"慢走"才回身看向店长:"好,我下班就直接锁门了?"

店长摆摆手:"好的。钥匙放在老地方吧,我还得回来一趟。今天辛苦你了,明天见。"

跟店长道完再见,南枳抬眼看了眼墙上的时钟。

离下班时间还有半个小时。

南枳和店长的关系一直很好,平时店里不忙了,店长也会让她提早下班。所以偶尔店里需要人加班,南枳也会主动留下来帮忙,不收加班费用。

人对人的好都是相互的。

南枳花了十分钟将台面收拾干净,店里最后一个客人也已经离开。

她将门口的牌子转了个方向,熄灭了店内的几盏灯。做完这些,她双手撑在吧台上休息,脑海中忽然想起前两天的事情。

她说完那些话后就直接离开了,担心自己多待一秒,北江的问题自己就会没办法回答。只是走过拐角时,她还是忍不住悄悄用余光看了眼十字路口的方向。

北江低着头,身子笔直地站在那里。

南枳稍微顿了下,但还是没有停留。

想到这里,南枳撑着桌子叹了口气。

那天她是不是话说重了?毕竟北江也是一个要面子的男生。

自那天以后,她的手机里再也没有收到他的消息。南枳觉得,被她那么一说,北江应该会放弃了。

她不忍打断少年赤诚热烈的感情,却知道错误不应该延续。

南枳心里纠结着这个问题,一面止不住对北江的担忧,一面又坚定自己必须保持现在这个态度。

叮零零——

手机尖锐的铃声划破奶茶店的寂静,也将南枳的思绪拉了回来。

她垂眸看了眼手机,下班时间到了。

南枳转过身,手伸到身后解开围裙。

围裙摘下的一瞬间,她的耳朵里又传来了店门上的铃铛被摇动的响声。

南枳抬手将围裙挂在墙上的挂钩上,侧身招呼客人:"不好意思,我们已经——"

她的声音戛然而止。

随之停滞的不只是南枳的声音,还有奶茶店里两人的动作。

南枳定定地盯着眼前的人,伴随着自己的心跳,她的呼吸也跟着放慢。

半晌,眼前的人终于有了反应,开口喊了一声:"姐姐。"

北江微抬眼眸,开口的声音小心又坚定。

这两天北江一直待在家里反复斟酌南枳的话。一遍、两遍、三遍……每回忆一次,那一道拒绝的话就像是在往自己的心脏上扎一次针。

他心里飘忽不定,每回忆一次那两句话就会萌生一个决定。但他一直没找到最合适的办法,做出最合适的决定。

他想了很多,想到自己去俞峡之前找俞磊谈的话,想到自己来俞峡时的那一抹坚定。

他的情绪很焦灼,一直过了三天才慢慢平息下来。在心里挣扎了三天后,他也随着心的平静,慢慢有了头绪。

虽然还是没办法做出最正确的判断,但他已经想明白了。从他决定来俞峡找南枳开始,他就已经想过所有跟南枳的结果,好的坏的他都已经做好了心理准备。

南枳的拒绝，不过是他已经做好准备接受的结果之一。

没什么好怕的。

他做好了两人关系渐行渐远的准备，但不管是什么结局，话说出口也好过被藏住，也比永远不能被当事人知道好。只是被南枳拒绝而已，他既然做好了准备，也早就预料到可能是这一个结果。但他也决定了，他不会放弃，从他高考结束到俞峡找南枳告白的那一刻起，他就想过，不管是什么结局他都不会放弃。

他来奶茶店，就是来做出自己的决定的。

听到北江出声，南枳的思绪好似才收回来。

她神色诧异，身子往前走了一步："弟弟你怎么来了？"

"我——"北江刚要说话，声音却被南枳打断。

"等一下。我刚好下班了，我们去外面吧。"

北江点头。

南枳快速去内室将自己的背包拿出来："走吧。"

北江跟着南枳走出奶茶店。店前的街道这个时间已经没什么行人了，周围的商铺除了几家大排档和二十四小时营业的便利店，大都已经关门。

奶茶店就在俞大旁边，北江提出想去俞大的校园里走一走。

南枳没什么意见。

这个时间，校园大道上人也不多，想来大家都已经躺在寝室享受夜晚了。偶尔身边会经过几个夜跑的人，或是跟他们一样刚从外面回来的学生，显得校园不那么孤寂。

北江和南枳并肩走着，影子被路灯拉得很长。

单单这一幕又让北江想起自己第一次来俞大的时候，看到的那个和南枳并肩走的男生，想起自己从前的暗恋。

事情已经到了这一步，他不想再当那个只能躲在南枳身后悄悄凝望她的暗恋者了。

他已经踏出了第一步，没到最后，他不会，也不能退缩了。

想到这里，北江再次开口喊了一声："姐姐。"

"嗯。"南枳应声。

从奶茶店出来到现在两人走在校园大道上，北江和南枳都没有开口说一句话。或许是彼此心里都清楚，今天晚上要说的话有多重要。

北江站住，任由身旁的南枳往前走了两步，拉开两人的距离。他轻声说："你说，那天晚上的事情你就当没听到。"

听到北江的声音，南枳也停住脚步。但她只是停住，却没有回身面对北江。

见此情形，北江心里松了一口气。

这样起码更能让他鼓起勇气把话说清楚。

"姐姐，那些话不用你当没听到。"北江垂眼，轻声说，"我是认真的。那些话是我想了很久、犹豫了很久才说出口的话。我不想被你当成是我的戏言。"

他身体紧绷，呼吸越来越重："你说我年纪小，不懂自己的感情，误把自己对你的情愫当成喜欢。不是的，我是年纪比你小，但我没有误解自己的感情，我很清楚自己的感情，清楚自己在做什么。

"我今天想找你说的事情就是这个，我知道你的想法，也知道那句话说出来代表的是什么。但我不想自己就这么轻易被宣判这个结果。"

南枳没忍住，转过身刚要说话，又被北江打断，他说："姐姐，我知道你要说什么。你不用现在做决定，慢慢来吧，我们都慢慢来吧。"

他上前一步，轻轻地扯住南枳的袖口："但你能不能，以后不要再把我当弟弟了。"

他不是，也不想当她的弟弟。

那天晚上，北江把话同南枳说清楚后就回了临安。

他是抽空来的俞峡，他刚高考结束，家里有太多的事情需要他做。他想，等他处理好，他还要来这边。

坐上高铁的那一刻，北江忽然反应过来，这三年他早就习惯了乘坐高铁往返两地。

少年热烈而又赤诚的爱恋暴露在阳光之下，北江毫不掩饰自己对南枳的感情。

等高考出成绩的这些天，他大半的时间都在俞峡。

北江家那套在俞峡的房子已经被重新装修过了，恰逢北振林生意扩展，他和付素清也住到了这边。北江想自己有更多时间可以去找南枳，便借口说自己想换个城市玩一段时间，跟着父母一起来到了俞峡。

付素清和北振林在俞峡的生意刚起步，大部分时间人都在公司。北江一个人闲在家里也无事，见奶茶店暑假又开始招暑期工，他就又去奶茶店做兼职了。付素清想他出去做兼职也比一天到晚在家躺着好，就由着他去了。

店长见他回来，调侃起两年前说过的话："两年了还能让你这么惦记着我的店啊？是不是因为南枳在这里？"

北江没接话，只是笑着。

熟人兼职比新手好的一点就是上手快，也不用再重新建立关系。北江虽然两年没干了，但跟着学了一天很快就熟练了。

在店里干了没两天，他又恢复了之前和店长斗嘴的日常。

偶尔跟店长一起工作时，他还能被店长酸溜溜地调侃："怎么就光顾着对南枳好啊？你也来帮帮我这个店长的忙呗。"

每当这时，南枳站在原地总是会露出一副无措的模样。

后来北江注意到南枳的情绪和她的无奈，也收敛了自己的感情，按照以前的相处方式和南枳相处。

北江的这种好让南枳挑不出错误，懂分寸，不强求。他依然以朋友的方式与她相处，绝口不提刚来的时候说的话。

久而久之，南枳防备的心理也渐渐放下。

她最开始很担心，担心自己招架不住北江的感情。少年的感情总是来得热烈又真诚，特别是在自己本就和北江认识的基础上，她没办法用以往应付其他追求者的方法。

她可以用最简单的方法，以冷淡的态度击退北江的热情。但北江抓住了她的弱点，以最简单的朋友相处方式和她相处，让她不自觉地跟着他的节奏维持这段关系。

南枳有想过劝北江回临安，制止住这段关系的继续发展，却被北江拒绝了。他说："姐姐，我现在没有其他想法。只是以从前的朋友关系留在这里，只是朋友，也不可以吗？"

北江也如他所说的，做好朋友的本分，不会越界。这让南枳极力划清界限的行为成为徒劳，她担心的事情根本没有发生。

北江没有任何越界行为，南枳只能顺着这段关系继续发展。

她想，走一步看一步吧。毕竟少年的感情来得快，可能走得也很快。这或许只是北江的一时冲动。

时间久了，南枳真的会产生一种错觉，觉得北江只是作为一个弟弟，来到这里陪伴她的。

有一次，店长趁着北江不在问南枳："现在谁都能看出北江那小子是喜欢你的，你怎么想的？"

南枳不知道怎么回答，正思考着，店长又自顾自接着道："这两年我一直撮合你和林时，但其实我也能看出你对林时是没感觉的。要不是林时那小子是真的喜欢你，一直让我帮着约你，我也懒得应付他。但我看你对北江好像有点不一样，你没那么抗拒北江啊。"

南枳哭笑不得："姐，你怎么一年到头就关注我的感情生活，给我当红娘啊？"

她顿了片刻,视线落在吧台上,轻声说:"北江不一样,或许是因为我把他当弟弟吧。"

店长的眼神有些探究:"真的吗?"

南枳僵了下,半天才强调:"真的。"

奶茶店的排班不多,大多数时间南枳和北江都一块儿上下班。北江已经成年,俞峡对他来说也不是一个陌生的城市了。南枳就没有再像两年前一样拿他当一个小弟弟,没有再提出送他回家。

但她不提,北江却反过来要送她回学校。

南枳拒绝后,他就找各种各样的理由在岔路口分开后追上她。

南枳就看着他一天连着一天追上自己的步伐,然后从口袋里掏出一样小物件说"姐姐你落东西了",等她接过,他就说出一天当中最后的目的。

时间长了,最后一句话也省下了,直接变成北江走到她身边,然后递给她东西,再一起并肩往前走。

说来南枳也佩服他,每次都能找到什么她的小物件要归还。

有一次,北江又一次追上南枳的步伐。

南枳无奈地笑着:"我这次又落了什么?"

谁料这次北江没有按套路出牌,他佯装出一副委屈样,慢慢地把手递到她跟前:"姐姐,你把我落下了。"

少年毫不掩饰对她的喜欢,眼里的炙热越发明显。或许是他觉得时机成熟,有些感情也不必再掩饰。

南枳只能笑着拍了一下他的手,说一声"别闹"。

在南枳眼里,曾经那个见到她就腼腆的小男孩也慢慢不再是从前的模样,身上增添了更多的少年意气。

高中的时候他就已经比自己高了半个头,两年过去,他的个子又长了一些。她站在北江身边,有时候真的分不出两人的年龄差距。

北江想将这一段感情拉到明面上，南枳也能想到。在她眼中，北江就是一个自信张扬的少年，不管是感情还是什么，他不会遮掩，只会大大方方地承认。因为很多东西对他来说，是没有困扰的。

但其实南枳不知道，北江面对她时讲的很多话都是斟酌百遍、反复练习后才说出口的。

这一场护送，从一开始送到学校门口，后来慢慢演变成送到宿舍楼下。

久而久之，南枳也习惯了北江陪伴在身边。

六月底，北江的高考成绩出来了。

他发挥超常，超出一本线很多，不仅过了俞大的录取分数线，甚至可以去更好的学校。

家里人都很高兴，特别是北江父母，他们已经给北江规划好了，想让他去A大，以后学商，毕业后就可以接管家里的生意。

但北江不愿意，他的目标很明确，他就要去俞大跟南枳一起。为了这件事，他跟父母吵了很多次。

北禾从父母那里听到了消息，她从临安赶来俞峡开导北江。但北江铁了心要去俞大，软硬不吃。

或许是人心一急，就容易口不择言说出一些藏着的话。

北禾问他："你这么铁了心要留在俞峡，要去俞大，是不是因为南枳？因为南枳在俞大，所以你一直以来的目标也是俞大？"

被北禾这么直白地挑明，北江心下开始发慌。

北禾直视着他，目光凌厉，像是想从他身上探究到什么。

北江被她这么瞧得心里发怵。北禾这样子倒是少见，她很少会这么正经地跟自己说话。

时间一分一秒过去，北江慢慢冷静下来，他平缓住自己的语气，风轻云淡地"嗯"了一声："是，我是因为南枳才想上的俞大。"

　　他抬头询问："姐，我因为这个想上俞大有什么问题吗？我从初中开始就喜欢南枳姐姐了，不管是去附中还是上俞大，我都是因为她。"

　　北禾却摇头，嘴里喃喃说着："北江，你不能这样的。"

　　他询问缘由，北禾却不说了。北江追问不出一个所以然，也因为北禾这莫名其妙的情绪生了闷气。

　　他转身就要离开房间，北禾却在他身后说："北江，一时冲动的后果你要想清楚的。这不是开玩笑。"

　　北江回头："我没有开玩笑。我是认真的，我真的想去俞大。"

　　北江本就不喜欢学习，如果不是为了南枳，他高中都不会那么拼死拼活地学习。现在成绩出来了，他能上俞大，却因为考得太好了让他去别的学校，他当然不干。

　　或许是因为北江坚定的态度，北禾也开始急了："你要是为了南枳放弃 A 大，这种事情你让爸妈知道了怎么想？"

　　北江本是谁说都不听，铁了心就要去俞大的，却因为北禾的一句话愣住了。

　　的确是，他想要的不只是俞大，更是和南枳的将来。不然他也不会一直藏着自己对南枳的感情，生怕会因为他的感情让自己的父母对南枳产生不好的看法。

　　北禾又说："你现在任何不理智的想法未来都会成为绊脚石，你如果真的只想着当下，那就随便你。你自己好好斟酌吧。"

　　北禾的一句话直接击溃了北江原本坚定的想法。

　　他本就因为报志愿这件事跟父母吵过好几次了，如果以后父母知道了这件事，他们不会怪自己，他们只会把错怪到南枳头上，觉得是她阻碍了自己。

　　填报志愿前几个小时，北江接到了南枳的电话。

　　他知道北禾去找南枳了，因为南枳本不知道自己的成绩。

南枳电话打来一开口，说的第一句话就是："弟弟，你别去俞大了，那么好的成绩你不报 A 大太亏了。"

他知道南枳是当北禾的说客，却是不知道北禾是怎么跟南枳说的。

北江低下头，他说不出一句话。

他对不起南枳。

南枳说，去 A 大前景会好很多，未来的发展也会更上一层楼。

北江喉咙一紧："可是姐姐，我答应过你的。我那时候跟你说，我要来俞大找你的。我要是不来，就食言了。"

南枳笑着："我知道呀，但你这不是失言，这是我让你去的。"

最后北江报考了 A 大。

他知道，在这件事情上他只能听南枳的。

八月末，暴雨突然袭击了这座城市。一连下了几日大暴雨，好多地方都被淹了，位置较低的商铺也被淹了不少。

北江和南枳所在的奶茶店也因为大雨导致客流量变少，一天也没有几个客人，店长索性关店休息。

关店后，南枳就整天都待在宿舍。北江父母这两天都回临安了，北江现在一个人住在家里。

南枳嘱咐北江待在家里，这几天不能出门。她本来还有点犯愁，不知道这几天北江的三餐怎么解决。这时候外卖还不普及，暴雨这么一下，外卖不是停了就是抢不到。结果后来北江告诉她自己早已学会了做饭，让她不用担心。

南枳听说北江还会做饭，多多少少有些震惊："这么小就会做这些真的很厉害。"

北江不好意思地挠了挠头："因为他们都说会做饭的男生招人喜欢，所以我就学了。"

其实北江也是遇见南枳之后才学的。那时候他见自家姐姐和妈妈都不会做饭,就问了一嘴这件事。付素清告诉他,女生做饭,油烟进到皮肤容易变老,男生会比女生好一些,让他以后也要学着做饭。

北江听进去了,也没等到以后,从那以后他一有时间就会钻到厨房去跟家里阿姨学做饭。

从一开始的手足无措到后来的游刃有余,他心里想的是,以后他跟南枳在一块儿的时候就不用南枳做东西给他吃了,他可以做给南枳吃。

南枳说,北江这样的男生会很招女孩子喜欢的。

北江听了南枳这样的夸赞,半晌才有点不好意思地轻轻"嗯"了一声。

窗外的雨下得哗哗作响,北江被雨水打在雨棚上的"哗哗"声吵醒。抬眼一看床头的时间,才早晨六点半。

他单手撑着上半身从床上起来,手伸到床头柜上拿遥控器把空调关了。北江拿出手机点开外卖软件,一手抓着头发,半眯着眼翻看着一家又一家店铺。

翻找了半天,仅有的几家店铺都因为下雨关门不派送,连跑腿的人都找不到。

"真烦!"北江把手机一扔,咬牙切齿地说。

他本想给南枳点一份早饭,她平时没有吃早餐的习惯,一般都是熬到中午再早饭午饭一起吃。

他有问过南枳为什么不吃早餐,南枳给出的答案是没时间,周末休息的时候又起不来。

北江知道她这么做是为了省钱,南枳勤快到在难得的休息天都会在一大早捧着书去图书馆,怎么可能起不来?

知道这件事后,每天早上北江去上班的时候都会带着双份早餐去店里,非缠着南枳跟他一起吃早餐。早餐基本上都是他自己做的，这样南枳吃起来不会有多少负担。

南枳可能也知道他的心思，所以经常会去超市买一些食材拎到他家，说是买回宿舍也做不了，放在他那儿有空来做。

她接受了别人对她的好，就会想加倍还给对方。

前两天刚下大雨，北江还能出行，每天早上会按时跑到俞大去给南枳送早餐。今天北江有其他安排，就想先找个跑腿给南枳送早餐。但不凑巧的是，因为这接连几天的大雨，城市好几处都被淹了，不少地方的交通也断了。

北江刚刚看手机，翻到了俞峡市的暴雨预警。

虽然手机上推送的短信一直在提醒市民非必要不出门，但无论如何，他今天都必须去南枳那里。

因为今天是八月二十三日，是南枳的生日。

北江定了花束和蛋糕，但因为下雨，花店已经关门了。

他缠了花店的老板娘好久，说今天是一个很重要人的生日，他一定得去见她。或许是被他磨得实在是不行了，老板娘答应让他来店里取花。

趁花店老板娘做花束的时间，北江在家炖了一锅皮蛋瘦肉粥，又蒸了几个速冻的红糖馒头，这才穿好衣服，带上东西出门。

值得庆幸的是，蛋糕店就在同一个小区，知道北江急着要，一早就给他送上门了。

北江整理好东西准备出门时，南枳给回了信息，回应早上他问她午饭怎么解决的问题。

她说学校统一安排了人送午餐和晚餐，让他不用担心，还叮嘱他自己在家做饭也注意安全。

北江没有继续回信息，收了手机匆匆忙忙赶向花店。

这一场雨下得很大，撑起的雨伞在接触到雨水的瞬间就塌了下去，像是要被压弯。北江走了二十来分钟才走到花店，一路暴雨，虽然有雨伞，但他的衣服还是湿透了。

花店老板娘见他这模样赶紧给他递上毛巾，问："什么日子就这么重要，瞧瞧这雨，改个日子不行吗？"

北江谢过老板，笑着摇头："不行。"

这是他给南枳过的第一个生日。

或许是被北江的坚持打动，老板娘还在花束上多做了几个装饰。她收拾好每一处包装纸的折痕才递给北江。

北江很感谢老板娘，一连说了几个"谢谢"才离开。

他本想打个车，但现在这天气实在是一车难求。久久等不到空闲的出租车，北江只能一路走去学校。

去学校的路上他遇到好几个小激流，鞋子早就进水了。北江小心翼翼地护着怀中的花束，用自己的身体替它挡住伞外的雨水，害怕它被淋湿。

等到了宿舍楼下，北江给南枳打了个电话，说自己在楼下。

南枳听到后来不及多说什么，只说自己马上下来就匆匆挂掉电话。

没一会儿，他就看到了南枳穿着睡衣跑下楼。

此时的北江浑身湿透，身上的衣服湿得可以拧出水，头发也全湿了，额前的发梢还滴着水。他怀中捧着的花束虽然被刻意保护过了，但花瓣还是不免沾到一些雨水，被打得七零八落。

南枳小跑到他的面前，不等南枳开口，北江先一步将花束递上，脸上扬起笑："姐姐，生日快乐。"

那天，是南枳找了自己的导师，顺路把他们送回了北江家所在的小区。从南枳见到北江到回了北江的家，南枳全程一声不吭。

在宿舍楼下见到北江后，她就开始四处联系车辆。等联系到可以顺路送他们回去的车子，上了车后，她除了跟导师打招呼说话，连眼神都没给北江一个。

她的情绪很明显,那是北江第一次看到她这么生气。

导师似乎也能感觉到南枳微妙的情绪状态,瞥了眼北江手中的蛋糕和鲜花,笑着打圆场说:"男朋友暴雨天还特意来给你庆生,多让人羡慕啊。"

话音刚落,北江身子顿时变得紧绷,紧张兮兮地看向南枳。

好在南枳没有说出反驳的话,只是轻轻笑了下,扯起别的话题。

导师点到为止,见南枳不想聊就没有再往下说。

到了小区,南枳他们和导师道过谢后下了车。一下车,南枳就撇下北江,独自抱着花往楼上走。

北江被她的情绪吓到,小跑着追上南枳的步伐:"姐姐。"

南枳没有理他。

进了家门,北江拉住南枳,声音发颤地喊了一声:"姐姐。"

南枳回头,一声不吭地看着他。

她的眼神像是在询问,询问他为什么这么不听话。

北江当然能感受到她在生气,而且是在生他的气。但他觉得自己这么做是有理由的。他有些委屈地低下头:"姐姐,你别不理我。"

说完这句话,北江一下没憋住情绪,在南枳面前红了眼眶。

他受不了,受不了南枳用这个态度对他。

南枳最终还是心软了,她问:"我不是让你待在家里别出门吗?现在这个情况你要是出门遇到点什么事情怎么办?你知不知道外面有多危险?你不是也答应得好好的吗?"

南枳是真的生气了,一张脸涨得通红,语气开始变重:"你要是这么不听话,我就真的不理你了。"

北江抿着唇,喉咙里的话堵了半天还是说不上来。他沉默良久,最后还是说了一句——

"姐姐,今天是你的生日。"

南枳深吸一口气,试图平复一下心情,跟北江解释道:"我知道今天是我的生日,但这不是什么重要的日子,我们可以改天——"

"不是的。"北江一脸坚定地抬头,"这就是最重要的日子。"

"对我而言,姐姐你的生日就是非常重要的日子。我要让你在生日当天收到代表平安的花,我要亲口对你说一句'生日快乐',有诚心才会灵验。"

其实他知道自己这个行为有多蠢,根本不会有人觉得浪漫,只会觉得他这人很蠢。但他不觉得,他就觉得他可以为南枳做很多事情。以后可能就要考虑多方问题,权衡利弊,但现在的他可以冲动,可以勇敢,可以去做任何自己觉得对的事。

南枳不想让北江穿着一身湿衣站在玄关,只能快速结束话题,推着他进房间换下这一身的湿衣服。

等北江进去后,她捡起地上掉落的花束,用手背轻轻蹭着上面的雨水,然后放在一旁的桌子上。

时间已经到了中午,北江早上给她熬的粥现在已经凉了。

但南枳还是把粥打开,用勺子挖了一勺送入口中。她只是稍顿片刻,随即一口一口地吃了进去。

北江再出来的时候,南枳正站在灶台前给他煮面条。

他看到自己给南枳做的粥已经被南枳吃完了,空着的盒子现在还放在桌上没来得及收拾。

可明明,那粥已经凉了。

听到身后的动静,南枳回头看了他一眼:"弄好啦?你先坐下,我给你下碗面条。"

北江听她的声音已经恢复往日的温柔,她似乎已经不生气了。

他小心翼翼地走过去坐下，犹豫再三还是开口道歉："对不起，姐姐。"

今天的事情他遵从了自己的内心，但让姐姐担心这件事他的确做错了。

南枳端着面条走了过来："没事的，下次别这样就行了。"

北江没应声，他也不能保证自己下次还会不会做类似的事情。

可能是感觉到他还是很不自在，南枳便拿出一旁蛋糕盒里的小蛋糕："那行吧，今天我生日，你就陪我过个生日吧。"

蛋糕经过一路的波折已经面目全非了，奶油早已软趴趴地化了一片。但眼下，插上蜡烛，南枳对着蛋糕许愿时，这就是最美的蛋糕。

南枳闭着眼，双手合十，微弱的光源打在她的脸上。

这时窗外的雨声成了背景，北江的眼睛和脑子被南枳占据，这一刻的场景安谧美好，他希望能永远停留。

"姐姐，生日快乐。"

13

注定相遇又错过

北江被雨淋了一早上，果然不出南枳所料，他晚上就开始头晕。

南枳劝他早点躺下休息。

暴雨席卷，到了下午，外面的雨势比早上更大了。南枳本想趁着天还没黑赶回去的，可偏偏北江发起高烧，家里除了北江没有其他大人，她只好留下来照顾北江。

北江脑子烧得晕乎乎的，只能感觉到身侧一直有人在摇他的肩膀。

"怎么了姐姐？"北江强撑着想要自己起来。

南枳扶着他从床上坐起来："你先把药吃了再睡吧？"

北江整个人浑浑噩噩的，在南枳的照顾下吃药。他一吃完药，身子就软了下去，似乎是想钻回被窝躺着休息。

南枳替他掖好被子，刚准备离开时，手腕忽然被人拽住。

"别走。"北江的声音很闷，带着浓浓的鼻音。

南枳回过身安慰他："没事，我不走。"

北江嘟囔着："别走，不要走，姐姐。"

他嘴里一直重复着这一句话，南枳只好放弃去客厅拿东西的想法，在卧室抽屉里找到退烧贴给北江贴上，之后就待在窗边，哪儿都没有去。

这种情况一直维持到晚上十点，南枳趴在床前陪着北江也睡着了。

她是被自己的梦吓醒的，她梦到一堆僵尸在追她，就被惊醒

13 注定相遇又错过

了。醒来后,她感觉到自己手中握着的北江的手也跟着颤了一下,忙抬起另一只手拍了拍他,替他掖好被子。

她给北江量了体温,北江的烧已经退了,现在情况基本稳定,人也安稳地睡着。

窗外的雨似乎已经停了,纱窗透着微弱的月光。在昏暗的月光中,她看到北江安然熟睡的容颜。

北江喜欢她的事情她不是感觉不到。

这只要是个人都能感觉到,他已经表现得够明显了。

可现实中有太多的顾虑让她不确定自己能不能去直视这一段感情。

她真的不会心动吗?

那一声声"姐姐",缠着她撒娇,天天盯着她吃早餐,毫不掩饰的偏袒,冒着大雨送来的鲜花和微凉的粥。

他每一次看向自己时只有满眼的真诚。

少年的眼睛不会说谎,只会告诉他他喜欢她。

今天北江送来的那一束花是她人生中收到的第一束鲜花。之前不是没有人送过,她却从没收过。今天,她也不知道为什么稀里糊涂地就从他怀中接过了花。可能是看出那束花被保护得很好。北江被雨淋得湿透,但花是被他尽最大的努力保护了。

花很好看,真的很好看。

还有那个蛋糕,那其实是她这么多年第一次吃属于自己的生日蛋糕。

妈妈全身瘫痪,弟弟站不起来,她家卖了房子支付昂贵的医疗费用,搬到了城中村的小房子里。

现在家里只有爸爸在工作,那点薪水支撑妈妈和弟弟的医疗开销都很艰难。所以她一直都在做兼职,补贴自己、补贴家用。

每年生日她都在外面,从不在家里。虽然家里人会在生日时让她去给自己买个蛋糕,吃顿好的,但南枳一次都没有照做。蛋糕对现在的她来说，是奢侈品。她不过生日，久而久之，连自己都有点忘记自己的生日了。

她虽然一直不过自己的生日，但南林的生日她从没有忘记过。她会给南林买蛋糕，带他去吃一些平时没机会吃的东西。南林懂事，蛋糕的第一口都是让她吃。

但那毕竟不是自己的生日蛋糕，今天这个是自己的生日蛋糕，哪怕被晃得稀烂，却是这些年第一个生日蛋糕。

遇上一个满眼都是自己的男孩子，没有人会不心动。

可她怎么能直视这段感情呢？

弟弟可以不懂事，她做姐姐的也能不懂事吗？

南枳的手指抚上北江的眉眼，却不敢多作停留，很快就收回了手。她盯着北江的脸，喃喃开口："可是你的未来会遇见更好的人吧。"

更好的，是跟他同一个年纪的人；是跟他一样生活在阳光下，不惧生活的困难，不用在生活中苟延残喘的人；是跟他一样自信大方、永远开朗乐观的人。

不管怎么样，都不会是她这样的人。

她与月亮的距离太远了，而他就是月亮。

"姐姐。"

在黑暗之中，北江不知道什么时候已经醒了。

南枳被吓了一跳："你醒了吗？"

北江没回答南枳的话，缓缓撑起自己的身子，慢吞吞地朝南枳靠近。他盯着南枳的眼睛没有一刻移开，他一手撑着床，一只手绕到南枳的脖颈上。

北江往前拉近了一寸，然后闭上眼，唇瓣印上南枳的唇瓣，温热的触感一下席卷全身。

一秒后，他退开了。

"不会遇见更好的人了，也不会想遇见别人了，姐姐。"

可这段感情会是一个错误吗?

南枳出生在临安一个小县城的一个特殊家庭里,她有一个全身瘫痪的妈妈和一个坐在轮椅上的弟弟,她的父亲只是一个普通的农民工,为了养活一家四口每天起早贪黑地干活儿。

幸运的是,她家的氛围很好,爸爸妈妈都很爱她和弟弟,弟弟也懂事得很早。她本想本科读完就工作赚钱贴补家用的,但家里人执意不肯。弟弟如今已经是初三毕业了,前段时间刚中考完。之前南林跟她提过,他说自己不想上学了,每天坐在家里做一些手工活儿赚钱贴补家用就是他想做的事情。

她斥责了南林,告诫他不准再有这样的想法。每次看到弟弟坐在桌子前做手工活儿时,她总是忍不住心疼。

如果没有那场车祸,他跟妈妈就不会变成现在这个样子。但她怪不了别人,也不想怪别人。当年车祸的主要原因是意外,是雨天地滑,他们无意间撞上了正在行驶的小车。小车是正常行驶的,没有违反任何交通规则,但车主还是觉得愧疚,每年都会汇一些补偿给她家,也会带着礼品上门看他们。

她怪不了别人,只能更心疼自己。

南枳记得弟弟会做手工的那一天,他笑着拿着手里的毛线说:"这样我以后就可以赚钱供姐姐读书了。"

那时候他只有十几岁,懂事得让人心疼。

就算是发生了这样的事情,家里人还是非常乐观地面对生活。所以南枳在家生活得很开心,也很努力上进。

她的家庭不是她的负担,是她的责任。

她知道家里条件不好,所以平时舍不得买东西,从小到大,别的女孩子有的东西,她都不去奢望。

但她也是女孩子,看到别的女生喝奶茶吃甜点时她也会羡慕,看到别人收到花享受浪漫时,她也会心动,遇见一个对自己很好很好的人的时候她也会迷茫。

她的追求者不少，但每一个都被她冷淡的态度击退。林时是坚持时间最长的，从大二到大四，她对他却从未心动过。

她的第一杯奶茶、第一束花、第一个生日蛋糕等等，这些都来自同一个人。北江和她遇到过的所有男生都不一样，他是可以不顾自己去对她好的人，是家人以外真的对她特别好的人。

所以在北江吻上自己的时候南枳没有躲，她轻颤的睫毛代表的是她的不安，却不是拒绝。

她的行动已经证实了她的想法。

南枳清楚，这是一段并不相配的感情。他是月亮，她只是地上的小草。所以她原本想把北江推走，可当她手指触及他的胸前，隔着薄薄的衣服布料，她感受到了他炽热的体温。

南枳根本舍不得。

有那么一瞬间，或许，她是说或许，她也可以拥有一段很美好的、很真挚的爱情，不会被现实打断，不会被外界击溃。

她知道，这次的默认代表着什么。

代表着她前面的拒绝就是一场笑话，前面的克制也是一场徒劳。但对上北江的眼眸，南枳心中忽然多了一抹坚定。

她想试试。

或许就是那晚上的一吻，北江跟南枳走到了一起。

那天早上雨就停了，一晚上的沉淀后，北江一早就跟她说："姐姐，我们试试吧。"

他们在一起了。

北江对南枳的喜欢从来都不是新鲜感。

在他朋友嘀咕身边女朋友天天打电话查岗烦人的时候，他只在好奇，为什么会觉得烦人？如果南枳天天打电话给他，他也不会一天到晚都跟这群汉子在一起。

北江感到新鲜的事情比南枳要多得多，每次生活中出现有关情侣的新鲜事，北江总是会在第一时间知道。

北江真的很用心，暑假结束临走时，他把所有南枳可能会用到的东西都准备好了。他给她磨了自制的姜茶，给她买了很多零食和饮料，还有安神的香眼罩等等，连暖宝宝和卫生巾也没有落下。他就希望自己不能在她身边时，她什么都不缺。

南枳本不知道北江还给她定了校园奶，直到开学后，跟她住在同一个宿舍读研的同学给她拎上来一瓶牛奶："南枳，这是你定的牛奶啊？"

南枳有些蒙："我什么时候定奶了？"

"这得问你啊，我看到楼下写的就是你的名字，电话号码也核对过了，这才给你拿上来的。我还奇怪呢，你什么时候也喝奶了。"

这时，南枳收到北江的信息，他给她定了牛奶，让她每天记得喝。看到这条消息后，南枳忍不住笑了。

从前都是她管着北江，现在倒成了北江管着她了。

因为相隔两地，北江总是很珍惜跟南枳在一起的时间。

虽然 A 大也在省内，但他的校区却在一个岛上。那里的高铁还未开通，每一次出岛北江都要坐三个小时的汽车赶到俞峡。

他以前坐一次就晕一次，现在却越来越频繁地坐汽车。对北江来说，比起见南枳，晕车这点小事根本不足挂齿。

但这次是南枳过来找他，于是北江在奶茶店店长那儿借了电瓶车，载着南枳四处骑行游玩。

两人也没有选择去看电影或在拥挤的商城里逛饰品店，而是选择去江边散步。两人十指相扣，漫步在岸边，周围除了过路的行人，就是偶尔停在湖泊上的白鹭。

他们有一搭没一搭地聊着天，聊的都是一些日常琐事。

"我弟弟啊，他一直想去海边看看。但因为腿不方便，还有我家里的问题,他这个愿望一直都没有实现。"

说到这里,南枳的表情变得有些遗憾。

北江听南枳说出这话的时候都不知道怎么安慰她,他不想让姐姐伤心。

北江就顺着南枳的话说了下去:"那姐姐,等天气再暖和一点,咱们就一起带着南林去海边旅行吧?"

南枳一愣,这话从北江的嘴里说出来,肯定是好好想过的。

她笑了下:"好。"

南枳的车票是晚上十点的,北江骑着电瓶车送她到高铁站。

临走之时,南枳解下自己的马尾,然后取下小皮筋递给北江:"喏。"

北江一愣:"啊?"

南枳笑着问:"你不是说,你们学校的情侣都流行戴小皮筋吗?"

北江的确跟南枳聊过这件事,那年正好流行这个,女生把自己戴着的小皮筋给男生,男生戴在手上代表名草有主。

那时候北江也很想要,但他知道姐姐可能不在意这些事情,特意说:"等下次姐姐多带一根小皮筋给我吧,这样别的女生就知道我有女朋友了。"

他没想到,随口一提南枳也会记住。

南枳说:"那就戴上吧,下次给你带个更可爱的。"

虽然北江跟南枳有几岁的年龄差,但南枳总是会照顾着他的情绪,陪他做他这个年纪想做的任何事情。

南枳摸了摸北江的脑袋:"加油哦,好好学习。"

北江和南枳恋爱的事情不知道怎么传了出去,被北禾知道了。那时候正好是假期,北江放假回家休息,北禾见他在家,推门进来就是一句"你跟南枳在一起了"。

13 注定相遇又错过

北禾既然说出来了,就是想听北江亲口承认。

北江知道北禾的顾虑,但他知道这件事已经没办法隐瞒,他也不想隐瞒了。隐瞒了这么多年,他再也不想藏着了。

"是。"

一听这话,北禾的语气就变得有些激动:"可是她比你大四岁,北江,你认识她的时候才多大?"

北江反问:"她比我大,我就不可以跟她谈恋爱吗?你大学的时候不也谈了一个比自己年纪小的吗?为什么你可以,我不可以?"

北禾闭了眼:"北江,这不一样。"

"有什么不一样的?我喜欢她,就是这么简单的一件事。"

"北江,你清楚南枳家里的情况吗?"

不等北江说话,北禾就接着说:"南枳她家里有一个残疾的弟弟和一个瘫痪在床的妈妈,意思就是,以后这个家的负担都会落到南枳头上。她一个女孩子,要养一家人。不管未来嫁给谁,他都得承担起他们一家。爸妈不会同意你跟南枳的。"

北禾当然了解自己弟弟的性格,他对待感情忠诚,她一眼就看出北江喜欢一个人是奔着喜欢一辈子去的。

没有人希望自己的弟弟未来的生活要面对一地鸡毛。所以她不希望弟弟跳入火坑,哪怕对方是自己的朋友。她要斩断这段感情。

北禾的顾虑是有道理的,没有人会愿意沾染上南枳这样的家庭。每一年光南枳妈妈的医药费就花费不少,更别提南林越来越大,行走不便的他未来会面临上大学、工作等问题,以后这些照顾的任务都得落在南枳头上。

"姐姐,"北江喊停北禾,"你们看到南枳的家庭只会觉得是负担,看到的都是一地的鸡毛。可是我看到的,只有一个为了家庭努力上进的女生。从我知道她家庭情况的那一瞬间,我对她只有敬佩,没有其他情绪。我不会觉得她是负担,我只会觉得她让人心疼。

"一地鸡毛又怎样?要承担那一家的责任又怎么样?那是南枳的家人,如果我以后跟南枳结婚了,那就是我的家人了。"

北禾想得很远。但这些事情,北江很早就已经想过了。

"姐姐你可能理解不了南枳,因为你出生在我们这样的家庭里,你不愁吃喝,奶茶点心从不亏待自己。你在周末可以穿着漂亮的衣服跟同学出去玩,每年生日都可以拥有自己的蛋糕。可南枳她不一样,她都好多年没过过生日了,这几年第一个生日蛋糕是我给的,收到的第一束花也是我送的,她的第一杯奶茶、第一份炸鸡都是我买的。我永远都不能忘记她坐在我面前吃着青菜,却给我点了满满一盘肉的情景,她那时候对我来说也只是一个非亲非故的姐姐。

"她对我很好,所以我也想对她好。她是一个很好很好的女生,我就想对她好一辈子。"

北禾听完北江的话沉默了。

她的确无法反驳北江,北江一直都是一个很有思想、有主见的人,他从来不会因为别人有不同想法而改变自己的想法。

南枳也是这样的人,撇去南枳的家庭,她自身的条件绝对是非常优秀的。

她对南枳有点愧疚。北江是自己的弟弟,她希望自己弟弟未来能过得安安稳稳,不希望他为了生活发愁,但她在思考这个问题的时候只想到了自己的弟弟。

北禾深吸一口气:"北江,这件事没有你想的这么简单。爸妈不会同意你跟南枳在一起的。你会因为南枳跟爸妈决裂吗?"

北禾的问题很犀利,却没想过要在现在得到北江的答案。

或许在听到了北江的那些话以后,她多少也有些动摇了吧。

今年十一南枳难得没有留在俞峡，而是准备带南林去周边城市的海边看看海。

北江听到这个消息的时候，忽然想起自己跟南枳说过，等天气暖和了他们就一起带南林去海边。

南枳也问了北江要不要一起去，北江爽快地答应了。

北江早上收拾行李出门的时候北禾也在家，见他拎着一个行李箱，她便清楚他要跟谁去玩。

北江换好鞋后站起来的一瞬间，抬眼扫过北禾，看到了她欲言又止的表情。他顿了片刻，然后装作什么都没看到。

他知道北禾要说什么，但并不想听。

昨天晚上付素清问他们姐弟要不要趁着这个十一一家人出去放松一下，北禾没什么意见，但北江因为跟南枳约好了去海边，就跟付素清说自己已经跟人有约。

付素清见状也没多问，那时候北禾看他的眼神有些复杂。

北江看到了，却装作不经意地移开视线，跟今天早上一样。

他跟北禾打了个招呼，没等对方说话就拎起行李箱转身出了门，"嘭"的一声关掉大门，隔断了北禾的视线。

等北江到高铁站时，南枳已经站在车站门口的树荫下等着了，她的身边是坐在轮椅上的南林，和初次见面一样，他穿着最简单的白短袖黑裤子，膝盖上盖着一条薄薄的毛毯。

北江赶紧跑了过去："姐姐！"

南枳也跟着朝前走了两步："怎么跑得这么急？"

她从口袋里拿出纸巾递给北江："擦擦汗。"

北江"嘿嘿"一笑："怕你等嘛！"

"我刚到没多久，你好久没见小林了吧？"南枳让了让身，朝身旁的小孩柔柔地笑了一下，"小林叫人。"

南林腼腆一笑："北江哥好。"

北江也跟他打了个招呼，"确实好久没见了。"

南枳说，南林这是第一次出远门，他从昨天晚上就开始兴奋，激动到很晚才睡觉。

似乎因为有南林在，南枳比平时看着更高兴。见南枳高兴，北江也跟着高兴，他说："姐姐，我会帮着照顾南林的。"

南枳笑着摸了下他的脑袋："辛苦你啦。"

他们去的海边不算远，就在省内沿海的一个市里，坐高铁过去只需要两个多小时。

交通没什么问题，住宿倒是成了问题。北江去开房的时候开了一间大床房和一间标间。

南枳要跟南林住在一起，南林起夜比较麻烦，她在旁边还可以照顾他。北江却主动提出要跟南林一个房间。

南枳怕北江会因为南林晚上睡不好，劝他："晚上照顾小林会比较麻烦，我来就行了。"

北江却觉得这都是小事，坚持自己可以："这些没什么。再说了，我跟南林住一起还可以联络一下感情，我正好带了游戏机，可以跟他一块儿玩。男孩子跟男孩子之间总是会有很多话要说的。"

南枳受不住北江的软磨硬泡，最后还是依了他的意思。

三人把行李放进房间后，就去外面吃晚饭了。

海边的餐店都是大排档，来这里的人基本上吃的都是海鲜。南枳很少吃这些，点菜这一项任务也落在北江身上。

到了海边，海鲜的种类也多了起来，有许多平时在内陆见不到的海鲜，拿在手上也不知道从哪里开始吃。

吃饭时，北江看到南枳拿着筷子却不知道怎么下手。

他顿时想到什么，夹起一个看着复杂的贝壳拿到手里，用旁边的工具把里面的肉挖出来蘸好酱料放到南枳碗中："姐姐你可不要自己动手，有我在，这些都让我来做就好了，女孩子负责吃就

13 注定相遇又错过

行了。"

听到北江的话,原本有些紧张的气氛也跟着放松下来。

北江明显能感觉到南枳的身体在一瞬间放松了。

这样就好。

吃完饭后时间尚早,三个人便沿着海岸线上的人行通道散步。

南枳推着南林,两个人的视线齐齐看着一侧的大海,眼里的欢喜都要溢出来了。

北江跟在旁边,突然说:"姐姐,我帮你推一下吧,你都推那么长时间了。"

南枳也没拒绝,把握手给了他:"那行,我去买冰棍,你俩在这里等我啊。"

北江应了一声,南枳蹿进小道,一下就跑没影了。

周围不断有小孩的嬉笑声伴随着海风传来,北江微微侧身,帮南林挡去一点风。

他开口问:"南林,你现在高中怎么样啊?你现在在哪儿读高中来着?"

"我在三中。"南林抬起头,"怎么了?"

"三中吗?我记得你中考成绩挺好的啊,怎么没去附中?"

"嗯,因为那时候三中招生办的老师到我们家里来招生,说我要是去三中的话就把我的学费和学杂费都减免了,每个学期还会给我一些餐费补助。"

话说到这儿,南林的声音突然止住,然后怯怯地抬头看了一眼北江:"北江哥。"

北江心不在焉地"嗯"了一声,他刚刚因为南林提起的事情,顺着想到了南枳。现在整个脑子是南枳在俞大读研的事情。

南林说:"我以后不会跟着姐姐去对方家的,我和爸爸妈妈都会留在家里的,也不会麻烦姐姐的。"

北江蓦地一愣,诧异地望向他。

南林说出这句话意味着什么，只要不是个傻子都能猜出来。他心里有些不是滋味，人人都害怕摊上南枳的家庭，可她的家人却从未想过成为南枳的负担。

他突然觉得有些讽刺。

北江喉结上下滚了滚，艰难地问："为什么突然说这些？"

南林垂下头没说话。

"你跟我说说呗，为什么突然想到这些？"

在北江的坚持下，南林这才说："我之前有听到邻居阿姨说过这件事，就是姐姐这种情况，摊上我们这样的家庭，她很难找到男朋友的，没有人会喜欢她的。"

北江突然气笑了。

可他转念想到，前不久他自己的姐姐也找他说过这件事。这些话语在外人心中，是确凿的事实。

他摸了摸南林的脑袋："不要听他们乱说，你姐姐很好，一般人还配不上你姐姐呢。"

"北江哥，我觉得你很好，你对姐姐是真的好。姐姐跟你在一起越来越爱笑了，她肯定很快乐所以才会笑。所以北江哥，你别离开姐姐，我以后不会跟着姐姐的。"

北江哂笑："我不会的。"

南林说是这么说，但北江也知道一件事，那就是南枳以后到哪儿都会带着南林，因为她爱她的弟弟。

但这又如何呢？虽然现在想这些事情都太早了，但北江从跟南枳在一起的时候就已经想过很长远的事情了。如果他与南枳足够幸运熬到了结婚，他觉得南枳就算带着她的全家他都没意见。遇见南枳本来就是他的幸运了，是他高攀了南枳。

南枳跑了回来："我回来啦，你们在聊什么？"

北江笑了下："没什么。"

南枳拆了一根冰棍递给南林，然后又拿起另一根没开封的冰棍贴到北江脸上："冰吗？"

"哇，好凉。"北江把冰棍拿了下来，报复性地将冰棍贴在南枳的手腕上，被南枳笑着躲开。

晚上，北江见南林睡着了，便轻手轻脚地下床，摸黑到了南枳的房间门口敲了敲门。

他刚刚还在跟南枳微信聊天，所以他知道南枳肯定还没有睡觉。

果然，南枳很快从里面打开房门："怎么啦？"

北江跟着她走进去："姐姐。"

"嗯？"

"晚安，姐姐。"

南枳"扑哧"一声笑出声："你来就是为了这个？"

北江闷闷地"嗯"了一声："亲口说才有意义嘛。"

其实他本来不是为了这个，他就是想睡前再看一看南枳。

"好吧，晚安弟弟。"

接下来的两天，他们在海边玩得挺尽兴，南家姐弟对着新鲜事都很有兴趣。

北江问南枳在俞峡的时候有没有去海边玩过。

她说："去倒是去过一次，社会实践的时候有去海边捡垃圾。但那也只是站在沙滩上捡捡垃圾，连海水都没摸到。"

北江见她玩得开心，就替她接过了照顾南林的任务。

轮椅上不了沙滩，北江就充当南林的双腿，背着他跑到沙滩上。

他们早上去跟着别人赶海，中午去附近的水族馆游玩，傍晚的时候就在海边尽情疯玩，晚上再在海边吹吹风或是看看篝火晚会。

在海滩上时，北江还被女生要微信。

北江对这种情况倒是习以为常了，一般直接拒绝就行了，没想到坐在身旁的南林突然来了一句："这是我姐夫。"

这个词代表了什么，北江想过千万次。

女生走后，北江笑着摸了摸他的脑袋："怎么会啊，南林。"

南林笑得含蓄："总不能姐姐不在时让她被撬了墙角吧？"

北江反驳他："哎哎，你别乱说啊，就算你不在我也不会同意的好不好？我对你姐姐可是忠心不二。"

南林虽然只是"哦"了一声，但不难从他脸上看出，他听完这句话后是真的高兴。他当然希望姐姐过得好，有除了自己和爸妈以外的人爱她。

因为南林的腿没办法长时间待在海边，他们很快就要回去了。或许是运气好，傍晚的时候他们看到了日落，波光粼粼的海面被落日染成了橘黄色。

他们坐在沙滩上，一起享受着旅途的最后时光。

南林说，这是他看过最好看的日落。

北江心想，谁说不是，这也是他看过最好看的落日余晖。

旅行最后，北江让南林帮他和南枳在海边拍了合照，又给姐弟俩拍了照片，最后拦了一个路人帮忙给他们仨拍了合照。

三张照片里无一例外，南枳都笑得很开心。

"姐姐，下次去别的地方玩吧！"

"好啊。"

"再带上南林一起。"

"嗯嗯。"

假期结束后，北江和南枳各自回了学校。

回归校园的生活才过一周，北江忽然收到了北禾发来的信息。她说，南枳退学了。

13 注定相遇又错过

北江看到信息的那一瞬间愣住了，瞳孔跟着颤了颤，一脸不可置信地盯着手机上这一条信息。

嗡嗡——

手机在他手心振了两下，北禾发来了一条语音。

北江的手指悬在半空，他紧抿着唇，停了片刻才按下语音。

"我也是刚知道这件事的。南枳不是现在在读研吗，我是听一个高中学姐说的，说她昨天向学院申请退学了。说家里出事了，带她的导师劝过她，说可以先请假或者休学，但是她坚持要退学。"

北禾说这话的时候气有些喘，似乎是一边走路一边给他发语音信息，听筒里还有其他杂音。

北江没工夫追问她现在在干什么，北禾带来的消息使他脑中茫然一片。电话听筒里的声音透过耳膜刺激到他的神经，刺得他脑袋嗡嗡作响。

半响，他按着太阳穴摇了摇，手指按住语音键准备说话。

没等他开口，消息出现在了屏幕最上面的一栏。

北禾说："刚刚问到了，是前两天南枳的弟弟被开水烫伤了。听说挺严重的，整个身体都烫到了，两条腿最严重，皮肉都烫烂了，好像是要住院治疗。她前两天都在临安，不过昨天就回俞峡去找学院说退学的事情了，现在人不知道在俞峡还是临安，发信息也没回。这件事南枳跟你说了吗？"

几乎是下一个瞬间，北江就点开软件购买回俞峡的车票。

他此时心乱如麻，耳朵嗡嗡作响，听不见任何人的声音。室友在身侧喊了他好几声他也没搭理对方，只是自顾自地翻看着购票软件，选了最近的一班车去俞峡。

购票成功后，北江立马拿起挂在墙上的书包，他把棒球帽往脑袋上一扣，书包还没背上人就已经开始往门口走去。

室友被他这一行为弄得有些迷惑，匆匆上前拦住他："北江你去哪儿啊？晚上的课你不上了？"

北江没空跟他们解释："你帮我请个假吧，请不了就当我旷课了。"

说完他也没等室友有所反应，挎着书包就往楼道跑去。

A大校区很大，他一路狂奔，还是花了十几分钟才赶到校门口。好在大学校区门口的出租车不少，北江刚到门口就拦到一辆。

他一刻不敢耽误，上了车报了地址后就开始催促司机。

"我有急事，能开快点吗？"

司机打着方向盘，心有余而力不足："这段路是不能超速的，这已经是最快的速度啦！"

北江的运气算好，这一路上都没碰上堵车。他到车站没多久，就坐上了开往俞峡的大巴。

这一趟大巴全程三个小时，或许是因为一路上北江的注意力都在南枳身上，这一趟他难得没有晕车。

到了俞峡后，他打了几次南枳的电话，还是没人接听。

北江急得不行，又打电话给一个在俞大读书的朋友，把南枳的专业告诉他，让他帮忙问问看。

这边找人问着，他还是决定跑俞大去碰碰运气。

问了一圈找了一圈，最后得到南枳消息时已经是晚上了。北江知道她没在俞峡后，二话不说又买了回临安的车票。

他一路赶到临安的时候已经是晚上九点了。他从北禾那里得到了南枳在医院的消息，又匆匆赶往医院。

赶往医院的途中，他坐在车上听着北禾发来的语音。北禾说："挺严重的，我刚从医院回来。她弟弟是大面积烫伤，要做植皮手术，医疗费用很高。她弟弟现在还在重症监护室，她现在在凑医药费。"

"钱？我——"北江突然卡住，他意识到自己根本没有那么多钱。他的零花钱不少，如果平时花钱不大手大脚倒是可以存一点下来，但现在，他的钱加在一起又有多少？

这一路上的车费，各种各样的开销，他这月的生活费本就快要透支了。他对花钱没有概念，只知道没钱了就去找爸妈要。他没有存款，这样的情况下连南枳需要的医药费的零头都没有。

北江低下声，语气近乎哀求："姐，你能借我一点吗？"

话虽然这么说，但北江心里清楚北禾的情况不会比他好到哪里去。他存不下多少钱，北禾也肯定没什么存款。

而且想起之前北禾对他和南枳这一段感情的反对，他甚至不敢去想北禾会不会同意他去帮助南枳。

北禾叹了一口气："北江，你又不是不知道我。这两年我就存了那么点钱，刚刚已经借了南枳三万，我银行卡里也就剩三千了。"

"那我管爸妈借一点。"北江下意识说。

"北江，南枳不会要你的钱的，更不会要你跟爸妈借来的钱。就算你管不了那么多真去找爸妈要了，这不是一笔小数目，爸妈问起来你怎么回答？"北禾的语气复杂。

其实两人都十分清楚，南枳虽然平日里一直柔柔的，但骨子里却是一个非常要强的人。

北禾在知道南枳和北江恋爱以后，就找过南枳。从她和南枳的聊天中，她也看得出来南枳是真的想要和北江走下去的，不然她也不会那么认真地回答她的问题、思考这些事情。她家的条件本就很难让北江家里人同意，这下又出了这件事，南枳是绝对不会向北江借钱的。

那时候她跟北禾说，她会把家里欠的钱还完以后再考虑跟北江的未来，她不会让自己家里的外债耽误到北江的。

南枳心里十分清楚他们心里的顾虑，所以她早就想过。她会先将自己的家庭安顿好，再去想自己和北江的事情。

他们不喜欢她耽误北江，她自己也不希望。

北禾被南枳的态度说服了,她选择相信南枳。

可偏偏现在出了这样的事情。

全身植皮的医药费对于正常家庭来说也是一个不小的数目。对于南枳的家庭来说,这更是天文数字。

北禾也开始迷茫,她也想知道接下来的路南枳要怎么走。

14 现实是最无解的谎言

北江根据北禾给的地址找到南枳时,她正捂着脸垂头坐在角落的长椅上。这里很安静,只有她一个人。

北江以为南枳在哭,走过去站在她身边。他想开口说话安慰一下南枳,却不知道怎么说。

或许是身前的阴影太过于明显,南枳意识到有人来了,她一抬头,两人的视线就这么一上一下对上。

北江张了张口,安慰的话卡在喉咙里,怎么也说不出来。对视良久,他慢慢蹲下身子,抬起手轻轻地抓住南枳垂在膝上的手。

南枳强扯出一丝笑:"你怎么来了?北禾告诉你的吗?"

北江缓缓抬手将南枳拢到怀中:"姐姐。"

他没有问南枳为什么不把这些事情告诉他,他知道就算问了,会得到一个什么样的回答。

明明是南枳更难过,可偏偏最后还是南枳反过来安慰北江:"没事的,别担心,会好的,别担心了。"

北江在医院陪南枳坐了一个晚上,陪她聊天,想尽办法逗她开心。南枳也很给面子地朝他笑了笑,但从头到尾,她都没有和北江提到"钱"的事情,也没在北江跟前掉一滴眼泪。

可能是她在意北江也只是一个刚上大学的学生,也可能是她不想让这件事成为他俩感情中的负担。

后来北江回忆起那时候的事情,他才发觉除去像家人,他们的感情本身就是有问题的。或许是因为年龄,一直都是他在依靠南枳,而南枳从未依靠过他。就好像,所有感情的苦与痛,都只有南枳一个人在承担。

北江从南枳口中知道了事情的全貌，事情和北禾讲的差不多。

南林想拿放在电视机柜上的东西，但距离有点远他拿不到，他想他轮椅往前移一些，但轮子卡住了桌子的一角，他在用力将轮子从桌角移出来时不小心撞翻了桌上正烧着的开水。

电线被扯开，电热水壶也顺势倒了下来，重重地砸在南林的腿上。滚烫的热水尽数倒在他的小腹和腿上，大面积的烫伤让他险些休克。

好在南枳的爸爸赶回来得及时，很快就将南林送去了医院。在急诊室抢救了五个小时后就转到重症监护室。

南枳得到消息的时候，南林已经在重症监护室了，家人的意思是问她能不能请假回来看看南林。

但南枳回来见到南林的那一瞬间，她就知道自己走不了了。

她想了好几天，最终还是决定退学。家里人虽然不同意，但面对现实，他们却只能选择沉默。南枳的爸爸一言不发地坐在重症监护室门口，苍老的脸上满是风霜。

良久，他叹了口气，说："对不起枳枳，是我们拖累你了。"

他们都知道，现在这个情况，家里根本没法让南枳继续读书。家里还有妈妈需要照顾，也需要钱用来给南林做后续治疗，南枳得回来赚钱补贴家里。

南枳却没有怪罪的意思："这家本来就有我的一份。"

南枳跟北江说了她的打算，她准备在临安找一份正式工作。她就待在这里，也不准备出去了，她想留在家里照顾南林和妈妈。

她放弃了她好不容易考上的研究生。

北江说，不管她做什么决定他都支持她。

南林最后差的七八万医药费都是北江凑的。他把自己的鞋、游戏机，以及成人礼时外公外婆送的山地摩托车都卖了，最后还向两个老人借了一点钱，两位老人向来对北江有求必应，听北江说要钱直接就给了，还以为孩子又看上了什么新款的手机或者游戏机。

北江凑的这些钱他不敢直接拿去给南枳，他知道南枳不会要，北禾去给的话南枳那么聪明，肯定也能猜到。所以北江听北禾的意见，找了南枳高中时候的室友转借给了南枳。

南枳拿到钱时还有些疑虑，她知道大家都刚工作，不可能一下子有这么多钱可以借给她。好在同学编了个过得去的理由，南枳虽然觉得其中有些怪异，但她没办法多想，她确实需要这笔钱。即便心里还有些存疑，她还是收下了。

十多天的救护后，南林脱离了生命危险，只等后面情况好转进行植皮手术。

那时候北江陪着南枳一块儿进去看他，刚进到屋里，南林的眼泪就从眼眶中涌了出来。他不停地抽泣，嘴唇颤抖着说不成一句话。

南枳只能在旁边一次又一次抚摸他尚且完好的手心，安抚他的情绪。

南林一直在说"对不起"，他知道这一场治疗肯定需要不菲的费用。家里的债务本来就没还上，这下又多了一大笔新债。

南枳安慰他："不要想这些了，钱都是可以赚的。你没事才是最重要的，不要想这么多了。你没事是不幸中的万幸，你要保持愉悦的心情，姐姐还等你快快好起来呢。"

他们姐弟对彼此来说都是超越自己的存在，南林不想让南枳再为他的情绪操心，哭着说自己一定会好好接受治疗的。

知道他不再有消极的想法，南枳的心才放了下来。

北江没等到南林出院的那一天，在南林的情况稳定下来后就被南枳催着回去上课。

他的辅导员也给他打了好几个电话，甚至打到了他家里。北

14 现实是最无解的谎言

江怕自己逃学的事情会被父母知道,只能回了学校。

南枳忙活了个把月,虽然最后终于熬过去了,但南枳也背了几十万的债务,加上家里的旧债,他们的生活比以前更难过了。

北江回临安去南枳家里找她时,他看到了南枳用笔记本罗列的债务条子,借了多少钱、跟谁借的她都记得十分清楚。

她现在比以前更拮据,除去日常开销,工资基本上都得存起来还债。除了正式工作,南枳还找了兼职。

每每看到南枳的情况,北江都恨自己的无能为力。

有一次,南枳做完兼职后回家晕倒在家里,正好被来南枳家中找她的北江看到。他送南枳去了医院才发现,她因为长时间没有按时吃饭和睡眠不足,已经贫血了。

当初北江盯着她每天按时吃饭养回来的胃,现在只怕是更差了。

北江有时候很恨自己,他恨自己比南枳小了四岁,如果他跟南枳一样大,就可以跟南枳一起打拼了。

他在学校外面找个兼职,除去上课的时间,基本上都去校外的便利店工作。家里给的生活费很大一部分他也存了下来。这些钱他都拿去给了南枳,南枳不肯收,北江就以各种理由塞在她家里。

他说:"我们会是一家人的。一家人的钱怎么花都行,现在最重要的是把外人的钱给还了。"

他其实并不知道这件事正确的做法,他只知道,他不能让南枳一个人承担这些。他想的未来,也不是只有南枳一个人的。

北江大二的时候因为在校成绩优异,获得了去国外交换学习的资格。这个消息是直接通知他本人和家长的,但北江心里已经有了自己的决定。

当天晚上北江就接到了妈妈打来的电话,电话那头十分嘈杂,一阵欢笑过后妈妈说:"儿子你太给妈妈长脸了,家里亲戚现在都觉得你倍儿有面呢!找个时间回家来聚一聚啊,妈妈给你摆酒席庆祝庆祝。这么大的好事呢。"

北江感觉喉咙有些紧,他低下头,电话那头是付素清难掩的激动声,另一只耳朵是店里客人的嬉笑声。

他闭上眼,缓缓说:"妈,如果是出国那件事的话,什么都不用准备了。我已经拒绝了,我不会出国的。"

付素清的笑声戛然而止,声音从听筒里消失。北江能依稀听见电话那头的呼吸声。

下一秒,付素清吼了一声:"北江!"

她的声音尖锐刺耳,北江知道她肯定是被他气到了。想想也是,这就好比给了人希望又将它亲手折断。

听筒里的背景音随着付素清的怒吼声也跟着断了。

北江知道他让妈妈在亲戚面前丢面子了,他在没有跟家人商量的情况下就擅自做了决定。

但他真的不能出国。

挂了电话之后,他走出工作间。旁边路过的客人拉了北江一下:"服务员,给我们这桌拿个开瓶器呗。"

北江笑了下:"稍等。"

北江看了眼身上穿着的围裙,突然自嘲地笑了声。

满身油污,看不到的尽头。

他不需要多少机会,他现在只想快点帮助南枳渡过难关。

后来北禾也打了很多电话过来,无一不是在说交换生的这件事。见北江软硬不吃,她气急了便说:"你非得这样,我让南枳来跟你说。"

北江的神色一下子变得紧张:"你要是跟南枳说的话,别说做交换生这件事了,这书我也不读了。"

14 现实是最无解的谎言

按北江执拗的性子，北禾知道他敢说这话就代表他敢做这件事。

北禾被怼得哑口无言，她骂了一句就把电话挂掉了。

付素清和北振林也来A大找了北江一次，因为这件事，最后三人闹得不欢而散。那一整个学期付素清都在气头上，一直没搭理过北江，除了按时给生活费，再也没和他说过其他话。

之后不知道付素清从哪里打听到的，说北江不出国就是因为他交了个女朋友。不过付素清不知道是谁，只知道比北江大。当付素清和北振林打电话来问北江这件事的时候，尽管北江一直反驳，但他们还是觉得是他女朋友耽误了他。

尽管后来这件事过去了，但北江父母心里已经有了芥蒂。

北江很累，他想解释，却找不到更好的理由。

偶尔跟南栀打电话时，北江也不敢表现出自己的疲惫。

南栀的工作似乎稳定下来了，她让北江把兼职辞掉。北江嘴上应着，但手头上的活儿倒还是干着。

他觉得他再努努力，姐姐就可以轻松一点了。

北江寒假回家时，付素清的情绪已经稳定下来了。都说父母和子女没有隔夜仇，事已至此，他们再生气也改变不了这件事的结局。

今年的除夕他们是回爷爷奶奶家过的。

高一那年的矛盾，过了这么些年早就被淡忘了。有其他亲戚打圆场，北江他们家也不好跟长辈闹得太僵。付素清虽然还是不喜欢这些亲戚，但也选择维持表面的和平。

那一顿年夜饭表面上吃得团圆美满，但众人各自的心里想的是什么，又有谁知道呢？

饭后一群人又聚在一起，坐在客厅看春晚。

北江自顾自坐在一旁打游戏，大人们聊起天来不会克制自己的音量，嘈杂的聊天声不停地在耳边徘徊，吵得他心烦意乱。

他正思考着要不要去车里找找看有没有耳机，忽然就听到了聊天话题中提到了他的名字。

他一抬头，就看到婶婶轻飘飘地扫视了他一眼，随后看向付素清，装作不经意似的提起："听说北江放弃了去国外交换学习的机会？"

客厅里聊天的声音一滞，每个人脸上的神情都不太好看。

北江小心翼翼地抬头看了眼付素清，她的脸色已经黑到不能再黑了，但还是硬扯着笑说："是，不过这机会对北江来说也不是很难得，现在时机不好，等以后有机会还可以再看看。"

"嫂子，你想得太天真了，"婶婶轻蔑地看了眼北江，"A 大的交换生哪里是那么好拿的。这一次说不定是北江走运呢。"

付素清当然知道 A 大的交换生资格不是那么好拿的，刚刚说那话也不过是在给自己家找面子。现在毫不留情地被拆穿，她唇角的笑怎么都扯不起来。

眼见气氛变得僵硬，小叔赶紧出来打圆场："好了好了，你少说两句吧，像北江这么好的孩子，一个交换生而已，以后还有机会的。"

婶婶翻了个白眼："我当然知道北江肯定还有机会的，只要下次别再被什么谈恋爱耽误了就可以。"

北江本想安安静静地缩在角落当透明人，不想参与大人的话题，也不想参与他们的斗争。刚刚被提到也不是他乐意的，但他知道事情已经过去，就算说再多也无所谓。

所以在这个话题起来的时候，北江只稍稍皱了下眉头，也没有其他反应。

但他的漠视没有换来平静，对方反而变本加厉地扯到了南枳。

北江抬眼，捏着手机的手垂了下去，反问："有你什么事？"

客厅里的人都被北江这突如其来的话弄得一愣，婶婶更是张着嘴，一脸震惊地盯着北江。

北振林最先反应过来，轻轻拍打了一下北江："不可以这么跟长辈说话，我平时怎么教你的？"

"我说什么了？让她少管我的闲事不行？"

"北江！"北振林的声音隐隐带了些怒气。

生怕父子过年时吵起来，北禾赶紧上前拉住北江，让他少说点。北江也知道这样不好，强压下怒火坐了回去。

可他想熄下怒火，偏有人不愿意让他如愿。

北江刚坐下没多久，坐在一旁一直没说话的北嘉行忽然对着付素清喊了一声："伯母。"

北江心里一咯噔，隐隐感觉他下一句话不会是什么好话。

果不其然，北嘉行说："我上次在西郊的城中村那边看到了北江和他女朋友了。我认得那人——"

"北嘉行！"

"嘉行！"

两道声音一同响起，是北江和北禾。他们的声音制止住了北嘉行要接着往下说的话，但也将大家的注意力吸引了过来。

北嘉行慢慢弯起唇角朝他们一笑："怎么了？"

北江沉着脸，硬着声开口："你不懂就别乱说。"

北嘉行笑着道："可是我还什么都没说呢，我就是说你女朋友跟我认识的一个人很像，好像叫南枳？"

北江呼吸一滞。

付素清也跟着起疑："南枳？"

北嘉行侧过头，对付素清说："是呀，她在我朋友家开的店里打零工。以前是在附中读书的，听说家里欠了不少钱，她现在一边上班一边打零工还债呢。"

付素清望向北禾，嗫着唇："我记得南枳是你高中同学是吧？"

北禾皱着眉头,没回答自己母亲的问题:"妈……"

"她家条件好像不太好,妈妈瘫痪,弟弟也站不起来,前两年家里好像又出了什么事,又欠了一屁股的债。"北嘉行嘴上不停。

北江已经坐不住了,他挣开北禾按着他的手,几步冲到北嘉行跟前,抓起他的领子对着他的脸打下一拳:"你是不是有病啊!"

"北江!"

他的速度太快了,坐在旁边的人都还没反应过来,他就已经到了北嘉行前面。等他们回过神,北江已经打了对方一拳。

大人们纷纷起身,北振林抓着北江的肩膀拉开他与北嘉行。场面太乱,北江的力气也比他们大不少,北江又按着他的脖子打了两拳,几个人才分开他们。

见北江这么打北嘉行,婶婶早就扯着嗓子开始骂了。

她心疼地抱住北嘉行,呜咽地看着北江:"你这死小孩没人教是吧?当着我们的面打人?大哥你们还管不管自己的小孩了,不能仗着嘉行乖就这么欺负我们嘉行啊,你管不管了?"

奶奶也很生气,站起来打了北江一巴掌:"你怎么能当着我们的面这么打你弟弟?"

北江双手被人牵制住,硬生生地挨下了这一巴掌。

他嗤笑一声:"他犯贱,我不打他我打谁?"

"你——"

"北江!跟嘉行道歉!"北振林的怒气早就上头,刚刚北江公然顶撞长辈就已经让他有了怒火,只是还没发作。北江这下肆无忌惮地当着所有人的面打人,他气不打一处来,连着之前的怒火一起发了出来。

北江怎么可能会去跟北嘉行道歉,他冷着一张脸,丝毫没给自己爸爸面子:"道歉不可能,我不继续揍他就不错了。"

啪——

14 现实是最无解的谎言

客厅里的喧闹因为这个巴掌声停了下来,北振林高高举起的手停在半空,指向北江:"谁教你这么没规矩的,我们从小到大就是这么教你的吗?你眼里还有没有我这个爸爸?"

北江被打得偏过头去,等北振林说完这句话,他缓缓正过视线,嘴里倒吸了一口凉气。

他环顾了下四周,最后定在北嘉行他们一家身上:"管好你们家的闲事吧!自己家人都闲得没事干吗?一天到晚就盯着我们家?"

"你这死小孩!"

"北江!"

北振林的巴掌来不及落下,北江就挣脱开他的束缚,转身跑了出去。北禾在原地喊了他几声也没得到他的回应,心里急得不行,也跟着追了出去。

"北江!"北禾一把拉住北江的手腕,"跑什么啊你,这大过年的你要跑到哪里去?"

北江抿着唇一声不吭,但紧皱的眉头和握在一起的拳头却在表达他此时的情绪。

"北江,这件事——"

"现在这件事又得被你们说三道四了吧?"北江打断她。

北禾一愣:"你这是在说什么话啊?"

他反问:"难道不是吗?刚刚北嘉行说的那些有关南枳的事情,妈妈都听进去了吧?你以后肯定也是跟妈妈站在一块儿的人。我真的不能理解,为什么你们都以家庭来评判一个人。我和南枳的感情是我们两个人的事情,我成年了,选择谁、和谁谈恋爱为什么要看你们的眼色?我喜欢南枳,为什么她就要成为你们的谈资?"

北江的话说到后面,眼圈已经泛起了红。或许是因为激动,语气到最后也越来越急促。

闻言,北禾沉默住了。

正值除夕,街道两侧的居民楼里到处是欢声笑语,家家户户张灯结彩,红灯笼的光映在北江的脸上。

半晌,北禾缓缓叹了一口气:"可是北江,这件事你要我怎么说?南枳是我朋友,你是我的弟弟,你让我怎么选择?"

"我知道南枳的优秀,也知道她为人好。但这不一样的,你们两人之间我选择你,站在你的角度去看,你们这一段感情就是一个错误。不管南枳再怎么好,她家庭的情况我都不希望是你去承担的,因为你是我的弟弟。

"除了这个,你们之间还有很多矛盾,都摆明了你们不合适。你们正处在感情的最高点,察觉不到这些很正常。但所有感情到最后都要对现实低头,不管你承不承认,现实的残酷会打破你对感情美好的幻想。你们之间不只有家庭上的差距,更存在着认知上的矛盾。你没发现吗?你和南枳不仅有代沟,甚至不是一个阶段的人,你不能成为她的依靠,也不能设身处地地替她想事情。所以当初我反对你们走到一起。"

北江神色有些焦急,打断北禾:"不对,你说的不对!"

"对不对,你们谈了两年了,也应该知道了。"北禾轻轻地眨了下眼,"你正是最冲动的年纪,相信世界上只要有爱就能行。可南枳她一定已经意识到了这段感情的偏差,不是有爱就可以超越一切的。"

北江僵在原地。

他想不到北禾话里的意思,什么叫"南枳已经意识到了"?

北禾问他:"爸妈的态度你肯定知道,如果未来他们都不同意你跟南枳走到一起,你怎么办?是拖下去,还是放弃一方?"

北江张了张嘴,话却堵在喉咙说不上来。

"你肯定会想拖下去的。北江,你可以对自己狠,却做不到对

14 现实是最无解的谎言

家人狠。你可以轻描淡写地放弃自己的前程,但你不会放弃自己的家。那你有没有想过,拖下去的后果?你年纪是小,可以有放纵的资本,但南枳比你大四岁。你跟爸妈耗,你耗得起吗?

"北江,我之前也动摇过自己的想法。在听南枳说完她的看法以后,我也动摇过,我也想将你们这一段感情往好了想,但我发现后面错的事情会越来越多。

"你放弃交换生的名额,就是第一个错误。

"为了爱情放弃自己的前程这种事最蠢了。你以为自己牺牲得多伟大,却不知道这一件事会成为压在南枳心里的石头,成为控制她的枷锁,也会成为你们后面感情的矛盾点。自以为是的好,没有任何意义。"

北江的唇瓣轻轻发颤,眼睛轻轻一眨,落了一滴眼泪。

北禾缓缓抬起手,继续说:"不是你的错,也不是南枳的错。是你们这段关系一开始就是错误的,有些差距很难跨越。"

末了,她轻轻抱住北江:"别哭了。"

北江僵着身子任由北禾抱着,慢慢地,他举起手抱住北禾的肩膀,声线颤抖,问她:"姐,可他们为什么要那么对待南枳啊。"

北禾没说话。

北江那时候没有意识到,但后来回想起那天的场景,他觉得北禾可能是想回答他的,但最后还是不忍在他心上再割一刀。

为什么要这么对待南枳,为什么要带着偏见待她?

因为他。

跟北江想的一样,付素清将北嘉行的话听了进去。

一回到家,她就跟北江说明了自己的态度:"北江,我和你爸爸不会同意你跟南枳在一起的。你们早点分手吧,你也不要再耽误人家女孩子了。一直纠缠下去,双方都讨不到好的。"

北江不愿意听这些,被付素清这么一激,刚刚北禾说的话全被他抛之脑后，他语气开始变得急躁："妈你能不能别掺和我感情的事情了？我已经成年了，我想和谁在一起为什么要看你们的眼色？"

母子俩讲到最后音量越来越大，险些吵起来。北禾赶紧来劝架，把北江推进房间，让他少说点话。

房门合上的一瞬间，付素清就在门口吼着："反正我不会同意你俩在一起，北江你躲也没用，趁早给我分了！"

北江年轻气盛，哪怕北禾一直劝告他现在应该忍下来，但他还是没忍住隔着门回话："我的事情不用你管！"

"你翅膀硬了是不是？没有我和你爸爸哪里有你现在的好日子？你谈恋爱花的还是我和你爸爸的钱，你说我能不能管？"

"……"

那一晚上北江家里的争执声就没有停过。

北江在家待了三天，实在忍受不了付素清，选择提前回学校。后面付素清没来学校找他，也没给他发信息讲这件事。

北江心有疑虑，以为她去找南枳了，心一慌赶紧联系南枳，旁敲侧击地询问这件事。

但南枳表现一如往常，看着也不像是被付素清找过的样子。

北江松了一口气。

他原以为这件事会和上次放弃交换生的事一样，只要过一段时间就好了，付素清也会放下偏见。

但他显然想错了。事情到后面他们虽然没有像刚开始一样吵得那么凶，但还是会时不时吵起来，母子俩的关系也一直很僵。北江以为时间可以缓解一切，但事情却不如他所愿。

就这么过了一年，北江大三下学期的时候，学校又给了他一次去国外学习的机会。北江是班长，平时在老师面前勤快又讨喜，学校里宣传工作他也帮了不少忙。所以这次出国，辅导员跟他强调了一下这件事，说可以把他的名字报上去。按他在学校里的表现，一般都能过。

北江的父母比北江更早知道这件事，在北江拒绝之前，他们就已经双双赶到A大来找北江。

北江被吵得头疼，可他不想浪费时间在学习上了。他没有远大的理想，宁愿做一只目光短浅的鸵鸟，只想拿个本科毕业证，回去找一个工作，然后跟南枳一起努力工作，等一切稳定了就结婚。

付素清见他态度坚决，当下就问了："是不是又因为南枳？"

北江一愣："妈？我的事情扯南枳干什么？"

付素清冷笑着说："你现在的事情哪一件不是因为南枳？大一的时候找外公他们借钱，把你自己的东西全卖了就是为了给南枳凑医药费。大二那年你也是因为南枳不肯去国外。整个大学期间半工半读，我们家缺你这点钱了吗？我把你从小养到大是为了让你这么辛苦的吗？这些事情暂且不提，你现在又是要做什么？又要为了儿女情长自毁前程吗？"

北江震惊妈妈为什么会知道这么多事情。他一直在小心翼翼地隐瞒这些，就是为了不让父母知道。

他不想父母对这些事情产生误解，急忙解释："这都是我自己的事情，我跟南枳在一起，在生活上帮着她一点怎么了？从小是你们教育我跟姐姐长大以后要对别人好。妈，我小时候你就告诉过我要对自己的另一半好，因为她也是别人的女儿。可我现在对她的好怎么就被你拿来说事了呢？"

说到最后，他甚至拿起之前付素清教他与北禾的话来反问她。

北江也不能理解，为什么从小到大妈妈对他的教育是要对自己的另一半好，但当另一半是南枳的时候他们又这么反对？

他想将所有事情都揽到自己身上，因为这些事情本就是他一个人自作主张的决定。就连南枳都不知道他做了这些，为什么要南枳替他承担这些事情的压力？

付素清被问得哑口无言:"小江,爸爸妈妈说的这些事都是为了你好。就算没有出国这件事,你跟南枳也不合适。我跟你爸爸花了多长时间、花了多少钱才让你跟姐姐好好长大到现在?我们富养你们就是不想让你们过多在意金钱这件事。我更不想让你成家以后每一天都在为钱烦恼啊。"

"就算我跟南枳结婚,要负责她家里的一切。可我也知道我努力赚钱的意义,也知道我在意的每一分钱都是为了成一个家。"

听完北江的话后,在一旁沉默半晌的北振林终于开口了:"北江,你已经长大了,知道应该承担自己责任这很好。但出于父母的私心,我和你妈妈都希望你和你姐姐能一生过得幸福。我们拼了命地工作,努力赚钱就是为了你和你姐姐现在和未来都可以不用为钱烦恼。你要是执意孤行,我们这么多年的拼搏又有什么意义呢?

"说一种可能,就算你和南枳走到最后了。我们家也能帮着他们家承担这时的困境,但以后呢?她的家人永远是她的软肋,也是她的包袱。她的弟弟是要靠她照拂的,你跟她在一起,这些事情都会落到你的身上。这个沉重的包袱,光靠你承担得了吗?

"你现在是因为有我和你妈妈,我们还可以为了你们姐弟再拼几年。但以后呢?以后那些高昂的医疗费要谁来承担?没了我们,你一个人的力量又怎么能撑起那个家呢?

"你现在能坚持这个想法是因为你还没进入社会,没有经历过社会的打磨。北江,这些事情不仅会成为你的负担,也会成为你们感情的一种隐患。你现在相信真爱无敌,但被社会敲打过后就知道这些真爱在现实中没有任何用处。

"脱离我们家,一个人又能成长成什么样?你现在是要依附家里的,很多事情靠的都是家庭。如果你自己能闯一番事业,能靠自己承担起他们家,那我和你妈妈也不会再说什么。"

北振林最后一句话说得很犀利也很现实。

但北江也从中知道了父母的意思，他要是靠家里，他的感情就得听从家里人的。但如果他靠自己闯出一份名堂，他和谁在一起家里人都不会阻碍他们。

他知道，这或许是他的一个机会。

北江知道父母的用心良苦，他们只是不想让自己未来的每一天都在为钱烦恼，也不希望自己结婚以后背上那么重的负担。

可对于北江来说，南枳的出身不是她的错，他爱南枳就应该跟她一起去克服这件事。

可是北江的父母又有什么错呢？

他们也只是想自己的两个孩子过得好。

最后北江跟父母闹得不欢而散。

他知道父母不会妥协，但他没想到的是南枳会这么快来找自己。南枳肯定会知道这件事，但他没想到这么快。

南枳直接找到了北江打工的地方。

那时北江正穿着一条肮脏的围裙端着盘子，站在一张桌子前听着客人对他的控诉。客人正在气头上，见他这一副不卑不亢的态度火气更大了，语气也越来越差，甚至对他开始了人身攻击。

换成以前，北江早就撂摊子不干了，甚至可能当场和对方动起手来。但现在，北江只是安静地站在那儿，充当客人的撒气筒。

南枳就是这时候来的，她扒开人群走到北江身边。

北江看到南枳，眼底闪过震惊："姐姐。"

南枳一言不发，抓住他的手腕就要带着他离开这个地方。

她唇瓣紧抿，皱着眉头径直往前走去。

北江看她这副样子就知道她肯定生气了。南枳很少对他生气，上一次生气还是两人在一起之前，俞峡大暴雨那天他不听劝阻出了门，让南枳担心他的安危。

南枳拉着北江走到街口，蓦然松开手，眼神冷冷地看着北江："你有什么想跟我说的吗？"

北江缄口不言："……"

南枳气得身体发抖，胸口喘气的幅度很大。她问："我让你别打工，好好读书，你就是这么听我的话的是吗？你干这个多久了？"

北江低着头，还是没有说话。

"前程在你这里就这么不重要是吗？两年前你可以瞒着我拒绝去当交换生的机会，这次又想一声不吭不出国是吗？你对自己的未来到底有没有规划？"南枳气得低声吼他，"北江，你能不能尊重一下我的意愿，能不能考虑一下自己的未来？"

北江说："可是姐姐，我没觉得你耽误我了，我就想趁着年轻多努力，早点毕业回家然后娶你。"

"娶我？拿什么娶？"南枳自嘲地笑了下，"前程你不要，学历你也不要。在大学的最后阶段你不好好想着提升自己，而是做这些浪费时间的事情。"

南枳知道北江赚钱是为了她，但她不想这样。

北江第一次拒绝了交换生资格后，北江的父母就已经来找过她了。两人话里的意思很明确，他们不同意北江和南枳在一起。原因无他，就是因为她的家庭。

但南枳那时候却没做什么，她只是把这两年北江赚的所有的钱还给了北江的父母，她说："北江拿来的钱我一分没用，我也从未想过让他来承担我的事情。叔叔阿姨，我跟北江在一起从来不是想利用他。这些钱我一分没用都替他攒着，现在可以还给你们了。我知道你们现在很难相信我的话，但请你们再给我一点时间。"

那时候北江的父母虽然没说什么为难她的话，但南枳也知道，他们依然不会满意。而一段没有父母支持的感情维持下去是很难的。

但她在听到北江发来的语音时，她也想为他再坚持一下。

她已经非常努力地在北江父母面前维持自己的尊严，把北江给自己的钱一分不动地还回去。她不收北江的钱，再困难也不向北江伸手，为的就是以后可以堂堂正正地站在他们面前。

　　可北江一次一次放弃的机会、越来越少的社交以及此刻身上油腻的围裙无一不在提醒她，因为她，北江已经在放弃原本属于他的生活。

　　他从前是多爱玩的少年？多少钱花出去眼睛都不眨一下，现在却想着把钱都给她。

　　她看着路过他们身边的少年，身上穿着名牌，手里拿着奶茶，从前北江也是像他们这样的少年。如果北江没有遇见她，他现在该是那个站在篮球场上挥洒汗水的少年，永远阳光热烈，而不是向生活低头。

15

那一日，我来接你

北江的父母有一句话说得很让南枳触动——

"我们富养北江和北禾，就是不希望他们未来为钱所烦恼。"

是她一时的脑热，改变了这个意气风发的少年。

她和北江不应该为这个阶段的动心，假装可以承担未来被现实折磨的后果。她可以承担，因为她本就是这样的。但北江不行，他不是像她一样的人。

南枳轻轻眨了下眼睛，眼里冒出泪花。她徐徐一笑，轻声说："北江，是我错了。"

她的少年应该永远纯粹，不为任何事情折腰，对每一件事保持赤诚的态度。

北江猛地抬起头："姐姐你在说什么？"

南枳冲他笑了下："我希望你长大，但绝对不是以这样的方式。"

北江一下拉住南枳的手："姐姐，姐姐我错了，你不要生气好不好？我不干了，我真的不干了。我回去好好学习，我出国去，你别生气行不行。"

南枳抬手抱住北江："北江，我不喜欢不听话的小孩。"

南枳放弃了，比起两个人在一起面对的一地鸡毛，她更希望她的少年可以永远自在地生活在阳光之下。在社会里苟延残喘的人，有她就好，不应该再多一个他。

对于南枳的放手，北江自是不愿认同。他跟着南枳回到临安，每日堵在南枳的家门口，希望南枳可以出来跟他说句话，但南枳也是铁了心地不想见他。

在一片茫然之中，北江知道南枳最害怕什么。

他用自己出国的事情来作要挟，说如果南枳不见他，他就绝对不会出国。他用了最让人失望的办法，他知道这个办法的后果是什么。

但这个方法很奏效，南枳出来见他了。

"姐姐。"

南枳看着他，神色不明。

北江去拉她的小指，小心翼翼地问："姐姐，别不要我行吗？"

南枳摇头，从他的手中抽出自己的手："北江，你用这个方法留住我是没有用的。

"前程是你自己的，未来也是你自己的，你要是非得做出这样错误的决定，后果都由你自己承担。

"但是北江，既然你用这个方法逼我了，那我也说一句，如果你放弃这个机会的话，你就永远别来见我了，我就当从来没有认识过你。"

"姐姐！"

南枳抬手摸着他的脑袋，脸上的笑容有些苦涩："你可以乖乖听话吗？求你了北江。"

"姐姐。"北江抬手把南枳拉进自己的怀中，脑袋垂在她的脖颈处小心地蹭着，像是在祈求她的原谅，"我知道的，我都知道的。我出国去，我好好听话，我真的会乖乖听话的。你不要不见我。"

南枳哑声说："弟弟，你没发现吗？我俩的感情本就是有问题的。跟所有人的反对没关系，我们的感情就是矛盾的。"

南枳说出这话的时候，北江没有接话。

他不知道吗？

他当然知道他们的感情是有问题的。无数个人告诉过他，他们的感情是有问题的。但北江怎么都想不明白，问题到底出现在哪儿。

今天，南枳告诉他答案了。

"家庭的差距、年龄的代沟，都是我们没办法跨越的隔阂。北江，我们的观念并不相同，我们总是自以为是地做一些自己认为对对方好的事情，却没有设身处地地为对方想过，没想过对方到底需不需要。不是吗？你擅自做的决定，有想过我需要吗？

"我也有很多很多的错误。谈了三年，我却一直没有正视这段感情和之前的差别。你没发现吗？这三年到底是顺其自然谈下来的，还是彼此坚持下来的？

"我们在一起应该是要快乐的，可以有烦恼可以有争吵。但我们却相处得很小心翼翼，时时刻刻在看对方的情绪行事。或许就是因为这样，才让这段感情特别不真实。

"我有时候觉得，在我们走到一起之前的那一段时间才是最令人开心的。可能我俩的关系，永远不应该掺和进爱情。"

南枳抚上北江的脸颊，拇指轻轻地蹭着："或许，像从前那样一直把你当弟弟才是最好的选择。"

北江出国了，他跟南枳的联系就此断了。

他还是会给南枳发消息，只是再也没有收到过回复。

但他跟南枳都清楚，这段感情没断，他们还在纠缠。就像一根藕一样，就算硬生生地掰断了，但中间的丝还连着。

分开的这些年，北江渐渐明白了南枳当初的那些话，也知道了为什么旁人一直说他们这段感情就是有矛盾的。

他们的感情除了最后的阶段，一直都没有矛盾。他们不会因为日常的琐事争吵，因为南枳一直会让着他，他也小心翼翼地对待这段感情。但有时候感情就是在争吵中过去的，有争吵有甜蜜，才是正常的恋人之间的感情。

北江想起,在一起的那三年,明明有过很多困难,但南枳从未依靠过他。不管是南林的事情还是北江的父母去找她的时候,她都没有主动告诉过他。或许在南枳的眼里,他依然是一个弟弟。

明明双方都有压力,但两个人都只蒙头做自己的事情。北江从未跟南枳讨论过这件事,坚信自己能做好。

她不断地纵容他的盲目自信,造成了这段感情的不真实。

第一个错误,是他擅自以"为南枳好"的理由放弃交换生名额。

第二个错误,是他在得知自己父母的态度时,他只想着他们不要去打扰南枳,却从未去找南枳一起面对这个问题。

第三个错误,是他一意孤行,做出无视南枳感受的决定。

第四个错误……

北江不敢继续往下想了。

可能一开始就是错误。

他自以为是的"为她好",却给南枳带来了数不清的压力。

北江二十五岁的时候回了国,回国的第一件事就是去找南枳。

但令他想不到的是,他看到南枳从一辆黑色的轿车上下来,而驾驶座上的人,北江也认识——林时。

他木讷地看着两人,看着林时将袋子递给南枳,说了些话才驱车离开。

北江站在原地没动,最后还是南枳先发现了北江。

她见到北江还有些吃惊,问他怎么回来了。

北江回过神,低着头说:"我毕业了。"

南枳一听,脸上顿时露出笑容:"这样吗,毕业快乐。"

北江没有问南枳刚刚的事情,不管事实如何,他都坚持着一样的信念。他问:"姐姐,我毕业了,我可以回来找你吗?"

南枳一愣，随即又恢复了刚刚的笑容："我们的事情已经是三四年前的事情了，北江，你应该选择更好的生活。"

北江所向往的生活不是被困于这一座城市，他少年时的梦想是去最大的城市打拼，闯出自己的天地。

"可是姐姐，我——"

"你来找我这件事，叔叔阿姨知道了吗？"

北江瞬间愣住。

南枳柔柔地笑着，恍然间，她的模样像是回到最开始的时候："北江，我要结婚了。"

轰——

这句话就像是晴天霹雳炸响在北江的脑子里，他不知道为什么他一回来姐姐就要结婚了。

"为什么？为什么要跟别人结婚。"北江的声音变得哽咽，"姐姐，你以前答应过我的，你说要嫁给我，要陪着我一辈子的。"

南枳缓缓说："可是未来有太多的变数了，当时你我都年轻，只考虑了自己却没考虑现实。"

她看着北江的眼睛，一字一句地说："北江，我已经二十九了。"

在临安市区内这个年纪或许没什么，但在南枳爸爸老家的县城，每次春节回家的时候，周围人都在讨论她的年龄问题，说她一大把年纪都嫁不出去。

北江正值二十五，他是最好的年纪，跟自己不一样。

她已经快三十了，亲戚的那些闲言碎语她可以不在意，但传到父母的耳朵里，他们总会是不好受的。

她爸爸之前问过她，问她是不是还想着当年谈的那个男朋友。

南枳没来得及回答，爸爸就说，是他们一家拖累了她。

其实不管北江有没有出国，北江的父母都不会同意北江跟南枳在一起的，就是因为南枳的家庭是一个累赘。

他的父母可以和北江拉长线，打持续战，但她的年纪已经不允许了。她父母今年就要回老家县城去生活了。她妈妈虽然是临安市一个县里出来的人，但这两年她家和妈妈这边的亲戚已经不联系了。她爸爸年纪大了，回自己的小县城，有自建房和农田，压力也小一点。以前就算是身体不好也要坚持在这边，就是因为要让他们姐弟在这边把书读了，享受好的教育资源。

就算北江现在说要娶她，那他父母又要花多长时间才会同意呢？

就算北江以死相逼，他的父母同意了，但逼迫来的婚姻，换不来两家人的幸福。

而且她耽误过北江一次了，不能耽误北江一辈子。

"北江，我马上就要订婚了。"

"事不过三，错误的事情做了一遍，就不要选择第二遍了。"

"你有自己应该追逐的未来。我的生活，不适合你的。"

那天北江不记得自己是怎么走回家的，他脑子里只剩下南枳最后跟他说的那三句话。

父母见他回来倒是很高兴。自从北江和南枳断了以后，父母就从其他方面加倍对他好，像是想补偿回来一般。

这几年他一直在国外，父母虽然也会出去看他，他却很少回家。这次归家，付素清抱着他一直掉眼泪，北振林说要大摆酒席，给他接风洗尘。

北江扯了下唇角，想给自己父母一个笑容，却怎么也扯不出来。

世事难两全，全了一方，另一方就会永远痛苦。

他去俞峡找徐林席的时候，抽空去了一趟当初和南枳、俞磊一块儿去的游乐园。

老游乐园早就不如以前那么受欢迎了，这几年周边新的游乐园也越来越多，人们喜新厌旧，这家游乐园越来越冷清。

那天正好是工作日，园区内的人比假日里更少。

北江四处游逛，看了一个又一个项目，最后却只坐了一趟曾经和南枳一起坐过的旋转木马。

他坐在马车上，旋转木马开始启动，熟悉的音乐响起，恍惚之间他的旁边好像多了一个人在陪伴他。

有个小女孩指着他，问站在身侧的妈妈："妈妈，这个哥哥为什么这么大了还玩这个呀？"

如果是情侣来玩倒不会显得奇怪，他一个大男人坐这个，外人眼里看着确实不大正常。

小女孩妈妈回答不出女儿的问题，只能尴尬地扯开话题。

北江丝毫没有受到他人异样目光的影响，在这个旋转木马上坐了一次又一次，第五次下来后才离开。

他沿着园区闲逛，走到一处展示栏的时候忽然停下脚步。

这里位于园区的角落，平时鲜少会有人到这边来。展示栏也不知道多久没人管理了，玻璃上落了一层薄薄的灰尘。

透过模糊的玻璃，他看到了展示柜里展示的内容——身边有你。

现在看来有些尴尬的标题，在当年却是最流行的话题。展示柜的照片墙上展示了很多的照片，有一家三口，有情侣，也有两个女生的合照。

在众多照片里，北江看到了他与南枳的合照。

照片里的他们，身体向着对方倾斜，脸上都带着稚嫩的笑容。

北江抬手将照片前玻璃上的灰尘抹去，想看得更清楚一点。但不管他擦拭几次这一面玻璃，眼前的照片还是模糊的。

北江慢慢垂下手。

他勾起唇角，脸上露出笑容，眼眶却越来越红。

不管是照片还是回忆，隔了这么多年都变得模糊了呢，都是他不管如何拼命都留不住的东西。

那年新年，他们一家回了外祖家过年。

北禾已经嫁人，新年是在她丈夫家过的。回外祖家的，只有北江和他父母三人。

外公外婆年纪越大，就越懒得动。吃过年夜饭，他们就回房间休息了。北江的父母跟街坊邻居约好一起去打牌。一时间，客厅里就只剩下北江一人。

屋子里开着暖气，北江嫌闷，便出门到院子里吹风喘口气。

黑暗中，他忽然听到一声猫叫。

北江视线循着看去，一只橘黄色的猫正趴在院子的花坛台阶上一动不动地盯着他。

北江呼吸一顿，眼睛盯着猫，思绪也有些迟钝。

他好多年没见小南瓜了。

他朝小南瓜走去，但猫见他走来，立马从花圃上站了起来，眼睛睁得圆圆的，浑身上下充斥着戒备。

北江步子一顿，嘴唇动了动，喃喃地喊了声："小南瓜……"

它却不为所动，凶狠地朝北江叫了声。

"它不认得你了吧。"身后忽然传来老人的声音。

北江回头，看到外公拄着拐杖走了出来。

他慢吞吞地走到北江身边，视线却落在小南瓜的身上，缓缓地感慨："你好多年没来了，它也好久没见你了，把你忘记了吧。"

北江唇瓣颤抖着，眼眸紧紧地盯着小南瓜，不甘心地又喊了一声小南瓜的名字，试图将它唤过来，反驳外公的话。

猫却一动不动，对他的叫唤没有任何反应。

外公叹了口气，喊了声"南瓜"，猫"噌"的一下从花圃上跳了下来，跑到外公脚边，轻轻地用自己的身体蹭着外公的腿。

北江的眼眶一下就红了，嘴里一遍又一遍地喊着猫的名字，猫却一直没有朝他走过来。

北江举起的手慢慢放下,抹了下眼角的眼泪,背过身。

他自嘲一般地笑了笑。

这么多年了,他和南枳的感情结束了,小南瓜是他们感情最初的牵绊,现在小南瓜也忘记他了。

或许,这就是有人在告诉他,这段感情应该结束了吧。

北江没有留在临安,而是选择跟着舅舅从商,去了首都打拼。

北江离开临安之前,最后一次约见了南枳。

他希望南枳可以来送一送他,或许是知道这一次见面就是两人感情最后的结局,南枳答应了。

临行前一天的晚上,北江坐在电脑桌前,面前摆了一个小猫玩偶。这是高中那年他和南枳一起去游乐园抓来的小猫玩偶。

当年他想给南枳,但南枳让给他了。

没想到这么多年过去后,他又要将这个玩偶送还给南枳了。

他将玩偶后面的拉链拉开,露出里面的棉花。

他的手边是他写了一晚上的信,足足有七八页,他将信塞进棉花,他不知道南枳会不会打开这里看,但这里面寄托了他最后的思念。

隔天,他赶到机场时,南枳也如约而至。

不知道是巧合还是什么,她今天穿了一件蓝色的连衣裙。虽然并不是当年第一次见面的那一条,颜色却和当初一样。

看到仍如当初的她,北江已经满足了。

或许这就是故事最后的结局。

南枳拥抱了他,如同高一那年隔着栅栏的那一个拥抱一样,对她来说是姐姐对弟弟送别的拥抱。

她轻轻地拍了拍他的背,说:"弟弟,你一定可以成功的。"

进安检之前，北江将玩偶送给了南枳："当年你将这个玩偶让给我，现在，这个就当最后的念想吧。姐姐你想扔掉还是留着，你自己做决定就好。"

说完，北江就离开了。

过了安检，北江跟着标识牌上了扶梯。走到半空时，正好可以看到刚刚两人分开的地方。

他看到南枳还站在那里，手里拿着那个属于他们的玩偶。

北江以为自己看到这一幕会哭，然而却没有，他原本紧紧揪在一起的心蓦地一松，忽然释怀了。

他慢慢弯起唇角，最后看了眼南枳，随后收回了视线。

再见了，姐姐。

那个玩偶里，并没有他写了一个晚上的信。昨天晚上，他曾想在玩偶里塞满纸条，写满自己想对南枳说的话，写满自己的爱。但最后他没有那么做，他收起了原本想放进去的纸条，重新撕了一小块纸，写下一句"希望以后会有越来越多的人爱你"。

纸条很小，跟前面的信全然不同，混在棉花中，一下就被棉花淹没。就算从外面揉搓玩偶，也感受不到纸条的存在。

他做好了那句话永远不会被发现的准备。

那句话也不用见天光，那只是他对南枳的一种祝福。

两年来，他的身边遇到过形形色色的人，见识到了职场的残酷。

北漂不好过。他这才意识到，一直以来家人说的都对，他的前途都是为了自己。

二十七岁那年，他收到了北禾的消息。

南枳要结婚了。

在这件事发生之前，北江一直以为自己会接受不了这件事，但真正看到消息的那一刻，他反而庆幸了一番。

还好还好,起码这段感情的最后姐姐是可以幸福的。

南枳结婚那天他回去了,跟着北禾一起去参加婚礼。

和他当年猜想的一样,南枳的结婚对象是林时。这么多年过去,北江懂了很多道理,回想两人的过往曾经,他们确实是不合适的。而林时,当年他就能看出林时其实是和南枳很相配的人。他做事有大局观,知道前程与感情两者的区别,知道任何东西都要靠自己争取。他比北江更能体会南枳的情绪。

听北禾说,林时是自己创业走出俞峡的。他本可以安安稳稳地在外企做高管,但为了南枳从俞峡来到临安,创业闯出一番天地。听说原本他爸爸也不同意他和南枳在一起,在他创业这件事上没有给他任何帮助。所以他后来自己闯出了一番事业,执意追求南枳,也没有任何人能左右他的想法。

他给了南枳尊重,南枳不想他承担自己家里的事情,他就真的没有插手过一件事。南枳想独当一面,林时就给她提意见,鼓励她做自己要做的事情,陪她一块儿创业,但也只是陪伴,却不插手任何南枳的事业。

北禾问他,为什么不帮衬着南枳一点。

林时说:"那是南枳的事业,她有自己的想法和创意。我不需要插手她的事情,只需要在她身边一直陪着她,偶尔给她提点建议就够了。"

他从不插手南枳的事情,他与南枳都是独立的个体。

北禾说,林时追求了南枳很多年,一直到去年南枳才同意。

北江听到这个消息的时候有些吃惊,他明明记得前年,南枳从林时的车上下来时告诉他,她要结婚了。

接亲的最后一个环节是由女方家的兄弟背着南枳上婚车。

女方嫁到男方家中,有兄弟背上婚车,寓意着以后家里会有人给她撑腰,告诉男方家庭不要让她受委屈。

本来这个环节是要落在南林身上的,但他现在刚装上假肢,还做不到这么高难度的动作。

就在南枳准备说自己走的时候,北江从人群中站了出来。

时隔两年,这是他第一次跟南枳碰面。

他盯着姐姐的眼睛,说:"我来吧。"

南枳愣在原地,周围的人也有些愣住了,不知道他从哪里来的,更不知道他为什么突然出来说这句话。

最后还是南枳和北禾的高中同学笑着打圆场:"哎,北江来也行啊,当初北禾把北江丢给南枳照顾了那么长时间,南枳也算北江半个姐姐。"

北江一言不发,在南枳身前蹲下:"上来吧姐姐。"

南枳不语,微微俯身趴在北江身上。

还是从前熟悉的感觉。人是同一个,但肩膀比从前宽了,他也从少年成长为男人了。

北江背着南枳下楼,走过长长的红毯,最后将南枳放在婚车上。

他没急着走,而是在南枳身前蹲下,手拉着南枳,抬眼朝她笑。

南枳眼眶很红,似乎在憋着什么。

北江朝她笑了下,然后站起来靠近南枳,最后双手环绕过去,轻轻地抱了一下。

他的声音很轻,但在一片嘈杂中还是落到了南枳的耳里——

"姐姐,你陪我长大,我送你出嫁了。"

你用你的青春陪着我长大,自此我的青春里也只有你。

如果没有意外,会是我来娶你。

但如果出了意外,那就让我来送你步入婚姻。

新婚快乐,姐姐。

向北走就见到了山，与风吹过苍天下的树，飘过沿山盘旋的柏油路，能与林间鸟儿嬉闹，能与野草接吻，轻轻一点就触到天。

　　往南走就遇到了湖，和风轻抚平静的湖面，翻起一卷不停息的波澜，能与湖中鱼儿通信，能在水草上栖息，轻轻一碰就入了地。

　　少年的肩膀从窄到宽，他肩上背着的人却始终如一，只是，以后也不会有别人了。

【全文完】